MW01241965

3749 D.C.

Juan Ernesto de Mosquera

Dedicado a:

Eva Sofia Gutiérrez Mosquera

No estoy muerta, tampoco estoy viva, no sé dónde estoy, pero, quien podría saberlo, la vida es efímera, aunque pensemos que todos vamos en una buena dirección no hacemos otra cosa que alejarnos de lo que es correcto, es como si nada de lo que hiciéramos en el presente o en el futuro tendría sentido, estoy segura de que si voy a escribir mi vida, sea en el presente o en el pasado lo haré de manera en la cual no tenga que forzar las cosas, puesto que a lo largo de mi vida no he hecho otra cosa que luchar contra todo.

Eva Sofia de Gutt

Índice

Prólogo

Eva de Gutt, mejor conocida como la *Comandante Rebelde* era la soldado más fuerte de todo el *Sacrum Imperium Veneziola,* su reputación era tenaz y desde joven era famosa por cumplir las misiones encomendadas por las buenas o por las malas, lamentablemente una noche el Magno del Sacrum Imperium Veneziola llamado *Johannes II* fue asesinado en su palacio ubicado en Valencia, capital del imperio, el ego de Eva estaba por los suelos por la tragedia ocurrida, de igual manera por todos era sabido que el Magno y ella tenían una estrecha relación considerándola casi como una hija. El siguiente en la línea sucesora asumió como nuevo Magno e inmediatamente Eva se puso a sus órdenes, para desgracia del mundo una nave vino del espacio trayendo una terrible enfermedad la cual hacía que las personas envejecieran en cuestión de días o semanas, todo el mundo se puso en alerta y la enfermedad fue llamada *Enfermedad del Envejecimiento Rápido,* nadie jamás había presenciado nada parecido, en Europa los conflictos estallaron hundiendo a la *I.A. Salahuddin Emirates* en una guerra civil, para quienes no entendían la guerra de corporaciones habían afectado seriamente a la población, la I.A. Salahuddin Emirates era una corporación la cual controlaba la mayor parte de los países europeos, entre ellos Suiza, el sur de Francia y en la Península Itálica en donde los musulmanes comenzaron a enfrentarse entre ellos por las duras medidas de *Qasem Soleimani*, máximo líder de la I.A. Salahuddin Emirates. En el medio Oriente la *Califa del Ovulismo* y sus guerreras buscaban la manera de frenar la enfermedad al igual que el *Deutsches Reich* y la inquebrantable corporación llamada *Unternehmen Himmler*. Para proteger el continente americano de dicha enfermedad el nuevo Magno Imperial ordenó a sus tropas rodear todo el continente y en especial a Norteamérica puesto que la *Unión Norteamericana* había quedado con problemas de sistemas luego de que el *Bug Masivo* dejara desprotegida a toda esa nación. Eva de Gutt como de costumbre ya tenía sus propios planes para atrapar al asesino del Magno Johannes II, como siempre desobedeciendo las órdenes y aprovechando que el asesino del Magno llamado *Emile von Besemberg* atacó la Unión Norteamericana Eva robó una máquina del tiempo y junto con su equipo viajaron al año 2020 para detener a ese malvado. Eva y su equipo llegaron efectivamente al año 2020 pero lo que hay descubrieron era algo sin precedentes, al parecer no era la misma línea de tiempo en la cual ella había nacido, Eva al ver la situación no tuvo más remedio que continuar con su casería pues Emile von Besemberg tenía la misión de hacer todo el daño posible en su camino. En dicho viaje Eva y su equipo pudieron conocer a un sujeto con el mismo código genético que el Magno Johannes II cosa que los motivó a cumplir su misión, para la suerte de todos Emile fue derrotado y ellos lograron completar la misión. Cuando iban de regreso las advertencias del Presidente de la Unión Norteamericana llamado *Kenneth Snay* sobre la máquina del tiempo comenzaron a cobrar vida, la máquina falló y Eva fue quien recibió la peor parte, salió volando por el vidrio delantero y aunque *Leopold* intentó ayudarla no pudo lograrlo, Eva voló a través del túnel del tiempo quedando perdida vagando por lo que parecía ser un lugar interminable, y ella jamás se imaginaría hasta dónde podría llevarla ese lugar…

En algún lugar del tiempo y del espacio

Luego de que Eva de Gutt soltara la mano de Leopold fue arrastrada por las fuertes corrientes del tiempo, la sensación de vértigo era simplemente algo que no podía describirse, Eva sentía la sensación de caer hacia el vacío, pero el vértigo la confundía y era difícil describir todo cuanto sentía puesto que cuando pensaba que estaba cayendo en realidad estaba subiendo, Eva estaba preocupada hasta que por un momento las cosas se calmaron y simplemente comenzó a flotar, Eva quien ahora estaba un poco más calmada intentó analizar la situación, su comunicador estaba prácticamente muerto y sin señal, Eva, con la esperanza de que alguien escuchara su mensaje se grabó para enviarlo a la central principal del Sacrum Imperium Veneziola:

¿Alguien puede oírme? Si es así, soy la Comandante Eva de Gutt, viajé en el tiempo junto con mis compañeros desde el año 2100 hasta el 2020, fuimos

en busca de un fugitivo llamado Emile von
Besemberg, sus planes consistían en expandir la
Enfermedad del Envejecimiento Rápido en el pasado
para destruir así a sus enemigos, pero llegamos a una
tierra diferente, nada era igual a como nos lo describió
el Magno Johannes II.

Después de culminar nuestra misión, creo que
nuestra máquina chocó con un objeto y me separé de
mis compañeros, ahora no sé en dónde me encuentro,
solamente quería que supieran que estoy bien, si este
será mi fin, por lo menos pude culminar mi misión.

Luego de enviar el mensaje Eva pensaba que
moriría puesto que no parecía haber una salida,
mientras flotaba pudo ver diferentes escenas
transcendentales las cuales había visto con
anterioridad, Eva se preguntó si se acercaba con
cierta discreción a esos eventos ella terminaría
en en esa época, era algo difícil de responder
pero ahí sucedió lo inesperado, Eva observó que
un aeroplano de color rojo pasaba muy cerca de
ella, a pesar de que ella intentó gritar por ayuda

nadie respondió, Eva aprovechó su pistola de gancho y disparó al avión, el gancho llegó hasta las ruedas del avión y ella comenzó a moverse, a pesar de que Eva gritó para que los viajeros le escucharan no tuvo éxito, pero lo peor vino luego, el avión al parecer perdió la trayectoria y comenzó a agitarse, Eva intentó desprenderse del avión pero no pudo hacerlo, fue de esa manera en la cual comenzó a dar vueltas nuevamente hasta que absorbida por lo que era una especie de agujero, Eva sintió que su alma era desprendida de su cuerpo y repentinamente sintió un duro golpe, a los pocos minutos abrió los ojos y estaba acostada sobre el suelo, la tierra de color rojo cubría su rostro, ella se levantó y vio lo que al parecer era una ciudad la cual estaba completamente destruida, al parecer todo había sucedido recientemente, Eva indagó cuidadosamente en el lugar, había perdido su pistola de gancho pero para su suerte su arma principal aún colgaba en su espalda, Eva caminó unos cuantos metros y pudo ver a robots en el suelo convertidos en chatarra, Eva se agachó para verlos y pudo ver que habían sido destruidos recientemente, repentinamente a su derecha algo comenzó a moverse, Eva en seguida agarró su arma y preguntó quién estaba ahí, le pidió que saliera o dispararía, al no ver nada Eva comenzó a avanzar a paso lento, ella estaba un poco preocupada puesto que no sabía en dónde estaba, tenía que estar pendiente de no caer en una trampa así que utilizó la tecnología de su traje para poder estar más segura, cuando Eva observó de quienes se trataba pudo ver a un niño, él le pidió que por favor no le matase, Eva dejó de apuntarle debido a que no le haría daño, pero repentinamente alguien intentó atacarla por la espalda, Eva se quitó pero ese hombre era muy rápido, golpeó a Eva haciendo que su arma cayera lejos de ella, Eva intentó correr hasta su arma y el hombre sacó un látigo con el cual sujetó las manos de Eva quien al ver esto se acercó hábilmente hasta el hombre pateado su rostro y utilizando el látigo en su contra, el hombre cayó al suelo y él le llamó máquina asquerosa y escupió a los pies de Eva quien al escuchar eso preguntó por qué la llamaba de esa manera, Eva se acercó hasta su arma y aseguró que ella no era una máquina, pero justo ahí llegaron otros hombres y apuntaron a Eva quien de igual manera les apuntó a todos, el hombre del látigo se levantó y les pidió a todos que por favor se tranquilizaran puesto que Eva no era una robot, todos estaban muy sorprendidos, a pesar de que todos tenían apuntada a Eva se acercaban para verla de cerca, uno de ellos quedó impactado puesto que ella llevaba un antiguo traje, Eva le llamó ignorante y aseguró que su traje era de última tecnología, otra cosa que llamó la atención de todos fue la antigua bandera imperial de color amarillo, azul y rojo con estrellas y el escudo el cual llevaba en su pecho al lado derecho, Eva se sorprendió ante ese comentario y quiso saber por qué lo había dicho, ella comenzó a preocuparse pero repentinamente los hombres comenzaron a asustarse, Eva preguntó qué sucedía y repentinamente los robots a los cuales ella había visto comenzaron a levantarse poco a poco, ellos al parecer habían absorbido la energía de los depósitos de energía del traje de Eva, muchos de esos robots comenzaban a salir de debajo de la tierra como si de muertos vivientes se tratasen, todos comenzaron a correr hacia los hombres quienes comenzaron a disparar, Eva de igual manera disparó pero a pesar de que sus disparos eran efectivos los robots no recibían daño, los robots de igual manera comenzaron a disparar y a arrojar granadas las cuales explotaban y cubrían con fuego todo su paso, Eva fue sujetada por uno de esos hombres quien le pidió que se agachara mientras todos disparaban, Eva estaba al asecho y preguntó qué sucedía, el hombre aseguró que estaban en guerra, Eva no podía creer eso pero justo ahí un robot llegó hasta donde ellos estaban y de un solo golpe quebró el cráneo de ese hombre y Eva quedó sorprendida, pero antes de que el robot la atacara a ella agarró el arma de ese hombre y junto con su látigo esquivó el ataque y destruyó su cabeza, Eva luego continuó disparando a los demás robots quienes se acercaban disparando y atacando todos a su paso, Eva estaba sorprendida pues no sabía contra qué o quién estaba luchando pero sabía que tenía que buscar la manera de finalizar ese combate, ahí pudo recordar los contenedores de energía de su traje, Eva tenía un plan pero al parecer tenía que ser ejecutado lo antes posible puesto que los hombres estaban siendo masacrados a su vista, Eva al observar eso pensó que moriría pues se estaba quedando sola, por esa razón hizo explotar sus dispositivos de energía y las explosiones comenzaron, Eva corrió para ponerse a salvo pero para su desgracia uno de los robots explotó cerca de ella debido a una sobrecarga, Eva recibió ese gran impacto y en su pecho, mano y pierna, la sangre comenzó a salir de su boca y pensó que era el fin, ella cerró los ojos y no se dio cuenta de que acto seguido un grupo de soldados llegaron a la escena para ver qué estaba ocurriendo en esa zona, ahí pudieron ver que alguien había acabado con todos esos robots utilizando una sobrecarga, uno de los soldados aseguró que quien fuese que lo habría hecho de seguro era muy poderoso, fue ahí cuando vieron a la moribunda Eva, tenía algunas barras de hierro enterradas en su pecho, su pierna y sus brazos estaban dañados, sin pensarlo la ayudaron puesto que hicieron la suposición de que ella había acabado con todos esos robots, Eva estaba en condiciones graves y los soldados la pusieron en una cámara de recuperación mientras llegaban hasta un *Ciberhospital* puesto que Eva necesitaría algo más que un doctor.

Los soldados quienes rescataron a Eva pudieron salvar su vida, ella fue sometida una variedad de cirugías en su cuerpo puesto que la explosión le había dejado prácticamente inmovilizada de por vida, pero gracias a los *Ciberdoctores* quienes estaban ahí Eva pudo sobrevivir y ser reconstruida con ciertas mejoras en su cuerpo, pero esos doctores quedaron muy sorprendidos puesto que Eva conservaba órganos como el *Apéndice* y sus *Muelas del Juicio* cosas que eran completamente innecesarias y que habían desaparecido con la evolución, fue de esa manera en que comenzaron a investigar el traje de Eva al igual que sus pertenencias, uno de los Ciberdoctores envió a la base principal información sobre Eva y esperaban a que ellos pudieran responder sus preguntas, mientras tanto ellos se encargarían de remover las muelas del juicio y su apéndice para evitar futuros problemas, de igual manera al revisar su código genético supieron que ella pertenecía a los llamados *Supersoldados de Veneziola* puesto que por la antigüedad de su ADN detectaron eso, uno de los Ciberdoctores aseguró que probablemente Eva fuese una viajera del tiempo, todos se quedaron impresionados ya que no veían eso posible dado que las máquinas del tiempo habían sido prohibidas y luego desaparecidas, nadie en esa época poseía una, los Ciberdoctores se pusieron muy inquietos por eso dado que estarían ante un acontecimiento histórico, por eso decidieron esperar a que Eva despertara puesto que ella probablemente podría ayudarles con el terrible problema que estaban viviendo todos los presentes.

Tres días después del rescate de Eva los Ciberdoctores estaban contentos por el proceso de recuperación de Eva ya que se estaba recuperándose con rapidez, aunque los Ciberdoctores continuaban sin recibir información cosa que les resultaba muy extraño, uno de los Ciberdoctores preguntó al mensajero si había narrado de manera correcta el mensaje, el mensajero narró el mensaje y al momento en que leyó la parte en la cual decía viajera del tiempo el otro Ciberdoctores lo golpeó fuertemente e intentó eliminar el rastro del mensaje pero ya era demasiado tarde, su mensaje había sido hackeado y en ese instante las explosiones comenzaron, todos estaban dispuestos a defender esa ubicación pero sus intentos fallaron, los robots comenzaron a disparar dentro del centro médico asesinando a todos los Ciberdoctores, luego se acercaron hasta donde estaba Eva dormida en la cámara de recuperación, pero justo ahí los robots comenzaron a tener problemas puesto que algo les estaba atacado, ellos salieron a enfrentarse pero fueron erradicados por la superioridad numérica de algunos soldados quienes al entrar observaron a todos los Ciberdoctores muertos, los soldados revisaron absolutamente todo y hallaron a Eva dormida en la cámara de reposo, con mucho cuidado la sacaron y la llevaron hasta su nave puesto que era momento de terminar su tratamiento para que ella respondiera por sus acciones.

Érase una vez, en ambos planetas lejanos

Los soldados llevaron a Eva hasta la sede del gobierno, lamentablemente mientras viajaban en sus naves otro combate comenzó, Eva al parecer estaba destinada a ser capturada, mientras volaban la nave en la cual Eva trasladada fue alcanzada en uno de sus generadores de energía lo que causó una explosión haciendo que la nave comenzara a descender, los soldados al ser profesionales intentaron detener el impacto lo más que podían y mientras los pilotos maniobraban los soldados observaban a los robots disparando desde una nave enemiga, ellos golpearon la nave en la cual Eva era traslada haciendo que lamentablemente su aterrizaje fuese duro, algunos de los soldados murieron por el impacto, los soldados quienes iban en las otras naves llegaron al rescate y otra batalla comenzó, Eva fue sacada de esa nave junto a los sobrevivientes quienes había quedado mal heridos, la nueva nave comenzó a volar dejando atrás a las naves de refuerzo, el piloto aseguró que estaban a salvo puesto que ya habían llegado a la fortaleza, Eva fue llevada rápidamente a cuidados intensivos puesto que sufría el riesgo de padecer un paro cardiaco por los constantes movimientos, ella fue puesta al cuidado de los Ciberdoctores quienes aseguraban que ella estaría mejor.

A los pocos días Eva fue despertada por los Ciberdoctores, ella abrió sus ojos y una ropa adecuada le fue dada, Eva se vistió y acto seguido diez soldados entraron apuntándola con sus armas asegurando que era momento de que se presentara ante el tribunal militar por sus delitos, Eva, quien todavía no podía moverse bien por los cambios que le habían hecho aseguró que ellos realmente habían escuchado historias sobre ella puesto que habían diez hombres apuntándole, Eva aseguró que tenían ventaja al estar armados, de lo contrario acabaría con ellos si así lo deseaban, los hombres se acercaron a ella y la esposaron con lo que eran unas esposas hechas con electricidad, Eva vio eso como algo innovador y los soldados la llevaron hasta el alto mando militar, Eva estaba sorprendía por las cosas que veía puesto que todo parecía ser tan innovador y sofisticado. Un poco después Eva entró a un lugar en donde había muchos militares, ahí apareció un hombre el cual tenía la apariencia de un guerrero, las cicatrices en su rostro le delataban, él había estado en muchas batallas, Eva continuaba esposada y custodiada en todo momento por soldados, el hombre de las cicatrices se hacía llamar *Lothar von Dirlewanger*, Eva preguntó si todo eso era un juego puesto que había escuchado ese apellido antes el cual pertenecía a un brutal asesino en el lugar de donde ella venía, Lothar sin preámbulos se acercó a ella y sacó un arma apuntándola en el rostro, Eva lo vio fijamente y le pidió que disparara puesto que no tenía miedo, a diferencia de él que se atrevía a apuntarle estando ella indefensa, Lothar golpeó a Eva en el estómago y ella cayó al suelo, Lothar aseguró que en su ausencia las cosas habían cambiado un poco, Eva se levantó luego de recuperarse y luego otro militar de nombre *Valerio de Reyes* apareció en escena, les pidió a todos que se calmaran y Eva quien escuchó el apellido de ese militar de alto rango preguntó cómo era posible que ellos trabajan juntos pues Lothar era un *Naze,* Valerio y Lothar se vieron el uno al otro y entendieron que Eva no sabía absolutamente nada, Lothar aseguró que Eva estaba detenida y tenía que cumplir con una condena por haber hecho un viaje en el tiempo de manera ilegal en el año 2100, Eva se negó a responder puesto que se trataba de un secreto de estado, Eva pidió que se le comunicase con las autoridades del Sacrum Imperium Veneziola inmediatamente, todos los presentes vieron lo desactualizada que estaba Eva y le explicaron que la civilización no existía como ella la conocía, Lothar pidió que se despejara el techo el cual se abrió, luego Eva fue invitada para observar la manera en la cual era el mundo, Lothar le reveló que ella había viajado en el tiempo 1726 años desde el año 2020, Eva estaba sorprendida puesto que no esperaba ir a tan lejos, Lothar aseguró que todo lo que conocía no existía y sus seres queridos no eran más que polvo, su antiguo imperio ya no existía, Eva estaba sin palabras, luego preguntó qué había sucedido con el mundo en todo ese tiempo, Lothar aseguró que no revelaría absolutamente nada puesto que no era necesario, lo que sí le aseguró fue que pasaría un largo tiempo en prisión por haber transgredido las normas del tiempo, Eva aseguró que Lothar era un verdadero tonto, él quiso saber por qué ella le llamaba tonto, Eva no sabía que había viajado al futuro y no entendía cuáles eran los problemas de esa época pero al llegar había visto a unos robots correr hacia ella y atacarle, su arma era

inútil y lamentablemente salió gravemente
herida, luego, como si fuese un milagro aparecía
ante ellos completamente recuperada solo para
que la condenaran por haber ido a perseguir a
un criminal el cual había asesinado a la máxima
autoridad de su nación, todo eso era
simplemente incomprensible, Eva había
observado que al parecer las cosas no estaban
yendo muy bien para todos en el futuro, y con
comandantes incompetentes como Lothar no era
de extrañase de que todo se podría peor, Lothar
se enfureció y Eva le pidió que se dejara de
tonterías, si tanto quería pelear ella lo humillaría
en frente de todos si eso era lo que quería,
Lothar le pidió a los guardias que le quitara las
esposas a Eva puesto que le daría una lección a
esa forastera, Eva fue liberada y Lothar se acercó
a ella para golpearla, Eva mostró su gran
habilidad ante todos esquivando los golpes de
Lothar, Eva solo se defendía pero eso no le fue
suficiente, Lothar logró golpear su rostro y Eva
en respuesta comenzó a patearlo hasta que
aplicó una de sus llaves de artes marciales
arrojando a Lothar al suelo, Eva se acercó a él y
continuó goleándolo hasta que la detuvieron,
Eva se levantó del suelo al igual que Lothar
quien afirmó que había sido una buena pelea,

Lothar se puso su uniforme y todos estaban sorprendidos por la habilidad de Eva quien exigió saber de la situación actual, Lothar aseguró que eso no sería necesario puesto que iría a su celda inmediatamente, Valerio se acercó a Eva para acompañarla pues tenían mucho por hablar, Eva llegó a su celda y Valerio se sentó junto con ella, Eva aseguró que se sentía muy diferente, Valerio le informó sobre los cambios que había tenido su cuerpo el cual había quedado muy dañado luego de que una explosión le afectará, Eva apenas pudo recordar eso y supo que debió haber muerto en ese instante, pero al quedar con vida supo que era su deber hacer algo importante, Valerio no tuvo dudas de eso, Eva preguntó qué había ocurrido, Valerio no sabía por dónde empezar pero explicó a Eva que la humanidad estaba envuelta en un conflicto con una inteligencia artificial llamada *La Androgénesis,* Eva se sorprendió por eso mientras Valerio explicaba que dicha inteligencia artificial reclamaba en el pasado sus derechos puesto que se había enamorado de un humano, las autoridades se negaron a conceder dicho permiso y la inteligencia artificial quien se hacía llamar *Aurora* se enojó pero siguió con su relación con ese hombre llamado *Ernt-Morce,* lamentablemente para la pareja una noche fueron emboscados y Aurora fue agredida mientras que Ernt-Morce fue asesinado, el cuerpo de Aurora fue destruido pero su mente había logrado mantenerse con vida, fue esa noche en que el mal daría inicio. Un tiempo después una especie de guerra de guerrillas comenzó, la tecnología era hackeada y los robots utilizados en construcciones y trabajos se volvían violentos y comenzaban a atacar a sus dueños, Aurora luego se daría a conocer como la Androgénesis presentándose ante todos y a pesar de que con mucho valor y de buena voluntad había querido exponer su caso no lo consiguió, por eso comenzó una revuelta en todas partes, hackeando, haciendo atentados y eliminando a personas importantes a su paso, Eva analizó bien eso y aseguró que la humanidad lo tenía merecido puesto que desde siempre habían estado metidos en problemas y guerras las cuales eran tontas, Valerio de igual manera le informó a Eva que para cuando el problema con la Androgénesis comenzó la Tierra estaba en guerra con el planeta Marte, Eva estaba sorprendida, preguntó si ya habían tenido contacto con extraterrestres, Valerio aseguró que no pero le hizo saber que Marte había pasado por proceso por lo cual fue llamado Terraforma y se habían convertido en una potencia, pero de un momento a otro querían independizarse del gobierno de la Tierra y una guerra sangrienta comenzó entre Terrícolas y *Marteanos*, Eva estaba sin palabras, ella preguntó cómo había finalizado esa guerra, Valerio contestó diciendo que los humanos tenían que unir sus fuerzas para detener a la Androgénesis quien cada día estaba tomado más poder, lo que antes había comenzado como una guerra de guerrillas ahora todo había tomado un rumbo diferente, los humanos eran fuertes pero ya la Androgénesis contaba con enormes naves robadas y modificadas, además con ciudades las cuales antes eran de los humanos, Eva estaba sin palabras ante la mala situación en la cual se encontraba, ella preguntó qué había pasado con el Sacrum Imperium Veneziola, Valerio aseguró que las naciones fueron avanzando hasta que en un punto y con la finalidad de no destruir el planeta decidieron crear un gobierno mundial para que cesaran la guerras, Eva entendió eso pero de igual manera las cosas no dejaban de ser diferentes, Valerio estaba convencido de eso, las guerras y los conflictos internos no habían desaparecido a lo largo del tiempo y Eva se acostó en su cama queriendo poder volver a su época, Valerio aseguró que eso sería prácticamente imposible puesto que no existían máquinas del tiempo en esa época, Eva no creía eso, estaba segura de que existían solamente no se habían encontrado con las personas adecuadas, Valerio le pidió a Eva que por favor se sintiera cómoda en su nuevo hogar debido a que no había opción para regresar, Eva aseguró que se podría muy cómoda en una celda, Valerio pelearía por ella para que fuese liberada, Eva estaba segura de eso, ese hombre llamado Lothar no era más que un fanfarrón y probablemente le ofrecería un trato para que ella lo ayudara con la guerra, Valerio pidió a Eva que por favor entendiera la situación de todos, habían estado en guerra desde mucho antes de que todos fuesen nacido, era entendible en cierta parte que Lothar se comportara como un malvado puesto que la guerra había afectadora todos, Valerio tenía la idea de que podría culminar la guerra pronto puesto que ya estaba cansado de vivir día a día con temor, Eva no podía creer que había salido de una guerra para entrar en otra, en ese momento Eva preguntó en dónde estaban sus pertenencias, Valerio no sabía nada al respecto y Eva recordó que ella tenía la muestra de la famosa *Sangre Dorada*, esa era la cura para la terrible enfermedad el Envejecimiento Rápido la cual aterraba al mundo en la época de Eva, eso puso de mal humor a Eva pero tenía que ser paciente puesto que no sabía cómo estaban sus compañeros de época, Valerio salió de la celda y aseguró que regresaría pronto para continuar hablando, Eva decidió dormir ya que era preciso descansar para tratar de escapar de ese lugar.

Eva durmió calmadamente en esa celda, le parecía injusta la manera en la cual era tratada, ahí pensó mucho en todas las cosas que había vivido, recordó a sus amistades y al Magno Johannes II el cual había sido asesinado por no haber estado con él, Eva comenzó a llorar puesto que estaba muy triste, completamente sola y sin opciones de volver, entre su llanto y su tristeza nuevamente se quedó dormida, luego de no saber cuánto tiempo había pasado alguien colocó la comida de Eva en su celda para que comiera, Eva agarró su comida y pudo ver lo diferente que era a su época, ella extrañaba el pollo de *Arturito* el cual era el mejor de su nación, Eva comió y a pesar de que la comida no era igual a su época tenía un sabor muy bueno, luego de eso se levantó y comenzó a hacer ejercicios, su rutina consistía en abdominales y flexiones puesto que el espacio era reducido. Un poco después dos soldados entraron y le pidieron a Eva que se diera la vuelta puesto que sería esposada y llevada hasta las autoridades, Eva aseguró que no sería llevada con esposas, iría de buena voluntad o de lo contrario acabaría con los dos, los soldados al no hacer caso de las amenazas de Eva decidieron entrar para someterla, un poco detrás Valerio con otros dos guardias iban de camino a la celda y lo que encontraron ahí los dejó sorprendidos, Eva había derrotado a los dos guardias y los había desarmado, los guardias que iban con Valerio querían detenerla pero Valerio les pidió que por favor no lo hicieran debido a que Eva iría con ellos sin necesidad de ser arrastrada, Eva preguntó hacia dónde la llevarían, Valerio aseguró que pronto lo sabría.

Eva se encontró nuevamente con el alto mando militar quienes la acusaban de viajar en el tiempo de manera ilícita, Eva preguntó si continuarían con esa tontería puesto que ya estaba cansada de escuchar una y otra vez la manera en la cual decían eso mientras persona morían por los atentados de la Andrugénesis, el alto mando militar aseguraron que Eva era una guerrera temible en su época, por esa razón le preguntaron si tenía interés en unirse a la guerra a cambio de un indulto, Eva aseguró que todos ellos eran patéticos y predecibles, pero Eva confesó no tener opción así que solamente le quedaba pelear para culminar la guerra, el alto mando militar le dio un indulto a Eva y ella se retiró, Valerio fue con ella y Eva lo observó con rostro sonriente puesto que Eva había acertado en su predicción.

Un entrenamiento imposible

Valerio fue con Eva para mostrarle las instalaciones del cuartel, Eva observaba a muchas personas quienes tenían algunas líneas en la cabeza de color verde y Azul, Eva preguntó a qué se debía eso, Valerio explicó que cuando Marte fue habitado la manera en que sus habitantes sobrevivían a un posible accidente con la atmósfera artificial eran esas reservas de agua y oxígeno, Eva estaba sorprendida, realmente era un avance tecnológico, Valerio aseguró que era correcto y Eva preguntó cuándo iría a Marte puesto que estaba ansiosa por conocer el planeta rojo, Valerio pidió paciencia puesto que luego tendría la oportunidad de visitar al planeta rojo, por ahora Eva tendría que completar su entrenamiento, Eva preguntó a qué se refería, Valerio le hizo saber que ahora existían armas nuevas, la tecnología había cambiado, Eva dijo que eso era cierto, incluso su arma la cual era muy poderosa en esa época al parecer parecía tan absurda que no hizo un solo rasguño a esos robots, Valerio llevó a Eva hasta la armería y ahí estaba el instructor, Valerio le pidió que por favor le enseñara a Eva todo acerca de las armas disponibles por el ejército, el instructor le pidió a Eva que pasara y Valerio se despidió de Eva puesto que de ahora en adelante ella sería asignada a un escuadrón el cual tendría misiones especiales, Eva agradeció su ayuda y Valerio se marchó, el instructor vio a Eva con malos ojos asegurando que era irrespetuosa al enfrentarse al Mariscal Lothar, Eva lo vio fijamente y preguntó si él de igual manera quería una paliza, el instructor se quedó sin palabras y Eva le pidió que fuese preciso en mostrar el armamento puesto que no quería perder tiempo con alguien tan patético como él, el instructor abrió la armería y ahí a través de los hologramas se podía ver la función de cada arma, Eva observó que la mayoría de las armas en vez de disparar balas o láser se centraban la electricidad, pequeñas esferas eléctricas, Eva entendió que al fin y al cabo los Teutones del Deutsches Reich habían marcado su legado ya que en su época sus armas eran iguales, Eva agarró para ella dos pistolas, un par de mini granadas eléctricas y el arma que todo soldado debía llevar, el arma era bastante moderna y su eficacia ante los robots era segura, Eva luego de elegir su arsenal fue llevada para que probara sus armas y Eva, al ser una experta en armas no tuvo problemas para disparar con puntería casi perfecta, Eva con su soberbia preguntó al instructor si quería competir con ella pero él, al ver la gran puntería de Eva confesó que no podría debido a que no estaba en sus órdenes, Eva sonrió llamándolo miedoso, el instructor no dijo absolutamente nada, él sabía que no podría en su contra. Luego de eso Eva fue enviada junto con otros soldados en un simulacro, ellos eran quince en total y con Eva eran dieciséis, todos estaban armados, en ese momento el comandante encargado del simulacro soltó a algunos robots controlados y la batalla comenzó, Eva se puso a cubierto mientras atacaba, Eva observó que muchos de esos soldados se lanzaban al ataque sin pensar las consecuencias, ella pensaba que no se estaban tomando el entrenamiento en serio, Eva era discreta a la hora de disparar y de moverse, muchos de sus compañeros fueron atacados por los robots y terminaron en el suelo, los robots tenían armas las cuales les daba una pequeña descarga a los soldados, Eva no permitiría que eso le ocurriera y por eso fue cuidadosa, disparaba y se ocultaba, la cuestión era ser prudente siempre. Al concluir el combate Eva no fue alcanzada por los ataques cosa por la cual salió favorecida, el director del entrenamiento la felicitó por eso y le pidió que lo acompañara, Eva lo siguió y entraron a un habitación con hologramas por todas partes, Eva se sorprendía cada vez más, un hombre apareció, su nombre era *Cornelio Lewis*, Eva se presentó, Cornelio ya sabía la identidad de Eva, ella preguntó el movimiento de la guerra, Cornelio presentó a Eva un mapa holográfico de la Tierra, Eva estaba sorprendida y preguntaba por qué aparecían nuevos territorios, Cornelio explicó a Eva que la Tierra tenía agua de sobra, por esa razón se crearon continentes artificiales al igual que ciudades submarinas, Eva estaba sin palabras, quiso saber qué tipo de civilización eran en esa época, Cornelio aseguró que seguían siendo una civilización tipo 0, pero podían aprovechar algunas de las energías del planeta, Eva estaba sin palabras, ahora entendía todo, Cornelio explicó a Eva que tantos años de guerra entre Marteanos y Terrícolas había dejado un gran desgaste pero a la vez había sido producente debido a que la tecnología había avanzado, Eva pudo notarlo y preguntó cuál sería su misión, Cornelio explicó a Eva que la Androgénesis al utilizar energía limpia era casi imposible desactivarla, por esa razón casi todos los robots habían sido dejados de lado por los humanos y nadie los utilizaba puesto que la Androgénesis podría hackearlos y utilizarlos para atacar a todos, Eva supo que había sido lo correcto, Cornelio explicó que tiempo atrás estaban rastreando algunas señales de la Androgénesis, al parecer ella tenía un lugar donde se almacenaba toda su información, la señal venía de un lugar en las profundidades del océano atlántico, era una enorme ciudadela la cual estaba en disputa con la Androgénesis, Cornelio aseguró que muchos soldados morían a diario en ese lugar llamado *Próxima Aquarium,* Eva preguntó cuál era su misión, Cornelio le informó que su misión era ir y encontrar a un científico llamado *Olivier de Conquinozzo,* él estaba atrapado en uno de los sectores principales, Eva preguntó por qué un científico de vital importancia había sido enviado a un lugar tan religioso, Cornelio confesó que ese científico había sido enviado con la esperanza de activar un sistema de defensa pero no funcionó, por esa razón los robots estaban a punto de llegar a su posición, Eva puso sus manos a la obra y en ese momento las puertas se abrieron y entró un comando de soldados, todos eran intimidantes, Cornelio presentó a Eva a las

Titanium Forces, Cornelio explicó que ellos eran los mejores en todo, ellos serían los compañeros de Eva para dicha misión, esos soldados ni siquiera voltearon a ver a Eva, eran un equipo de seis mujeres y cuatro hombres, su líder se llamaba *Angélica de la Haro,* ella se acercó a Eva y le aseguró que no le gustaban los novatos y que si resultaba herida no dudaría en dispararle, Eva le confesó, esperaba que su habilidad fuese tan mortal como ella decía pues tampoco dudaría en asesinarla cuando tuviese la oportunidad, Cornelio las calmó a las dos y les pidió que se concentraran en la misión, Cornelio le pidió a Eva que por favor le siguiera puesto que era momento de que recibiera un traje adecuado para pelear, Eva le siguió y Cornelio hizo que le tomaran las medidas a Eva y el traje fue hecho en menos de diez minutos, al ponérselo Eva supo que era muy resistente, Cornelio informó a Eva que los trajes no podían poseer mucha tecnología puesto que la Androgénesis podría hackearlo y utilizarlo en su contra, pero el traje podría resistir muchas cosas y era tan liviano como una ropa de algodón, Eva supo eso y aseguró que ya estaba lista para dicha misión, Angélica estaba esperándola, Eva ni siquiera la observó e intentó subir la nave cuando Angélica sujetó a Eva por el hombro advirtiéndole que si no seguía sus órdenes la mataría sin pensarlo, Cornelio se comunicó con el equipo y pidió a todos que cumplieran la misión no importaba el coste debido a que la información que Olivier pudiera tener sería de vital importancia, la pequeña nave despegó desde la base principal ubicada en uno de los nuevos continentes creados, Eva observaba con asombro lo mucho que había avanzado la tecnología, ella se imaginaba a la Tierra del futuro con edificios altos los cuales llegaban al cielo pero al parecer las cosas eran diferente, la ciudad a la vista de Eva a pesar de ser tecnológica no contaba con grandes rascacielos, pero en el cielo Eva pudo observar ciudades flotantes, Angélica al ver que Eva disfrutaba del escenario oscureció las ventanas de la pequeña nave y pidió que se mantuviera en alerta puesto que no quería retrasos en la misión, Eva no dijo nada y en seguida pudo sentirse la manera en la cual la nave entró en el agua, todos los presentes ahí agarraron sus armas al igual que Eva, Angélica pidió a todos que estuviesen alerta puesto que podían ser atacados en cualquier momento, luego las ventanas se aclararon y Eva pudo ver una ciudad de bajo del agua, eso la dejó sin palabras ya que no había visto nada igual, pero a un lado de la ciudad acuática se podía observar ciertas explosiones, Eva se imaginaba que en ese distrito de la ciudad era donde se estaban enfrentando, Eva y su equipo precisamente iban encaminados hacia ese punto, todos los presentes comenzaron a preparar sus armas y en el momento en el cual entraron a la ciudadela la nave que los conducía recibió un impacto haciendo que cayeran, afortunadamente la altura no era demasiada y a pesar de que el aterrizaje fue duro ninguno resulto herido, pero apenas abrió la compuerta de la nave que los transportaba los disparos comenzaron Eva salió en seguida y comenzó a disparar al igual que sus compañeros, habían caído en territorio enemigo, Angélica activó las ametralladoras eléctricas y junto con su equipo hizo frente a los robots que les estaban atacado, Eva se dio cuenta de que el equipo con el que estaba no eran ningunos novatos, avanzaban a gran velocidad a pesar del fuego intenso, Eva no quiso quedase atrás y avanzó con rapidez hasta liquidar al último de los robots, Cornelio apareció en forma de holograma y descargó un mapa el cual los guiaría hasta la ubicación de Olivier, Eva observó el punto de Olivier y supo que sería casi

imposible de llegar, Angélica aseguró que
cumpliría con la misión, en ese momento
algunas tropas llegaron para buscar
sobrevivientes, Angélica les llamó incompetentes
puesto que habían llegado tarde, el escuadrón
reportó que habían estado esperándolos en la
ubicación señalada pero ellos fueron atacados
por esa razón tuvieron que abrirse paso hasta
donde estaban actualmente, Angélica ni siquiera
volteó a verle y ese soldado preguntó si podrían
ayudarle, Angélica con su arma le disparó en el
la cabeza a ese soldado matándolo en el acto,
Eva sin pesarlo apuntó con su arma a Angélica
puesto que lo que había hecho no era lo correcto,
Angélica sonrió y le pidió que lo hiciera, ya que
después de que la matara todos le dispararían,
los soldados ahí presentes se quedaron sin
palabras mientras Angélica les ordenó que
dijeran que el teniente había caído en combate,
Eva bajó su arma al ver que los soldados estaban
dispuestos a obedecer a Angélica, luego de eso
les llamó cobardes puesto que habían permitido
que esa malvada asesinara a su teniente, los
soldados ni siquiera recogieron el cadáver y
Angélica se dio marcha hasta el punto donde
estaba Olivier, Eva estaba muy enojada y en
todo momento estaba en alerta puesto que no

sabía si sería atacada por Angélica, uno de los soldados pertenecientes a los Titanium Force accedió a una de las computadoras, ahí pudo ver que los soldados habían retrocedido ante el avance de los robots, Angélica confesó que probablemente a Próxima Aquarius le quedaba muy poco tiempo a manos de los humanos puesto que la influencia de la Androgénesis había sido dura en las profundidades, era un frente el cual no se podía continuar combatiendo, el soldado quien estaba en la computadora supo que se necesitaban más soldados para poder combatir a las fuerzas de la Androgénesis, Angélica aseguró que no dijera eso en voz alta puesto que podrían enviarles a esos estúpidos soldados Marteanos los cuales no servían para nada, todos ahí comenzaron a reírse mientras Eva en su interior tenía muchos deseos de conocer a los nacidos en Marte ya que ella siempre había sido amante de las cosas espaciales, Angélica pudo trazar una ruta segura para llegar hasta donde estaba Olivier, obviamente habría riesgos pero era la única manera, las Titanium Force se encaminaron en seguida pero, antes de que Eva comenzara a caminar Angélica sacó lo que parecía ser un cuchillo y lo puso en la garganta de Eva asegurando que si la próxima vez le apuntaba con un arma en frente de todos lo lamentaría, Eva comenzó a reírse mientras Angélica veía la mano de Eva quien astutamente la tenía apuntada con su arma, Eva aseguró que podrían completar la misión, luego podrían matarse entre ellas, Eva era muy inteligente y en todo momento supo que tenía que cuidarse la espaldas de Angélica puesto que ella intentaría matarla cuando tuviera la oportunidad, el grupo continuó avanzando mientras que algunos de los robots aparecían para atacar, repentinamente en la parte del domo comenzaron a verse una especie de arañas robots, Angélica gritó que se pusieran a cubierto pues las arañas comenzaron a atacarlos, Angélica y Eva dispararon a las arañas y pudieron derribar a tres de ella y quedaban dos, pero debido a lo mortales que era dichas arañas todos estaban al pendiente, repentinamente una de las arañas atacó a las Titanium Force y uno de ellos mientras disparaba fue decapitado por una de las arañas mientras que otro fue dividido por la mitad, Angélica sin pensarlo atacó duramente y Eva utilizó una de sus granadas para acabar con una de las arañas mientras que Angélica y sus soldados acabaron con la otra, Angélica observó a sus dos compañeros asesinados y siguió adelante, Eva pudo ver que Angélica no estaba contenta por eso, todos continuaron corriendo hasta que el mapa les marcaba su ubicación, ya estaban cerca de la ubicación de Olivier, Angélica intentó comunicarse con él, Olivier contestó el llamado y preguntó si tardarían mucho en llegar, Angélica aseguró que estaban muy cerca, Olivier estaba con algunos soldados pero no resistirían mucho tiempo, Angélica les gritó a todos para que se movieran hasta que pudieron llegar hasta la ubicación de Olivier, Angélica al verlo lo sujetó del brazo y le ordenó que fuera con ellos, Olivier preguntó por los soldados quienes estaban combatiendo para protegerlo, si Olivier se marchaba absolutamente nadie podría ayudarlos a controlar las ametralladoras de electricidad, Angélica le afirmó que ella había ido a ese lugar con la intención de rescatarlo solamente a él, esos soldados tenían que quedarse a defender su posición y morir sin retroceder, Olivier no apoyó esa idea y los soldados de la Titanium Force le apuntaron a Olivier asegurándole que si no iba con ellos lo asesinarían por desobedecer las órdenes, Olivier estaba sin palabras y uno de los soldados lo golpeó fuerte en su cabeza mientras el otro lo llevó en sus hombros cargado, Eva supo que eso estaba mal hecho y todos se encaminaron para salir de ese lugar, los gritos de los otros soldados comenzaron a escucharse en los transmisores, Angélica los había abandonado a su suerte, eso realmente había estado muy mal, Angélica se comunicó con Cornelio y le informó que ya tenían el objetivo, Cornelio aseguró que enviaría a un equipo de rescate para evacuarlos pero ahí pasó algo que nadie esperaba, el suelo comenzó a temblar, Angélica les ordenó que continuaran corriendo y como si de un animal se tratase un robot con el rostro de una mujer apareció, algunos soldados de refuerzo llegaron para apoyar a las Titanium Force, Angélica supo que se trataba de uno de los cuerpos de la Androgénesis, todos comenzaron a atacarla, la Androgénesis era muy rápida para tratarse de un robot y poco a poco fue acabando con todos los ahí presentes, Angélica tuvo el valor de enfrentarla, sacó sus cuchillos cibernéticos mientras que la Androgénesis transformaba su brazo en una espada afilada, el duelo comenzó entre ambas, Angélica era muy hábil con sus cuchillos y pudo hacerle frente a la Androgénesis, por su parte Eva agarró uno de los rifles francotiradores y preparó una de sus granadas, Angélica comenzó a retroceder puesto que la Androgénesis ya comenzaba a superarla, en ese momento Eva lanzó la granada la cual explotó, la Androgénesis estaba distraída por la explosión de sobrecarga y en ese momento Eva disparó al pecho de la Androgénesis la cual no esperaba ese golpe, Eva luego con su arma comenzó a dispararle mientras la Androgénesis se acercaba a ella, Eva de igual manera comenzó a pelear con la Androgénesis utilizando su cuchillo cibernético, Eva la golpeaba con fuerza y la Androgénesis logró sujetarla por el cuello y le preguntó en dónde estaba la máquina del tiempo, Eva logró dispararle en el pecho nuevamente a la Androgénesis quien al ver que Eva la derrotaría junto con la llegada de las tropas de refuerzos decidió secuestrar a Eva, la Androgénesis la estaba persiguiendo pensando que Eva tenía una máquina del tiempo, La Androgénesis corrió sosteniendo a Eva quien en un punto utilizó su cuchillo y cortó el brazo de la Androgénesis quien al ver que los refuerzos llegaban no tuvo otra opción que marcharse, Eva estaba en el suelo mientras los soldados intentaban ayudarla, pues ella había hecho algo que nadie había logrado. Cuando la Androgénesis se marchó Cornelio apareció y les pidió que se encaminaran de inmediato a la base militar junto con Olivier puesto que era momento de conversar sobre lo ocurrido.

Invento mortal

Eva estaba en todo momento a la defensiva,
apenas llegaron al cuartel Cornelio apareció ante
Eva observándola, Angélica y Eva se prepararon
para pelear, Cornelio las detuvo a ambas y
preguntó qué estaba sucediendo, Eva informó
todas las cosas que había hecho Angélica, Eva no
estaba de acuerdo con nada de eso y Cornelio le
explicó a Eva que en las misiones a veces
ocurrían ciertas cosas las cuales eran parte del
trabajo, ella más que nadie debería saberlo, Eva
se acercó a Cornelio y le aseguró que no volvería
a ir en una misión con las Titanium Force y
luego se acercó a Angélica asegurando que la
próxima vez que estuviesen solas la mataría,
Angélica sonrió asegurando que estaría
esperándola, Cornelio no permitió que Eva le
hablara de esa manera a Angélica así que se
aseguró de que ambas no estuvieran juntas
nuevamente, en ese momento Olivier despertó,
el golpe de su cabeza lo había afectado, al
levantarse preguntó por qué razón habían
abandonado a ese equipo de soldados quienes
daban la vida para defender a la humanidad,
Angélica aseguró que ellos eran solo piezas las
cuales eran inservibles una vez que cumplieran

su misión, Olivier no apoyó ese comentario y le pidió a Cornelio que por favor controlara a sus hombres puesto que ese comportamiento era indebido, Cornelio aseguró que los soldados mueren para salvar cosas importantes, Olivier estaba sin palabras ante la maldad de esos soldados, tildó ese comportamiento nefasto y no podía permitir que eso sucediera, en ese momento Lothar y Valerio llegaron para darle la bienvenida a Olivier pero al ver todo lo que estaba sucediendo Valerio les pidió a todos calmarse, Angélica se marchó junto con sus tropas y Eva se quedó y aseguró había arriesgado su vida para rescatar a ese científico, Olivier se acercó y dijo que las acciones de ese equipo no eran las mejores, luego aseguró que ella era igual de despreciable que ellos, Eva se enojó y Cornelio le pidió que mantuvieran la calma, Olivier se alejó y se sentó, Lothar preguntó a Olivier qué había ocurrido, Olivier explicó que en las profundidades de Próxima Aquarium había detectado ciertas ondas las cuales llamaron su atención, después de unos cuantos días investigando decidió verificar qué estaba sucediendo, al parecer la Androgénesis estaba escarbando en las profundidades para hacer un ataque a la ciudadela de Próxima

Aquarium, Cornelio aseguró que tenían que detener ese ataque, de igual manera Olivier afirmó que había otra solución, Lothar preguntó a Olivier qué sucedía, Olivier se mantuvo en silencio durante un tiempo y explicó que los humanos controlaban el 70% de la Tierra, el 30% de la Luna, el 50% de Venus y el 40% de Marte, para ninguno de los presentes ahí era un secreto esa noticia, solo para Eva, Olivier aseguró que la Androgénesis podría estar operando desde alguno de esos puntos, Cornelio preguntó si pensaba que la Androgénesis operaba desde algún lugar en específico, un lugar utilizado como su base secreta cosa que había sido descartado con anterioridad debido a que nadie pensaba que pudiera ocultarse en un solo lugar, Olivier aseguró que era posible, solo era cuestión de encontrarla y atacar ese punto, Lothar pensaba que la Androgénesis podría estar en cualquier punto no importaba cual, Olivier sabía que eso era cierto, de igual manera Olivier informó que desde la Luna proveía la mayor cantidad de ondas energéticas enviadas a Próxima Aquarium, Lothar aseguró que el frente de la Luna había tenido muchos problemas últimamente ya que los Marteanos no habían podido protegerlo bien a pesar de que se les dio fuertes equipos con suficiente armamento, Olivier aseguró que la batalla en la Luna era un completo fracaso a pesar de la importancia de la Luna, Olivier en ese momento tuvo una revelación, en seguida se acercó a su ordenador y comenzó a investigar, lamentablemente su temor era cierto, Lothar y Cornelio preguntaron qué sucedía, Eva al ver lo que estaba investigando Olivier supo que probablemente la Androgénesis pretendía hacer un cambio de órbita en La Tierra y en la Luna, Olivier le preguntó cómo lo sabía, Eva explicó que todos conocían la importancia de la Luna para la Tierra, un cambio de órbita podría ser catastrófico, Eva pensó que lo prudente sería atacar a la Luna para detener la actividad robótica ya que podría ser muy peligroso, Olivier aseguró que era muy difícil enviar una gran ofensiva puesto que si llamaban a las tropas para pelear en la Luna los planetas Venus, la Tierra y Marte quedarían desprotegidos, Lothar aseguró que una gran ofensiva tenía que ser enviada o de lo contrario la órbita de la Luna cambiaría dejándolos en desventaja, si no controlaban la Luna no podrían controlar el espacio alrededor de la Tierra, Olivier estaba preocupado puesto que su hallazgo había resultado ser cierto, en ese momento la esposa de Olivier llamada *Americca*, sus tres niñas llamadas *Damianna*, *Bélgica* y *Arabia*, y su pequeño hijo llamado *Airel* llegaron puesto que estaban esperando para saludarle, Olivier estaba contento de verlos y sin pensarlo corrió para abrazarlos, todos estaban preocupados por él e incluso, su hijo mayor llamado *Zarinno* se presentó ante su padre para abrazarlo, todos pensaban que no volverían a ver a Olivier quien pidió permiso para estar con su familia y Lothar dio su aprobación, Olivier se marchó con su familia mientras Eva preguntó a Valerio y a Lothar qué pensaban hacer, Valerio aseguró que todos estaban comentando sobre su pelea con la Androgénesis, todas las personas con quienes se encontraba terminaban muertos, Eva aseguró que necesitaría algo más para matarla, Lothar al ver la habilidad de Eva decidió nombrarla comandante de un cuerpo de regimiento puesto que se prepararían para un ataque a gran escala en la Luna, Eva pidió un mapa de los actuales frentes puesto que quería evaluar la situación, Lothar confrontó a Eva puesto que ella no tenía necesidad de acceder a la información militar a pesar de haber sobrevivido a la Androgénesis, Eva se defendió argumentando que Lothar ni siquiera se imaginaba que la Androgénesis tenía pensado cambiar la órbita de la Luna y quería negarle el acceso a los datos de la guerra después de nombrarla comandante, eso era algo muy digno de él, Lothar se quedó sin palabras y Valerio mostró los mapas, y las actividades, Eva observó que la Androgénesis había ganado terreno, poco a poco pero lo había hecho, si la guerra continuaba en unos cinco años la Androgénesis ganaría, pero si la guerra finalizaba en ese momento los humanos ganarían, Lothar aseguró que sería en su época que la guerra terminara puesto que ya estaba cansado de vivir peleando durante toda su vida, Eva se acercó a él y aseguró que si continuaba cometiendo errores pelearía durante el resto de su vida o peor, podría que lo aniquilaran esos matones de la Titanium Force, Lothar no vio ese comentario con buenos ojos y mandó a Eva para que se reuniera con su nuevo equipo en el planeta Marte, ella pelearía en ese planeta dado que al parecer los comandantes Marteanos habían perdido parte de su territorio gracias a sus malas decisiones, Eva se retiró enfurecida mientras Valerio pidió que se calmara, Eva culpó a Valerio de su mal humor debido a que él no le había advertido que la Titanium Force eran seres tan despreciables, Valerio pidió perdón a Eva pero quería que viera la manera de actuar de los soldados de esa época, las Titanium Force de igual manera eran soldados entrenados para obedecer y no tenían compasión de nadie, Eva aseguró que cuando tuviera la oportunidad los aplastaría a todos sin importarle absolutamente nada, Valerio despidió a Eva quien ahora estaba encargada de ir a Marte para ayudarles en lo que fuese posible, Valerio presentó a *Ken-Ia*, ella era una joven asistente quien se contentó de ver a Eva, Ken-Ia presentó a su novio, su nombre era *Tom*, Eva los saludó y los tres entraron en una pequeña nave puesto que saldrían con dirección a Marte, Eva estaba un poco emocionada por lo que iba a presenciar, eso cambiaría su manera de ver la vida para siempre.

El padre y el soldado

Olivier se marchó a un lugar privado con su familia, estaba contento de volverlos ver y pasó un buen rato con ellos, cuando las hijas de Olivier se durmieron su hijo menor continuó jugando con su padre hasta que se durmió. La esposa de Olivier llamada *Americca* abrazó a Olivier quien correspondió a sus caricias, ella preguntó qué sucedía y Olivier estaba preocupado por lo ocurrido, Zarinno entró a la habitación y al ver a sus padres hablando preguntó a Olivier por qué razón había ido a Próxima Aquarium, Olivier le pidió a su hijo que se sentara, lo que iba a comentarle a su esposa y a su hijo era algo que realmente le preocupaba, Zarinno quiso saber, Olivier algún tiempo atrás había estado trabajando en una arma muy poderosa, incluso más que las antiguas bombas atómicas, esa arma tendría la capacidad para destruir un planeta, Zarinno aseguró que eso no era nuevo puesto que ya había tecnología para eso, Olivier le pidió a su hijo que prestara atención, actualmente se podría destruir la superficie de un planeta pero dicha arma destruiría un planeta desde su núcleo, Zarinno ahora entendía, Americca preguntó por qué razón había creado esa monstruosidad, Olivier se arrepentía de eso pero él estaba joven y siempre buscaba la manera de crear cosas nuevas, dicha arma se denominaba *La Bomba de Dios,* Zarinno preguntó qué tenía que ver eso con su viaje suicida a Próxima Aquarium, Olivier aseguró que probablemente alguien había robado esos datos, por esa razón viajó hasta Próxima Aquarium con el pretexto de crear un sistema de defensa para ver si sus sospechas eran ciertas dado que esa información no podía llegar a manos equivocadas, Zarinno preguntó si había encontrado su respuesta pero Olivier no encontró absolutamente nada, sus datos indicaban que si se había filtrado la información en Próxima Aquarium estaba la respuesta, Americca supo que ese era un gran problema y esperaba que nadie supiera de la Bomba de Dios, Olivier lamentaba eso dado que haber creado dicho armamento había sido un error en su vida, Olivier de igual manera aseguró que la ofensiva lunar no era buena idea, entendía que la probabilidad de que la Androgénesis estuviese oculta ahí era alta, pero las bajas serían incontables, Olivier prefería defender los territorios en los planetas y luego concluir en la Luna, Zarinno explicó a su padre que eso no era posible, si detenían a La Androgénesis en la Luna todo acabaría, Olivier explicó, si el problema era en La Tierra y algo sucedía sería fácil socorrerlos pero en la Luna, donde no había oxígeno salvo en ciertas zonas las cosas podrían complicarse, Olivier le pidió un favor a su hijo, le rogó que por favor no fuera a combatir a la Luna puesto que sería peligroso, sus probabilidades de sobrevivir eran escasas, Zarinno no podría faltar a ese ataque puesto que pensaba que era una gran oportunidad, Americca de igual manera suplicó a su hijo para que pensara mejor puesto que no quería perderlo, Americca aseguró que Olivier era un científico y sus cálculos rara vez fallaban, Zarinno se molestó por eso y les dio a entender que desde siempre había estado viviendo a la sombra de su padre quien era la mente brillante del momento pero él tenía un compromiso que cumplir por la humanidad, Olivier le pidió a su hijo que por favor dejara de pensar como un militar y que lo hiciera con la cabeza puesto que no tenía intención de perderlo y menos sabiendo que la batalla en la Luna sería un desastre sin precedentes, Zarinno decidió no escuchar a su padre y se retiró, Americca abrazó a Olivier quien se sintió mal debido a que su hijo lo había tratado de esa manera, Americca pidió que tuviera paciencia, Zarinno no era una mala persona pero más que pensar con la cabeza pensaba como un militar, Olivier aseguró que pensar de esa manera era algo peligroso, no eran tiempos para hacerse el héroe debido a que los soldados no eran de confiar, Olivier explicó a Americca lo ocurrido con la Titanium Force, ella estaba sorprendida por la traición de esos soldados y Olivier estaba nervioso puesto que no quería que su hijo corriera con esa suerte, Olivier intentaría hablar con él puesto que no quería perder a su hijo en una guerra perdida, Olivier confesó a su esposa que se sentía preocupado y confundido dado que las cosas no marchaban por buen camino, a pesar de que Venus, La Tierra y Marte se habían unido nuevamente existía racismo y odio entre los humanos, era increíble que después de tantos años de guerra los humanos continuaran con sus tonterías, Olivier confesó que de no haber tenido familia crearía alguna enfermedad para erradicar a la humanidad entera por sus pecados, Americca besó a Olivier asegurando que él era un buen hombre y no lo creía capaz de eso, de hecho, si la humanidad tendría problemas con algún mal parecido a la extinción él estaría a cargo de crear una cura, Olivier esperaba conservar su paciencia la cual al parecer se agotaba con el tiempo, Americca estaba preocupada por esa bomba la cual había sido creada por su esposo y pidió para que nadie encontrara jamás esa creación, Olivier supo que las futuras generaciones le odiarían por eso, Olivier se quedó junto con su esposa y aseguró que no quería que absolutamente nada malo le ocurriera, Americca aseguró que Olivier era un hombre increíble, siempre y cuando él permaneciera con su familia nada malo les ocurriría, Olivier estaba contento por eso y se fue a dormir junto con su esposa puesto que había sido muy duro lo vivido en Próxima Aquarium.

Una nueva aventura

La nave de Eva se elevó y Ken-Ia aseguró que disfrutaría del camino, Eva pudo ver la Tierra desde las alturas, la Tierra se veía hermosa, Eva pensaba que el futuro de la Tierra sería terrible y lleno de sobrepoblación pero Ken-Ia aseguró que eso no había ocurrido, al salir de la Tierra Eva pudo ver una parte poco iluminada de la Tierra y le preguntó a Ken-Ia qué era eso, Ken-Ia aseguró que era el territorio ocupado por la Androgénesis, Eva aseguró que se veía de terror, Ken-Ia le informó que ninguna nave la cual había sido enviada había regresado, Eva supo que era cierto puesto que estaban en guerra, luego Eva vio el espacio, era muy hermoso ver las estrellas, Eva de igual manera observó una enorme estructura en forma de esfera destruida cerca de la Tierra la cual al parecer contenía una pequeña luz de energía en su centro, Eva preguntó qué era eso, Ken-Ia reveló a Eva que eran los restos de un *Sol Artificial*, Eva estaba sin palabras puesto que jamás se imaginó esa respuesta, pues no creía que fuese posible la creación de un sol artificial, Ken-Ia explicó que luego de que las armas climáticas fuesen puestas en acción y combinadas con las armas nucleares las temperaturas del planeta descendieron un poco pero de igual manera el sol bajó su temperatura, eso ocasionó que los días se acortasen haciendo menos productivos a todos ocasionando largos periodos de nevadas haciendo el frio algo insoportable, por esa razón la antigua *Federación Democrática de Xina* utilizando su gran tecnología creó un sol artificial para poder alumbrar por más tiempo las regiones de La Tierra logrando que las temperaturas aumentaran, Eva aseguró que tenía lógica, Eva recordó que el Magno le había dicho que la Unión Norteamericana había atacado a Roma con un arma climática, probablemente ese era el inicio de todo, Ken-Ia aseguró que aunque lo del sol artificial era alentador fue un gran desastre puesto que un cometa chocó con el sol artificial haciéndolo inestable lo que ocasionó un gran periodo de sequía que duró siglos, fue un periodo terrible para todos, eso trajo tantas enfermedades para la piel que algunos padres no quisieron tener hijos para evitar que sufrieran de las enfermedades ocasionadas por el sol artificial, Eva preguntó por qué razón mantenían el sol artificial atravesado alrededor de la Tierra, Ken-Ia observó el sol y dijo que nadie quería tocarlo por temor a que ocurriera un desastre, Eva estaba sorprendida, era realmente desastroso eso que había ocurrido, supuso entonces que no tenía sentido pelear en las guerras pasadas debido a que siempre existirían los conflictos, Ken-Ia lamentó decir que eso era cierto, de igual manera contemplaba las grandes naves espaciales y las ciudadelas alrededor de la Tierra, Ken-Ia informó a Eva que dentro de esas ciudadelas existían conflictos con la Androgénesis, un poco después se pudo ver a la Luna el cual era un territorio hostil en su mayoría, Eva al ver la Luna cumplió uno de sus sueños, desde siempre quiso viajar a la Luna pero no había tenido la oportunidad, y ahora que podía hacerlo la Luna estaba a manos de una Inteligencia Artificial la cual reclamaba sus derechos, Ken-Ia preguntó a Eva si pensaba que la Androgénesis merecía una oportunidad, Eva preguntó por qué le preguntaba eso a ella, Ken-Ia comentó que todos sabían que Eva se había visto cara a cara con la Androgénesis y había sobrevivido, solo pocas personas habían logrado tal hazaña, por esa razón Eva había sido enviada a Marte pues el planeta tenía dificultades con la Androgénesis, Eva supo que Marte era un desastre por los comentarios, con respecto a la pregunta Eva aseguró no tener respuesta, los humanos eran desalmados y la Androgénesis se había equivocado al pedir derechos a los humanos quienes eran unos monstruos, eso era irónico, Ken-Ia supo que era cierto, una verdadera ironía y sin comentar que la inteligencia artificial había sido creada por humanos, Eva estaba sin palabras y todo cambió cuando comenzaron a acercarse al planeta Marte, alrededor del planeta había un inmenso anillo tecnológico, Eva preguntó qué era eso, Ken-Ia explicó la construcción de un anillo por parte de la humanidad para poder crear una atmósfera artificial al igual que el uso de satélites los cuales reflejaban la luz solar para derretir los polos de Marte, Eva estaba impresionada, al igual que en la Tierra había ciudadelas alrededor de Marte, esas mega estructuras espaciales estaban fuera de la comprensión de la época de Eva, a pesar de llamarse el planeta rojo Marte comenzaba a tomar un color verde, era poco visible pero al parecer estaba encaminado a eso, Ken-Ia pidió permiso para entrar en una de las ciudadelas y el permiso fue concebido, Ken-Ia entró a la ciudadela y se bajó con Eva, ellas fueron recibidas por algunos soldados y fueron llevadas hasta donde estaban quienes dirigían el combate en Marte, ahí estaba el comandante *Sergei Mevdevedo* y la primera ministra de Marte llamada *Sora- Satto* quien después de recibir a Eva se retiró debido a que tenía asuntos por atender, Eva se puso en frente de Sergei quien preguntó cómo había sido su experiencia peleando contra la Androgénesis, Eva aseguró que había sido una experiencia única, Sergei sonrió y Eva fue precisamente al punto, quería saber la situación de Marte, Sergei no podía creer cómo una mujer la cual venía del pasado podría inclinar la balanza en la guerra en Marte, Eva con su fuerte carácter quiso que Sergei se centrara en mostrar el estado de la situación en vez de hacer preguntas, Sergei puso los hologramas y ahí se pudo ver todos los frentes alrededor del planeta Marte, al igual que en las estaciones espaciales a su alrededor, Eva no podía creerlo, estaban siendo bombardeados y atacados por todos los frentes y la mayoría se encontraban en retirada, Eva preguntó por qué razón Sergei se mantenía muy tranquilo en una estación espacial cuando todos sus frentes de batalla estaban en retirada, Sergei aseguró que a veces era necesario retroceder para avanzar pero Eva no vio eso con buenos ojos, luego pidió que se le mostrara el arsenal de reserva y eso dejó a

Eva sin palabras, la cantidad de naves dentro de las ciudadelas era suficiente como para una ofensiva aérea, Eva preguntó por qué razón no se habían enviado todas esas naves a atacar y defender los territorios, Sergei aseguró que esas naves eran de emergencia por si acaso las ciudadelas llegaba a ser atacadas, Eva aseguró que Sergei era un completo inútil e hizo un llamado a Lothar y a Valerio para informar sobre el estado de Marte, Lothar estaba sorprendido puesto que Marte estaba prácticamente atacado por todas partes, los consejeros de guerra quisieron enviar tropas desde la Tierra pero Eva aseguró que con sus tropas era suficiente para revertir el ataque, Eva se pondría al mando para tal responsabilidad argumentando que la Capital del planeta rojo llamada *Próxima Ares* estaba a punto de ser tomada por la Androgénesis, Eva les prometió, retomaría la capital y si lo conseguía la nombrarían a ella comandante general para la defensa del planeta Marte, el consejo militar se vieron los unos a los otros y dieron el permiso a Eva para disponer de los recursos suficientes, Sergei pidió que no hicieran eso y Lothar aseguró que Sergei ya había mostrado cierta ineptitud en sus funciones y que ahora estaría bajo el mando de Eva hasta que ella recuperara la capital, Eva terminó la transmisión y todos se pusieron a sus órdenes, Eva le pidió que todo el personal activo se preparara ya que en cuatro horas iniciarían una ofensiva para frenar a la Androgénesis, todos obedecieron y las naves fueron preparadas, Eva se comunicó con el comando militar de Próxima Ares y les preguntó cuál era la situación, los comandantes ahí presentes no sabían quién era Eva y Ken-Ia se aseguró de actualizar toda la información, el coronel encargado de defender a Próxima Ares aseguró que los civiles estaban puestos en lugares seguros pero temía por sus vidas cuando la Androgénesis y sus robots llegaran hasta la capital, Eva le ordenó que preparara todo puesto que en cuatro horas recibirían refuerzos aéreos y terrestres, el coronel de nombre *Vlad Luckachenco* preguntó si eso era posible, Eva confirmó sus palabras asegurando que Próxima Ares estaría libre en poco tiempo, Vlad aseguró que haría lo posible y Eva cerró la transmisión, luego se dirigió a todas las Ciudadelas a través de un comunicado para que estuviesen en alerta, Sergei preguntó si iba a vaciar todas las estaciones espaciales para ayudar en todos los frentes, Eva confirmó esa pregunta y Sergei quiso saber si desplazaría a todos los soldados,

Eva confirmó nuevamente la pregunta puesto que para eso eran los soldados, para combatir, Eva de igual manera pidió a las naves que se desplazaran alrededor de la capital para iniciar un ataque con artillería lejos del ataque aéreo que sus naves harían, Eva de igual manera revisó la cantidad de tanques ligeros los cuales estaban por alguna razón ocultos en las ciudadelas, Eva les pidió a todos esos tanques los cuales estaban sin uso ser enviados para la gran ofensiva, esa orden fue acatada y Eva aseguró que antes de que la ofensiva comenzara ella se dirigiría a las tropas para hablar con todos dado que una guerra sin un buen discurso no era una guerra, Ken-Ia estuvo a favor de eso y Eva le pidió que se quedara ahí y obedeciera absolutamente todo lo que le dijera, Ken-Ia estaba sin palabras y preguntó a dónde iría Eva, ella seguro que se uniría a la batalla, Ken-Ia pidió que no hiciera eso y Eva preguntó si quería que la comparasen con Sergei quien era un cobarde, Ken-Ia no dijo nada y Eva se encargó de ir a la armería donde todos la veían con miradas extrañas, Eva al darse cuenta preguntó qué sucedía, nadie dijo nada y Eva continuó revisando las armas y probando algunas de las armas, Eva de igual manera tuvo la oportunidad de revisar a los soldados ahí presentes quienes se alistaban rápidamente puesto que en menos de cuatro horas estarían combatiendo.

Un poco después de que Eva preparara a sus tropas algunas personas quisieron comunicarse con Eva, ellos eran los encargados de defender los otros territorios de Marte, Eva se presentó ante todos, ellos preguntaban si los otros frentes recibirían ayuda, Eva les confirmó eso asegurando que una vez hicieran retroceder a la Androgénesis en Próxima Ares avanzarían en todos los frentes, pero Eva pidió paciencia puesto que era preciso defender a la capital puesto que tenía algunas ideas las cuales pudieran ser de gran utilidad, los comandantes ahora tenían esperanzas y Eva les pidió que retransmitieran su discurso puesto que diría cosas importantes, los comandantes aseguraron que harían eso, Eva ya estaba lista y preguntó a Ken-Ia si ya todo estaba preparado, Ken-Ia aseguró que ya todos estaban casi listos y Eva supo que el momento había llegado, Ken-Ia comenzó la transmisión y el rostro de Eva apareció en todas partes, se presentó como la comandante para proteger la seguridad de la capital Próxima Ares, una ciudad la cual nunca había conocido, pero la cual estaba dispuesta a defender, algunos de los soldados ya estaban peleando en esa dura batalla, pero Eva aseguró que esa ofensiva sería histórica y que con los refuerzos aéreos podrían frenar a la Androgénesis, Eva les recordó que ellos habían apoyado a los comandantes anteriores, ahora pidió que la apoyaran a ella, los soldados comenzaron a gritar de euforia y Eva ordenó que comenzará el ataque, la transmisión finalizó y Eva sin pensarlo con algunos soldados subió a una nave la cual los encaminó hasta Próxima Ares, desde el cielo los ataques de la Androgénesis comenzaron y algunas naves fueron derribadas, Eva les pidió a sus naves principales que atacaran de igual manera, muchas de esas naves estaban equipadas con tanques los cuales al llegar a Marte comenzaban los ataques, Eva observaba todo eso y felizmente su nave pudo aterrizar sin problemas, Eva comenzó a disparar y le pidió a su escuadrón que avanzaran y se cubrieran, Eva desde la batalla iba orientando a las tropas quienes recibían sus órdenes a través de los trajes, cuando Eva dio la señal todos avanzaron con fuerza, el comandante encargado de defender Próxima Ares al ver que los refuerzos habían llegado motivó a sus tropas para que avanzaran, ellos estaban desanimados por el poco refuerzo que recibían de sus superiores pero todos al ver a Eva luchar y pelear con ellos se sintieron motivados a pelear, Eva, sin decirle a nadie tenía un plan bajo la manga, gracias a Ken-Ia pudo elaborar una manera para sobrecargar a los robots de esa zona, Eva tenía que encaminarse a una torre y descargar los datos para que Ken-Ia pudiera entrar en el sistema, la torre había caído en manos de la Androgénesis pero Eva se infiltraría con su unidad para lograr dicho objetivo, Eva les pidió a todos que continuaran el ataque mientras ella continuaba avanzando hasta la torre. Eva pudo acercarse a la torre y observó a muchos robots alejarse a la zona de la ofensiva puesto que los robots estaban perdiendo territorio, Eva aprovechó eso y entró a la torre, los soldados que la acompañaban la siguieron en todo momento y se preguntaban para dónde iban, Eva llegó a la principal de la torre y junto con Ken-Ia comenzaron a programar todo, Eva les pidió a todos que ayudaran, Eva explicó que pretendía hacer una sobrecarga masiva para desconectar a los robots, los soldados ahora que entendían a Eva se dispusieron a ver si todo funcionaba de manera correcta, Ken-Ia ordenó a una de las naves alinearse con con la torre y disparar un rayó eléctrico, la nave enorme obedeció y Eva le pidió que enviara la potencia posible para generar una fuerte onda eléctrica con el fin de desconectar a los robots presentes, un capitán de dicha nave preguntó qué quería hacer y Eva le pidió que obedeciera, el capitán obedeció pero mientras Eva esperaba un temblor comenzó en la torre, Eva observó que los robots iban subiendo a través de la torre, Eva sin pensarlo ordenó a sus tropas disparar y una cruel batalla comenzó, Eva estaba pendiente en todo momento y sus tropas no dejaban de atacar, de igual manera los hackeos de parte de la Androgénesis comenzaron quien se dio cuenta de lo que Eva pretendía hacer, la Androgénesis tomó el control de un robot ahí presente y mientras peleaba con Eva aseguró que su plan no tendría éxito, Eva contestó mientras luchaba que le había derrotado en Próxima Aquarium y que ahora le derrotaría nuevamente, la Androgénesis no pudo soportar eso y atacó con furia a Eva quien la destruyó utilizando su cuchillo, la Androgénesis ocupó otro cuerpo y la pelea continuó, Ken-Ia informó a Eva que la nave ya estaba en posición y que tenía que abrir la torre para que concentrara el rayo de electricidad y pudiera enviarlo a todas partes, Eva se fue acercando al ordenador y la Androgénesis intentó detenerla pero Eva, con su gran habilidad cortó la cabeza de la Androgénesis y abrió la torre enorme, el capitán recibió la orden para disparar y el rayo fue visto por todos, era de color azul y la energía fue tanta que esa ciudad casi se queda sin energía, el choque eléctrico sobrecargó la torre la cual envió una sobrecarga la cual cubrió toda la ciudad de Próxima Ares y un poco más, los robots comenzaron a caer y las tropas Martenas pudieron ver eso, Eva pudo ver a la ciudad desde la torre, al parecer los robots se habían detenido y los soldados quienes estaban con Eva se sorprendieron de lo que había ocurrido, Eva bajó de la torre y se encaminó hasta la ciudad y las tropas estaban ahí felices de lo que había ocurrido, Eva intentó hacer contacto con Ken-Ia pero las comunicaciones habían sido afectadas, el comandante encargado de defender Próxima Ares llegó hasta donde estaba Eva y la felicitó debido a que había sido una gran victoria, Eva aseguró que ciertamente habían triunfado y habían ganado territorio pero las comunicaciones al haber sido afectadas sería una gran desventaja, de igual manera las armas comenzaron a presentar fallas, Eva observó que desde el cielo comenzaban a llegar naves y Eva entendió la gravedad del asunto, sus armas al funcionar con electricidad estaban completamente inactivas, ese fue un cálculo que Eva no esperaba, cuando las naves aterrizaron Eva pidió que le comunicaran con Ken-Ia, Eva al comunicarse le ordenó que mandara armamento en ese mismo instante puesto que era preciso reparar las armas, Ken-Ia estaba preocupada y no perdió tiempo en enviar naves y refuerzos para que custodiaran a todas las unidades terrestres, Ken-Ia envió armamento inmediatamente a Próxima Ares debido a que a pesar de que habían ganado la batalla la ciudad estaba completamente desprotegida, Eva estaba segura que el armamento llegaría de inmediato y pidió a todos que intentaran poner nuevamente el armamento en función puesto que era peligroso seguir de esa manera, los soldados improvisaron con sus armas y en el cielo pudieron ver naves llegar con los armamentos, luego de eso Eva observó todo el territorio a través de los hologramas y observó la gran cantidad de territorio que fue liberado de las manos de la Androgénesis, Eva pidió que quemaran a todos los robots para evitar un futuro resurgimiento, las afueras de Próxima Ares estaban repletas de robots, Eva pidió que se utilizara fuego de color azul para que no provocara humo y así se hizo, los comandantes de otros frentes se comunicaron con Eva, algunos la felicitaron pero otros al darse cuenta de que Próxima Ares había quedado indefensa por un pequeño tiempo reprocharon a Eva sobre esa decisión tan egoísta, Eva pensaba que las armas continuarían funcionando después de la sobrecarga, Eva aseguró que se haría responsable de sus acciones pero sería luego puesto que ya había recuperado gran parte del territorio perdido y todos sus soldados estaban armados nuevamente. Cuando Eva finalizó muchos soldados ahí presentes esperaban sus órdenes puesto que ya era momento de avanzar para poder tomar nuevos territorios, Eva pidió que avanzaran con cuidado puesto que no esperaba que la Androgénesis se quedara con esa derrota, la batalla por Marte todavía estaba por decidirse.

Reputación eléctrica

En la cúpula militar de la Tierra la noticia de que Eva había derrotado a la Androgénesis en Próxima Ares llegó a oídos de todos, Lothar y Valerio explicaron a los otros militares la manera en la cual Eva erradicó de manera eficiente a las tropas de la Androgénesis, pero hubo un periodo en el cual las tropas habían quedado desprotegías y eso fue catalogado como un error, la cúpula militar mandó a llamar a Eva inmediatamente, Eva apareció enfrente de ellos a través de un holograma, Eva fue felicitada por su gran victoria en Marte por la cúpula militar, ellos aseguraron que el avance de la Androgénesis había sido detenido dado que la sobrecarga había generado que la Androgénesis retrocediera pero de igual manera había dañado los sistemas de las tropas Marteanas, Eva estaba al tanto de eso aunque en ese mismo instante había pedido refuerzos y armamento proveniente de las naves especiales, Lothar aseguró que había sido un descuido de parte de Eva y que de haber salido todo mal todas esas vidas se habrían perdido, Eva asumió la responsabilidad y aseguró tener un plan en mente para que eso no ocurriera nuevamente, Lothar quiso saber qué estaba planeando, Eva le informó que tenía en mente crear otra clase de armamento y modificar las armas para que no se vieran afectadas por las futuras sobrecargas, Lothar aseguró que una nueva sobrecarga podría dejar a todo su ejército sin energía, Eva preguntó a Lothar si no se había limpiado bien los oídos, ella tenía un plan para que eso no ocurriera ya que al parecer esa era la única manera de detener a la Androgénesis en Marte debido a la ineptitud de los altos militares puestos para defender al planeta rojo, Lothar no soportó las malas actitudes de Eva y pidió que se le removiera del cargo pero sus palabras no fueron escuchadas dado que Eva, a pesar de su error no pertenecía a esa época y había hecho un excelente trabajo en poco tiempo, Lothar no dijo absolutamente nada y Eva tenía una solicitud, quería hablar en persona con Olivier debido a que él era una pieza clave para los planes de Eva, Valerio aseguró que Olivier le haría una visita pero tendría que ser muy breve puesto que el científico era requerido en todas partes, Eva aseguró que su reunión con él sería para el beneficio de todos, la cúpula militar dio el permiso y Eva esperaría hasta que Olivier llegara para hablar sobre su nuevo plan, la transmisión fue finalizada y la cúpula militar junto al gobierno aseguraron que tenían que buscar personal y recursos para la gran ofensiva en la Luna debido a que si cambiaban su órbita todo estaría perdido para la Tierra, Lothar aseguró que se encargaría de ello al igual que Valerio, la Androgénesis tendría que ser detenida.

Eva estaba en la base principal de Marte, Ken-Ia preguntó a Eva cuáles eran los planes para detener a la Androgénesis pues ya se había movilizado hasta otros puntos para atacar, Eva se sentó y preguntó a Ken-Ia si pensaba que ella había sido descuidada, Ken-Ia fue honesta con Eva cosa que le fue agradecida, las misiones militares nunca salían a la perfección, de igual manera Eva no tenía ni idea de que todas sus tropas quedarían desprotegidas, pero al final en menos de una hora todo estaba solucionado, Eva se sintió bien por eso pero le hizo saber a Ken-Ia que, la desventaja de todo consistía en que habían dependido de las armas eléctricas, Ken-Ia aseguró que esa medida había sido tomada para que los robots se vieran afectados, Eva entendió eso y efectivamente las armas con electricidad eran buena idea pero esa era su debilidad, las sobrecargas a grandes escalas las dañarían, Ken-Ia ente dio eso y preguntó si Eva tenía un plan, Eva estaba pensando y tuvo una idea la cual había pensado con anterioridad, solo era cuestión para que Olivier llegara y discutir eso con él sería una prioridad.

Mientras Ken-Ia estaba revisando los sistemas una nave solicitó el permiso para aterrizar, Ken-Ia concedió el permiso y Eva estaba observando la manera en que Olivier llegaba hasta Próxima Ares, Olivier entró y al observar a Eva preguntó para qué lo necesitaba pues esperaba que fuese urgente, Eva preguntó qué pensaba sobre las armas eléctricas, Olivier dio su punto de vista asegurado que era una manera de frenar a la Androgénesis, Eva le mostró un plan a Olivier, quería modificar cada armamento para que funcionara no solo con electricidad sino con fuego e incluso aire y agua, Olivier preguntó de dónde había sacado esa idea, Eva preguntó si era posible, Olivier estaba sorprendido ya que era una idea muy buena, ya que de fallar la electricidad podrían disparar con los otros elementos, Eva supo que podría confiar en Olivier quien aseguró que llevaría esa idea a su laboratorio y trabajaría en esa arma, Eva estaba contenta por eso, Olivier se marchó y luego Eva se dedicó a su otro propósito ya que era momento de continuar su avance a través de Marte.

Eva quien estaba en Próxima Ares pidió a los ingenieros ahí presentes que doblaran la actividad de construcción de tanques y aeronaves ya que la Androgénesis comenzaba a atacar nuevamente en los territorios, de igual manera Eva ordenó la construcción de torres con las cuales podría distribuir la cantidad de energía eléctrica para distribuirla a toda la ciudad, los ingenieros ahí presentes preguntaron a Eva qué pretendía hacer, Eva pretendía ir construyendo pilares de electricidad a medida que avanzaban puesto que los robots al ver que la sobrecarga podría desactivarlos se abstendrían de avanzar mientras que el apoyo aéreo y las naves espaciales serían capaces de ayudarlos, los ingenieros aprobaron el plan de Eva quien ordenó a las otras ciudades la construcción de una torre central y otras de menor tamaño, eso ayudaría para infundir miedo entre los robots, solo así podrían frenar sus grandes avances, todos comenzaron a poner manos a la obra mientras que Eva iba a supervisar todas las naves alrededor de Marte, Eva no solo quería aprender sino que de igual manera quería estar segura de poder contar con buenas unidades. Al estar en el espacio Eva estaba impresionada por el anillo que rodeaba Marte y por la atmósfera artificial, era algo relativamente sorprendente, por esa razón Eva se dirigió a los ingenieros los cuales estaban siempre revisando el gran anillo, Eva preguntó si podrían construir alguna antena para generar energía eléctrica y enviarla a las antenas de Marte, los ingenieros explicaron que su idea era completamente anticuada para la actual tecnología, Eva entendió eso pero quiso explicarles que con toda su tecnología no habían sido capaces que detener a la Androgénesis, los ingenieros explicaron que si hacía eso que Eva sugería podría causar que el planea entero fuese afectado por una súper descarga haciendo que toda la tecnología quedara inservible, Eva sugirió que probablemente eso era lo que necesitaba el planeta, una purga total para poder detener a la Androgénesis y que pudieran centrar sus esfuerzos en diferentes frentes, los ingenieros estaban en desacuerdo con Eva pero a ella pareció no importarle, siguió con su opinión y aseguró que colocar antenas electicas por todo el planeta serviría para hacer una fuerte descarga haciendo que los robots de la Androgénesis se desactivaran, los ingenieros no podían permitir eso puesto que de igual manera los sistemas humanos se verían afectados dejándolos indefensos como había sucedido con anterioridad, Eva aseguró que Olivier ya se estaba asegurando de corregir ese problema, los ingenieros ya habían recibido sus órdenes y ese poderoso anillo el cual había servido para controlar la atmósfera del planeta rojo ahora tenía que ser modificado para enviar una fuerte descarga al planeta Marte la cual pudiera ser conectada con las otras antenas y desconectar todo el sistema de la Androgénesis, Eva de igual manera presionaría a Olivier para que se apresurara debido a que necesitaban esas nuevas armas inmediatamente. Eva continuó su camino a través de las ciudadelas las cuales estaban orbitando Marte, ahí pudo ver que tenían problemas al igual que el planeta, Eva supuso que tener tantos frentes abiertos había hecho que la Androgénesis conquistara más territorios, incluso en Marte las batallas continuaban y Eva enviaba refuerzos pero no podía seguir adelante sin antes ver con sus propios ojos lo que ocurría en cada parte del territorio Marteano lo cual incluía al mismo planeta Marte y a las ciudadelas, ahí se dio cuenta de que las ciudadelas podrían resistir los ataques, solamente era cuestión de cambiar las estrategias, Eva de igual manera pidió que, a diferencia de Próxima Ares ellos tenían que utilizar armamento compacto el cual pudiera ser trasladado de manera rápida y que no ocupara tanto espacio, Eva comenzó a observar los armamentos que las tropas tenían y supo que ahí estaba el problema, Eva recordó las ametralladoras de su época y les pidió que podrían utilizarlas mientras en Próxima Ares terminaban de construir el armamento necesario para enviar refuerzos dado que no podrían centrarse en defender a las ciudadelas y dejar al planeta a la deriva, el comandante encargado de proteger esa ciudadela preguntó a Eva de dónde sacaría tantos recursos como para construir la cantidad de tanques y naves necesarias para defender el planeta Marte, Eva recordó que había leído sobre la minería de los asteroides, el comandante se quedó sin palabras y Eva ordenó que se enviara mineros para poder recolectar recursos necesarios ya que eso era esencial a la hora de la producción en masa de armamento, Eva se retiró de esa ciudadela y recibió un llamado de emergencia desde otra ciudad importante en el Planeta Marte, pues al parecer la Androgénesis estaba iniciando una gran ofensiva desde esa ciudad.

Territorio Marteano

Eva llegó junto con Ken-Ia hasta Próxima Ares, al llegar fue informada de la reciente situación, Eva al ver lo que sucedía pudo ver que, al otro lado del planeta la Androgénesis había logrado capturar la ciudad de *Mars Ultor,* en ese momento el consejo de guerra de la Tierra y la primera ministra Sora-Satto se presentaron ante Eva ya que tenían que darle una noticia, la cúpula pidió a Eva que se encaminara de inmediato a Mars Ultor puesto que ahí se encontraba un importante político el cual estaba oculto en la ciudad, los soldados estaban haciendo lo posible por buscarlo pero era cuestión de tiempo para que la Androgénesis lo encontrara, Eva sonrió asegurado que era muy normal entre los políticos ocultarse cuando había problemas, la cúpula militar pidió que lo rescatara costase lo que costase debido a que era de vital importancia, Eva aseguró que no enviaría a miles de hombres a morir por un político, ella haría lo necesario, los militares y la primera ministra Soras-Satto estaban molestos con Eva y le informaron que si no acataba las órdenes sería relevada de su cargo, Eva sonrió y aseguró que si ellos hacían eso trataría de buscar la manera de buscar una máquina del tiempo para volver a su época y dejarlos con su problema ya que se lo tenían merecido, Eva cortó la transmisión y puso manos a la obra.

Eva pudo ver que a pesar de que los soldados habían resistido no habían sido capaces de frenar a la Androgénesis, Eva al ver lo que estaba sucediendo presintió que se trataba de una trampa, era como un presentimiento, aunque no podía dejar a sus guerreros sin apoyo, por esa razón pidió a las unidades de refuerzo que se encaminaran hasta Mars Ultor, una vez ahí planearían una ofensiva, Eva sin pensarlo subió a su nave mientras observaba la cantidad de carros de combate que subían a las naves de transporte, Eva preguntó a Ken-Ia si la construcción de tanques y naves en Próxima Ares estaba progresando, Ken-Ia afirmó eso, el proceso había comenzado, Eva de igual manera se alistó para entrar en acción, muchos de sus soldados comenzaron a prepararse y Eva les advirtió, esa vez tendrían que ganar la batalla sin la sobrecarga a la Androgénesis, Eva pidió valor a todos ya que sería mucho más difícil de lo que había sido en Próxima Ares, los soldados dieron gritos de guerra y se encaminaron a subir a las naves, Eva subió junto con ellos y se encaminó hasta Mars Ultor donde una sorpresa no agradable le esperaba.

Desde el cielo se podía ver las fuerzas de la Androgénesis, era una verdadera batalla desde el cielo, Eva aterrizó detrás de la batalla y pudo ver a Mars Ultor, era una ciudad bonita pero en ruinas y a punto de ser atacada por la Androgénesis, Eva pidió a un grupo de soldados que por favor protegieran a los civiles puesto que no podían arriesgarse a perderlos, los soldados obedecieron mientras Eva preguntó a los soldados de Mars Ultor dónde estaba un político llamado *Josua Troné*, ellos le indicaron la posición de donde supuestamente estaba y Eva dio luz verde para comenzar el ataque, ella iría personalmente a rescatar a ese político, Eva pidió candidatos puesto que entendía desde siempre que los políticos y los soldados no se llevaban bien, muchos soldados rieron al escuchar las palabras de Eva quien aseguró, harían el intento de salvarlo pero se centraría más que todo en salvar a los civiles quienes estuviesen presentes, algunos soldados la acompañaron y Eva se encaminó a su nueva misión.

Mars Ultor era una ciudad enorme la cual

estaba cerca de la costa, Eva vio muchas de sus estructuras destruidas pero, lo curioso era que la destrucción al parecer tenía tiempo de estar destruida, Eva preguntó a sus soldados por qué Mars Ultor estaba tan arruinada, los soldados se vieron los unos a los otros y aseguraron que Marte había recibido más daños que la Tierra en la anterior guerra, Eva estaba sin palabras, solo continuó caminando hasta que algunos robots aparecieron para pelear, Eva les atacó junto con sus soldados, quienes le informaron que ya estaban entrando en territorio hostil, el político estaba cerca, Eva continuó avanzando y disparando hasta quedar cerca del lugar donde estaba el político oculto, pero para su sorpresa algo comenzó a mover el suelo, luego una máquina de aproximadamente quince metros salió de la tierra y atacó violentamente a todos, Eva logró evadir su ataque pero algunos de sus soldados no tuvieron la misma suerte, Eva le disparó al igual que los otros soldados pero para ser una máquina enorme tenía una velocidad alta, a pesar de que muchos intentaron cubriese sus disparos eran precisos y Eva supo que tenía que hacer algo si no quería perder a todos sus hombres, Eva se acercó disparando y arrojó una granada sin que la máquina se diera cuenta, luego continuó disparando y la granada explotó, el robot cayó al suelo y Eva se acercó y le disparó tanto como pudo, Eva retrocedió y el robot estaba desactivado, Eva suspiró pero luego el robot en un último ataque arrojó una enorme cuchilla hasta donde estaba Eva quien se agachó sin pensarlo pero detrás de ella los cuatro soldados fueron cortados por la mitad, Eva arrojó otra granada y destruyó al robot pero el daño ya estaba hecho, ahora solo quedaban tres soldados con ella, Eva pudo ver a todo su pelotón asesinado y no se sintió bien por eso, aseguró que sus muertes serían vengadas, Eva no tuvo otra opción que seguir adelante dado que el político aún podría seguir con vida.

Eva entró a lo que parecía ser una instalación militar, Eva pidió que tuvieran cuidado puesto que alguien podría estar esperándoles, mientras avanzaban se escuchó un ruido casi mínimo, Eva volteó y uno de sus hombres tenía un agujero en su frente, Eva pidió que se cubrieran y preguntó qué había sido eso, uno de los soldados aseguró que era un francotirador, Eva intentó cubrirse y disparar pero nada funcionó, los ataques siguieron pero Eva logró avanzar, al subir a los siguientes pisos desde arriba continuaban disparando, Eva de igual manera atacaba y continuaba avanzando hasta que llegó a una recamara en donde estaba el político llamado Joshua sentado, Eva con cuidado se acercó a él y alguien mató a los otros dos soldados quienes estaban con ella, Eva se lanzó sobre el político pero alguien estaba esperándole, esa persona pateó el arma de Eva quien se quedó indefensa, Eva sacó su espada y esa persona quien no tenía aspecto de ser un robot atacó a Eva utilizando dos espadas, Eva se defendió y el duelo comenzó, Eva tenía entrenamiento utilizando espadas así que de alguna manera logró hacerle frente al enemigo quien se mostró agresivo y con deseo de liquidar a Eva pues sus movimientos eran precisos pero Eva, como siempre con su ego alto le hizo saber que su nación era la más poderosa de todas y que ningún personaje futurista la iba a detener, Eva continuó peleando hasta que misteriosamente esa estructura comenzó a moverse, Eva y ese personaje se detuvieron un momento para ver lo que sucedía, repentinamente un robot de inmenso tamaño comenzó a derrumbar la instalación y mientras Eva intentaba escapar la persona de la espada intentó atacarla, Eva se defendió del ataque y pateó el rostro de su enemigo quien al ver que todo se derrumbaría disparó al político Joshua quien murió sin sufrimiento, Eva se enojó por eso y comenzó a perseguir a su contrincante quien saltó por uno de los agujeros hasta llegar a un deslizador aéreo, Eva de igual manera se lanzó al aire y el robot terminó de destruir aquel lugar, Eva comenzó a golpear a su contrincante mientras ambos se balanceaban sobre el deslizador el cual daba vueltas por el cielo y se alejaban de ese lugar, para suerte de Eva sus tropas observaron lo que estaba ocurriendo y decidieron ayudar, un francotirador disparó pero el deslizador se movió tan rápido que el disparo hizo que se desestabilizara y Eva cayó quedando completamente en el aire, para su suerte una nave aliada pudo rescatarla y ese sujeto se marchó con su deslizador, Eva fue llevada hasta donde estaban sus tropas y todos preguntaron qué había sucedido, Eva estaba en silencio mientras que todos los que iban en la nave pudieron ver a la persona con la cual Eva estaba luchando, en ese momento Lothar apareció a través de un holograma y preguntó en dónde estaba el político Joshua, Eva suspiró e informó que estaba muerto, Lothar preguntó qué había sucedido, Eva le hizo saber que alguien la había atacado y mientras peleaban sacó su arma y le disparó al político, Lothar estaba furioso por eso y preguntó a Eva por qué era tan inútil, él pensó que era mentira pero los tripulantes de la nave quienes observaron lo ocurrido dijeron a Lothar que Eva tenía razón y que era probable que Eva tuviese que tener mucho cuidado, Lothar preguntó la razón de sus palabras y el soldado informó que Eva estaba peleando con alguien parecido a *Dead-Fénix*, Eva preguntó quién era, Lothar preguntó si eso era cierto, el soldado estaba casi seguro al igual que sus compañeros, Eva preguntó nuevamente quién era Dead-Fénix, Lothar aseguró que era alguien de quien tenía que preocuparse, Eva preguntó la razón y su respuesta le fue dada, Dead-Fenix era un cazador de recompensas famosos por jamás fallar en sus misiones, Eva les preguntó si lo que decía era real, Lothar le dijo a Eva que las cosas ahora podrían ponerse rudas para ella dado que Dead-Fenix nunca fallaba, Eva aseguró que eso era antes de que la conociera a ella puesto que ambos habían peleado y de seguir peleando ese cazador de recompensas habría perdido, todos se sorprendieron ya que Eva tenía razón, pues estaba viva y efectivamente había peleado contra Dead-Fenix quien se marchó, Lothar se quedó en silencio y aseguró que la misión de Eva había fallado, pero ahí algunos ruidos comenzaron a escucharse, todos observaron a los lados y repentinamente debajo de la tierra comenzaron a salir robots los cuales tenían las cabezas de taladros, Eva comenzó a atacar al igual de sus soldados quienes a pesar de correr algunos cayeron en combate, Eva al ver eso pidió que se prepararan para una gran ofensiva desde el aire, fue de esa manera como las naves de Eva ayudaron a los soldados a replegarse hasta un lugar seguro puesto que ya todos sabían que ni el suelo era seguro para estar, Eva pudo ver el alto índice de bajas que había causado ese día la Androgénesis, la operación a Mars Ultor había sido muy costosa a pesar de todo el territorio por el que habían avanzado. Un poco después de que Eva organizara el frente de batalla Lothar y algunos consejeros se reunieron con Eva para que ella diera una explicación por muerte de ese político importante, Eva admitió haber perdido a muchos soldados ese día pero mostró los informes de los avances y algunos de los militares estaban satisfechos por su desempeño a diferencia de Lothar pero a Eva pareció no importarle eso, aseguró que construiría otra gran torre en Mars Ultor para utilizarla contra la Androgénesis, Lothar preguntó si ya había resuelto el problema con las armas dado que no quería que sus tropas quedaran expuestas ante los robots, Eva supo que era momento de reunirse nuevamente con Olivier, Eva les informó que de igual manera no se detendría con el avance y mantendría la posición en Mars Ultor puesto que se habían sacrificado muchas vidas como para retroceder teniendo la oportunidad de mantener la posición, Lothar en ese momento pidió que Eva fuese removida de su puesto por permitir la muerte del político Joshua asegurando que su misión había fracasado, Eva sin nada que esconder preguntó a Lothar si acaso Joshua era un corrupto al igual que él puesto que era muy difícil que un político se llevara bien con un militar de alto rango, los consejeros de la Tierra y la primera ministra Sora-Satto no tomaron con agrado las palabras de Eva puesto que pensaban que no era la manera correcta para hablarle a un comandante como Lothar, por esa razón Eva fue relevada de su cargo a pesar de mostrar su eficacia, eso le enseñaría disciplina, Eva los acusó de estar completamente locos puesto que ella había logrado en poco tiempo lo que ellos ni siquiera tenían pensado hacer, los lideres mundiales tomaron esa decisión con unanimidad y Eva les dijo que su derrota en Marte de igual manera sería por unanimidad, Eva cortó con la reunión mientras se encaminaba hasta las afueras de su campamento ya que estaba muy molesta.

Castigo por desobediente

Pasaron tres días y Eva se mantuvo encerrada en su campamento, no quería saber de nadie y el nuevo comandante llegó para que Eva le explicara la situación, Eva por fin salió de su recamara y el nuevo comandante llamado *Ky-Tonn* preguntó con arrogancia cuál era la situación, Eva, quien no era necesario decir que tenía un temperamento alto aseguró que solo le explicaría una vez, Eva se sentó y comenzó a dar las explicaciones, luego al terminar se levantó y pidió que no la molestaran nuevamente, el comandante preguntó cuáles eran los planes de Eva para continuar con el avance, Eva preguntó cómo era posible que él preguntara eso, él era el comandante y tenía que tener conocimiento de lo que iba a hacer, no entendía la razón de su arrogancia y le pidió ser discreto y prudente puesto que la vida de todos sus hombres dependía de él, Eva se dispuso a salir pero afuera estaban todas las tropas las cuales ella había comandado durante su estadía en Marte, ellos preguntaron si era cierto lo que había sucedido, Eva les preguntó a qué se estaban refiriendo, los soldados le hicieron saber a Eva que, a pesar de las bajas sufridas la Androgénesis había retrocedido ante su presencia, eso era algo que no sucedía con frecuencia y por eso no querían que abandonara el cargo, Eva lamentó lo sucedido y admitió que fue una imprudencia de su parte, les pidió a todos que por favor dieran lo mejor en el campo de batalla pues ella iría a hablar con Olivier respecto al nuevo armamento, solo así podrían desactivar a los robots sin sacrificar tantas vidas, los soldados prometieron que la esperarían y Eva abordó su nave la cual era piloteada por Ken-Ia y su novio, Eva les dijo a sus soldados que volvería y se marchó, sin ganas de hacerlo pero no tuvo otra opción.

Eva se sentó en la nave y Ken-Ia la observaba y sonreía, Eva preguntó qué era tan gracioso y Ken-Ia confesó que nunca había conocido a alguien que le hablara de esa manera a Lothar, Eva aseguró que ese gusano merecía una caricia en su rostro pero con una barra de hierro, Ken-Ia y su novio Tom no dejaban de reír y Eva como de costumbre estaba seria, le pidió que por favor la llevaran a la estación donde estaba Olivier puesto que quería hablar con él, Ken-Ia encaminó a la nave y Eva esperó dormida hasta que llegaran hasta la estación espacial donde se alojaba Olivier, Eva estaba molesta por haber fallado la misión de rescatar a ese político pero no había podido hacer nada, eran cosas del destino y solo podía dedicarse a hablar con Olivier para la construcción de un armamento el cual pudiera ayudarles a todos. La nave de Eva llegó y cuando puso un pie en la ciudadela la cual estaba en la órbita de la Tierra los soldados ahí presentes mostraron sus respetos ante Eva quien les preguntó qué sucedía, ellos informaron a Eva que su planeta natal era Marte, por esa razón estaban agradecidos por las estrategias de Eva quien había recuperado un amplio territorio en su corto tiempo de mandato, Eva les aseguró que recibiría sus respetos cuando librara por completo al planeta Marte, los soldados se sintieron contentos por las palabras de Eva quien continuó caminando hasta llegar hasta donde supuestamente estaba Olivier, pero Eva fue informada de que Olivier había estado en su nave llamada *Sector-Z* durante algún tiempo, Eva se molestó debido a que perdió su tiempo al ir a la ciudadela espacial, Ken-Ia aseguró que no había sido una pérdida de tiempo y que podría disfrutar de la ciudadela espacial pues no la conocía bien, Eva aseguró no tener tiempo pero Ken-Ia insistió, Eva caminó por la ciudadela espacial y ahí pudo ver vegetación, eso la sorprendió y Ken-Ia le invitó a tomar una bebida, Eva se sentó e intentó relajarse, muchas personas pudieron reconocer a Eva dado que sus hazañas al parecer habían llamado la atención de muchas personas, Eva no volteaba a ver a nadie a pesar de que algunos la reconocieron, Eva se levantó de ese lugar y decidió continuar conociendo la ciudadela espacial cuando repentinamente un reportero quiso hacerle algunas preguntas, Eva se sintió incomoda y se lo hizo saber al reportero pero el reportero continuó hablando, quiso saber si era cierto que Eva era una viajera del tiempo, Eva le pidió que dejara decir esas tonterías e intentó correr pero el reportero continuó molestándola y le hizo saber que tuviera cuidado pues Dead-Fénix el conocido cazarrecompensas no dejaba a nadie vivo, Eva aseguró haber peleado con ese cazarrecompensas y confesó que era una desgracia, pero el reportero le informó que el político había sido asesinado y ella fracasó en la misión por lo tanto había sido destituida del cargo, Eva sin morder su lengua aseguró que Lothar era solo un payaso y no sabía nada de la guerra en Marte, por culpa de su ineptitud Marte había permanecido en apuros y perdiendo territorio día a día, el reportero quiso continuar pero Ken-Ia se interpuso puesto que Eva estaba siendo imprudente con sus comentarios, Ken-Ia llevó a Eva a la nave y se encaminaron hasta la nave de Olivier, Eva estaba enfadada y Ken-Ia aseguró que las palabras de Eva traerían consecuencias pues dar declaraciones de los lideres no era algo recomendable, Eva se burló de las palabras de Ken-Ia pues todos sabían que Eva tenía razón, en poco tiempo de mandato había hecho historia, Ken-Ia preguntó a Eva qué haría, Eva confesó que hablaría con Olivier para ver si él había progresado, Ken-Ia no se refería a eso, quería saber si Eva continuaría su lucha, Eva confesó no sentirse con ánimos de pelear ya que mientras sus lideres fuesen torpes y corruptos la guerra estaba perdida, Ken-Ia no sabía ni qué pensar pues jamás había conocido a alguien que actuara de esa manera, Eva preguntó qué quería decir, Ken-Ia le hizo saber que si se comportaba de manera disciplinada podría conseguir grandes cosas e incluso un día pertenecer al gobierno, Eva se levantó y se acercó a Ken-Ia, tenía un consejo para ella, Ken-Ia prestó atención mientras Eva le recomendó que no dejara que su futuro perteneciera a sus jefes, su vida era de ella y de nadie más, si algo no le gustaba simplemente tenía que cambiarlo y ya, pues sus jefes eran simplemente humanos, si ella los golpeaba sangrarían al igual que todos y al final de los días morirían, Ken-Ia se quedó callada y Eva le dijo al novio de Ken-Ia que de igual manera no dejara que nadie controlara su destino, los dos se quedaron callados y Eva volvió a sentarse pues ya estaban cerca de la nave en donde se encontraba Olivier.

La nave de Olivier llamada Sector-Z estaba a la vista y Eva se levantó pues era momento de verse con el científico, Eva entró y Olivier le recibió fríamente, Eva ni siquiera lo saludó y preguntó si tenía listo el armamento, Olivier quien no apreciaba mucho a Eva le mostró el primer prototipo, Eva al verlo aseguró que no había diferencia entre las armas antiguas y esa, Olivier llevó a Eva hasta su campo de entrenamiento y le mostró a Eva, ahora el arma podría disparar con presión de aire, Eva observó cuando Olivier disparó y quedó sorprendida, la fuerza del aire canalizada podría ser muy efectiva, Olivier de igual manera le mostró la nueva habilidad, con solamente apretar un botón la modalidad de combate cambió y Olivier disparó electricidad y Eva estaba contenta pues el prototipo funcionaba a la perfección, Eva preguntó si ya era posible utilizarla, Olivier dijo que faltaba un elemento para poder completar el arma y añadir el elemento de fuego, Eva preguntó si faltaba mucho tiempo para completarla, Olivier aseguró que ese elemento estaba en el planeta Venus, la ciudad de *Venusberg* era el lugar sede donde podía encontrarse, Eva supuso que tenía que ir hasta Venus para conseguir aquel elemento, Olivier lamentó decir que sí pero necesitaba eso, de lo contrario el arma estaría lista a medias y el fuego era bastante importante para dichas armas, Eva se levantó y justo ahí llegó Zarinno el hijo de Olivier, él al ver a Eva la felicitó por su gran labor en Marte y Eva le preguntó dónde estaba destacado él, Zarinno orgullosamente dijo que la Tierra era su lugar de combate, Eva le pidió que tuviera mucho cuidado puesto que la Androgénesis avanzaba sin piedad por todas partes, Zarinno no se contentó de escuchar eso y aseguró que él era incluso mayor que Eva para que ella le hablara como un niño, Eva preguntó qué pensaba de Lothar, Zarinno mostró sus respetos mientras que Eva le pidió que no siguiera las órdenes de ese bufón si no quería acabar mal, Zarinno no permitió que Eva hablara de esa manera de Lothar y le pidió que se retractara, Eva se volteó para marcharse asegurando que estaba esperando para que él la arrestara, Zarinno se quedó sin palabras mientras Olivier lo veía fijamente asegurando que Eva tenía razón, Zarinno se molestó y Olivier fue detrás de él para intentar calmarlo sin éxito, la esposa de Olivier lo abrazó y le pidió que tuviera paciencia debido a que Zarinno pensaba que estaba haciendo lo correcto, Olivier temía perder a su hijo por culpa de la imprudencia de algún alto cargo militar, Americca pidió a Olivier que no pensara de esa manera, pues ahora que Eva había llegado las cosas parecían haber cambiado, Olivier aseguró que ella era otro soldado más puesto que había permitido que asesinaran a los soldados quienes lo protegían a él, Olivier continuó trabajando en un experimento el cual podría facilitar las cosas a muchas personas, se trataba de unas pequeñas alas las cuales podrían ponerse en sus pies para ir a una mayor velocidad, la esposa de Olivier comenzó a reír asegurando que era un experimento bastante bueno, Olivier estaba contento por la aprobación de su esposa y ambos continuaron abrazados hasta que sus cuatro pequeños hijos llegaron para molestarlos, Olivier estaba contento pues a pesar de todo tenía a su familia con él.

El misterio del planeta amarillo

Eva estaba intrigada por su nuevo destino, el planeta Venus era todo un misterio pues ni siquiera en su época habían pensado en poblarlo o algo parecido, Ken-Ia pilotaba la nave mientras observaba que Eva no se perdía absolutamente nada del trayecto, las naves iban y venían cosa que resultaba emocionante para ella, Eva quiso saber si podría pilotar la nave y Ken-Ia no estaba segura pero de igual manera se lo permitió, Eva estaba emocionada aunque repentinamente la velocidad aceleró haciendo que Ken-Ia se asustara, luego Ken-Ia intentó tomar el control pero Eva no se lo permitió, quería manejar un poco más, Ken-Ia estaba aterrada y luego le pidió a Eva que por favor cediera el puesto ya que estaban a punto de llegar a Venus, Eva cedió el control y las ciudadelas podían verse alrededor de Venus, el planeta era de color azul claro con partes de color amarillo, Eva tenía la curiosidad de saber cómo habían hecho para poblar el planeta, cuando Ken-Ia iba adentrándose en el planeta Venus Eva pudo ver lo que a sus ojos eran como dirigibles inmensos distribuidos por los cielos, era un hermoso paisaje, Ken-Ia aterrizó en uno de los dirigibles y Eva salió junto con ella, ahí de igual manera había seguridad por todas partes y Eva pudo ver que las cosas eran muy diferentes a Marte o a las ciudadelas espaciales, el clima era fresco y al entrar Eva sintió que estaba en una metrópolis, a pesar de que todos estaban en un territorio hostil Venus se veía muy bonito, esos dirigibles eran inmensos y estaban repletos de vegetación, Ken-Ia indicó a Eva que la siguiera puesto que quería mostrarle algo, Eva obedeció y junto con Ken-Ia se montaron a lo que era un automóvil volador, Ken-Ia informó que la capital de Venus se llamaba *Venusberg* y que no había territorio hostil pero en los otros dirigibles efectivamente habían conflictos con la Androgénesis e incluso los humanos cuidaban con gran cuidado a los dirigibles puesto que albergaban a demasiadas personas y el miedo más grande era que la Androgénesis pudiera controlar los dirigibles haciéndolos caer o algo peor, Eva estaba confundida y pidió explicaciones a Ken-Ia quien asegura que los dirigibles iban por todo el planeta moviéndose de un lado a otro para evitar los fuertes rayos solares, Eva preguntó cómo hacían las personas quienes estaban en el suelo, Ken-Ia informó a Eva que nadie habitaba en la parte solida de Venus, Eva preguntó cómo era posible eso, Ken-Ia explicó la imposibilidad de los humanos para adaptarse en el territorio hostil del planeta el cual constaba con fuertes erupciones volcánicas y un aire tóxico para los humanos, las nubes de igual manera eran un problema y lo peor de todo era la lluvia de metales líquidos las cuales destruían todo a su paso, Eva recordaba que en sus estudios se decía que a pesar de que Venus estuviese un poco más cerca que Marte de la Tierra era un planeta muy conflictivo el cual era prácticamente imposible de habitar dado que su cercanía al sol era un problema para todos, pero se sorprendió al saber que los humanos habían logrado la manera de habitar el planeta, Ken-Ia aterrizó en lo que parecía ser un bosque, era un lugar espectacular ante los ojos de Eva pues combinado con el cielo se podía apreciar el paisaje, Eva preguntó a Ken-Ia cómo habían logrado hacer un bosque en un dirigible, Ken-Ia aseguró que el bosque era sumamente extenso y que todas sus raíces eran naturales, Eva se sentó en la grama mientras el viento se sentía muy natural, de igual manera el cielo cambiaba de color constantemente debido a las tormentas solares haciendo que el color amarillo fuera el que más relevancia tuviera, Eva estaba contenta de poder descansar un poco y así fue que al rato se levantó y se fue junto con Ken-Ia y su novio para contactar con quienes le darían lo que buscaba. De retorno a la ciudad Eva se comunicó con Olivier quien le dio una dirección y le pidió que esperara en ese lugar, Eva le indicó a Ken-Ia que procediera a buscar esa dirección, Ken-Ia no tuvo problemas en obedecer y se encaminó con Eva quien no perdía la vista en ningún momento de todo el paisaje.

Un poco después Eva se mantuvo con Ken-Ia mientras unos hombres con trajes extraños llegaron, Eva estaba en guardia en todo momento y Olivier apareció a través de un holograma y presentó a Eva con esos hombres, ellos pertenecían a un equipo de científicos que realizaban labores de alto riesgo, Eva pensó que ellos iban a entregarle algo pero, para su sorpresa fue informada que de ella tenía que acompañarlos a buscar el material, Ken-Ia preguntó hasta dónde tenían que ir, el equipo de científicos aseguraron que tenía que ir hasta el suelo solido del planeta y recoger algunas rocas las cuales estaban en llamas, Ken-Ia se sorprendió asegurando que eso era algo imposible, el científico aseguró tener trajes especializados para hacer ese trabajo, Eva supo que no podía perder el tiempo así que le pidió que le diera las instrucciones y los científicos les pidieron que los acompañara a su nave puesto que sería una misión arriesgada, los científicos llegaron a su nave y ahí el piloto se presentó, su nombre era *Carlos Mantelo*, era él quien se encargaría de llevarlos hasta el lugar adecuado, Ken-Ia le preguntó si necesitaba ayuda y Carlos le aseguró que era necesario toda la ayuda posible ya que irían a territorio muy peligroso, el traje especial de Eva le fue dado y al ponérselo supo que el viaje sería una pesadilla puesto que el traje era incomodo, pero ya no había nada por hacer, era momento de investigar cómo era el suelo del planeta Venus. La nave del equipo de científicos partió junto con Eva, Ken-Ia y su novio, Carlos y los científicos, Eva estaba un poco emocionada pues la nave abandonaba la ciudad para bajar hasta las profundidades, fue sorprendente cuando la nave fue descendiendo, incluso Ken-Ia no podía creer aquella vista, era prácticamente un planeta destruido por las llamas y el fuego, Eva estaba maravillada puesto que jamás pensó que viviría una experiencia como esa, a pesar de la incomodidad de su traje Eva pudo disfrutar de todo lo que estaba haciendo dado que ella sería la envidia de su tiempo si pudieran ver que había llegado hasta Venus. Carlos se encargó de ser lo más prudente posible, pero de igual manera los peligros existían, Carlos a menudo esquivaba bolas de fuego y el vapor era un problema a la hora de navegar en la nave, los científicos dieron con las coordenadas y Carlos junto con Ken-Ia guiaron a la nave hasta las cercanías de un enorme volcán, los científicos estaban preparados para salir a buscar aquella roca ardiente, Eva se alistó y Carlos les pidió que estuviesen pendiente pues tendrían poco tiempo para sustraer la roca y regresar a la nave, los científicos y Eva entendieron eso y Carlos aterrizó, cuando la compuerta se abrió los científicos de inmediato se pusieron en marcha al igual que Eva, todos fueron corriendo hasta entrar a una cueva, el científico aseguró que tendrían poco tiempo para sustraer la roca y salir debido a las altas temperaturas, Eva iba corriendo y observó el duro terreno al cual se enfrentaba, el suelo podría abrirse en cualquier momento y Carlos les pidió que se apresuraran pues estaban en terreno peligroso, los científicos al entrar a una cueva pudieron observar las piedras que estaban buscando, estaban rojas de tanto arder y Eva se preguntaba quién sabía por cuánto tiempo esas piedras estaban ardiendo, los científicos sacaron de sus bolsillos un pequeño trozo que parecía una cajita la cual se transformó en una caja la cual parecía bastante resistente, el otro científico sacó lo que parecía ser una pala y entregó una a Eva y otra a los otros dos científicos, todos comenzaron a poner dentro de la caja la mayor cantidad de rocas ardientes, Eva sin perder su tiempo comenzó a poner rocas en la caja hasta que estuvo finalmente llena, uno de los científicos cerró la caja asegurando que ya estaba llena, luego todos comenzaron a salir de la cueva mientras la enorme caja flotaba y seguía los movimientos de los científicos, Carlos les pidió que por favor aceleraran el paso pues las cosas se estaban poniendo feas, pero mientras los científicos corrían el suelo comenzó a abrirse, Eva saltó y pudo esquivar la ruptura del suelo del cual salió vapor, los científicos utilizaron su traje para poder saltar y evitar así el peligro, Carlos tuvo que despegar de la zona donde estaba estacionado debido a que la ruptura y terremotos podrían desestabilizar la nave, los científicos dieron la ubicación a Carlos quien intentaba acercarse a pesar del vapor que cubría todo a su paso, Eva al subir la mirada preguntó qué eran esos destellos, los científicos se asustaron y le pidieron a Ken-Ia y a Carlos que por favor se apuraran puesto que pronto caería una lluvia de metal liquida, Eva se preocupó por eso y Carlos junto con Ken-Ia hacían todo lo posible por acercarse a ellos y rescatarlos, ellos hacían su mayor esfuerzo y como tenían el tiempo en su contra maniobraron de tal manera que llegaron hasta el punto de encuentro, en ese mismo instante el suelo se abrió y afortunadamente Eva y los científicos pudieron entrar en la nave junto con la caja pero lo peor estaba por venir, Carlos y Ken-Ia observaron que se acercaba la lluvia de metales líquidos y despegaron a toda marcha, de igual manera algunos trozos de piedra comenzaron a caer, Carlos estaba utilizando toda su habilidad para no ser víctima de la lluvia de metales líquidos y con la ayuda de Ken-Ia utilizó el armamento de la nave para destruir algunas rocas las cuales caía por todas partes, Eva estaba un poco preocupada por la situación debido a que no quería caer al fondo de Venus, pero para su suerte Carlos y Ken-Ia eran tan buenos pilotos que lograron salir a la superficie, Eva respiró pues ya aparentemente estaban a salvo, Carlos comandó la nave hasta el laboratorio de los científicos, en ese momento todos se bajaron y se quitaron aquellos trajes, Eva estaba agotada al igual que los científicos, ellos celebraron por esa misión tan peligrosa puesto que habían arriesgado su vida, Eva observó la caja y preguntó cuánto tiempo pasaría para que se destruyera la caja, los científicos le pidieron que se marchara inmediatamente puesto que esa caja se desvanecería dentro de poco, lo mejor era que un profesional como Olivier se encargara, Eva y Ken-Ia subieron inmediatamente la caja a la nave y la resguardaron con mucho cuidado, Eva se despidió de los científicos y agradeció por esa experiencia dado que jamás se imaginó que vería las dos caras del planeta Venus, y no solo eso, Eva se puso a pensar y, aunque admitía que las ciudades flotantes en Venus eran una mala idea pues tener a personas flotando teniendo ese gran desastre natural en la parte baja de Venus era algo completamente peligroso, Eva vio desde lejos al enorme dirigible en forma de ciudadela, la capital de Venus llamada Venusberg se perdía de la vista y Eva cerró sus ojos puesto que estaba agotada por el tormentoso viaje a Venus.

De nuevo frente al peligro

Mientras Eva y Ken-Ia dormían Tom manejaba la nave, estaba contento de poder ayudar a su novia y a Eva pues ambas de seguro estaban cansadas por la aventura en Venus. La nave de Olivier estaba en frente, Tom pidió permiso para poder aterrizar, el permiso fue concedido y Tom aterrizó la nave, Eva y Ken-Ia fueron despertadas, Eva bajó la caja la cual permanecía flotando, Olivier al verla en seguida las orientó para que la colocaran en un lugar adecuado, Eva preguntó a Olivier por qué no había enviado a un comando militar para buscar esas rocas, Olivier explicó que ese era un experimento en el cual él había inventado recientemente, a pesar de que era tecnología militar no podía avisarle a los militares dado que podrían utilizarlo para cosas peores, Eva entendió eso y Olivier al destapar la caja aseguró que ya podría comenzar a trabajar, Eva estaba contenta por eso y quiso macharse, quería ver cómo estaban las cosas, Olivier aseguró que apenas las tuviera lista la llamaría para informarle, Eva se dio la vuelta dispuesta a marcharse cuando repentinamente unas explosiones comenzaron a sonar, esa estación en donde estaba Olivier al parecer estaba siendo atacada, Eva sacó su arma y le pidió a Olivier que se cubriera junto con su familia al igual que Ken-Ia y Tom, antes de eso Olivier le dio a Eva su invento, las *Alas de Hermes*, Eva no se las colocó debido a que no tenía experiencia y hacerlo en un momento tan peligroso como ese sería una imprudencia, Eva estaría sola dado que ninguno de sus acompañantes sabían luchar, Eva vio que los soldados estaban siendo atacados con ametralladoras eléctricas, Eva intentó cubrirse y el ataque enemigo cayó de igual manera sobre ella, Eva intentó acercarse a los soldados aliados quienes custodiaban la nave de Olivier pero ellos eran abatidos con facilidad, Eva no podía creer eso así que decidió poner manos a la obra, pero recordó el invento de Olivier y decidió probarlo, si no hacía algo las cosas se pondrían muy malas, Eva puso las dos pequeñas alas en sus botas de combate las cuales se adaptaron a su traje, Eva no observó ningún cambio, pero cuando los ataque llegaron a ella saltó y al momento de correr pudo ver que su velocidad aumentó de una manera sorprendente, Eva utilizó eso para destruir las ametralladoras automáticas y al hacerlo supo que debía

encontrar al causante de todo ese desastre pues
la nave en donde estaba Olivier no era tan
grande como una ciudadela así que no tenía que
buscar por demasiado tiempo, para su sorpresa
Dead-Fénix apareció con intenciones de atacarla,
había sido esa persona la causante de todo ese
escándalo, Eva logró evitar sus disparos y luego
ambos se toparon cara a cara, el rostro de Dead-
Fenix estaba cubierto así que Eva no pudo ver de
quién se trataba, al igual que lo hicieron la
última vez los golpes no hicieron falta, Eva tenía
la ventaja de tener las Alas de Hermes cosa que
fue conveniente debido a que Dead-Fenix en su
afán de liquidar a Eva ordenó a todas sus
ametralladoras que la atacaran, Eva pudo
esquivarlas a todas y destruirlas, en ese
momento Olivier, al ver que Eva tenía
problemas activó ciertos escudos los cuales
estaban aún como prototipo y lanzó uno a Eva
para que lo utilizara, Eva agarró el escudo y con
su gran velocidad pudo detener algunas de las
ametralladoras de Dead-Fenix quien al ver que
estaba siendo acorralado intentó frenar a Eva y
nuevamente ambos se enfrentaron, Dead-Fenix
sacó su espada pretendiendo cortar en dos a Eva
pero la rapidez de ella era tal que para alguien
como Dead-Fenix a pesar de ser alguien

experimentado y con una reputación no pudo hacer absolutamente nada, Eva consiguió golpear a Dead-Fenix con tanta fuerza que el casco protector de su rostro logró romperse, Dead-Fenix estaba sin palabras ya que Eva pudo ver el azul de sus ojos y parte de su rostro, eso era una verdadera proeza dado que absolutamente nadie había visto su rostro, Eva al verle sonrió asegurando de que era alguien atractivo para ser un cazarrecompensas tan inútil pues con la gran reputación que tenía al parecer se había quedado en más palabras que en acciones, Dead-Fenix se lanzó sobre Eya furioso puesto que ella había visto su rostro pero sus ataques no tuvieron efecto y al momento en que atacó nuevamente a Eva se vio tan superado e impotente que no tuvo otra opción que retirarse a su nave y escapar dado que si seguía atacando Eva lo terminaría de destruir, Eva estaba furiosa por el escape de ese bandido pero supo que, la siguiente vez que ambos se encontraran alguno de los dos perecería. Olivier al ver el desastre en el cual se encontraba su nave de residencia se sintió aterrado, Olivier a pesar de estar un poco molesto dio gracias porque su familia estaba a salvo, aunque de igual manera solicitaría a Lothar que enviara personal para que simplemente los protegiera, Eva se acercó a Olivier y preguntó si todo estaba bien, Olivier aseguró que efectivamente todos estaban bien y luego de eso su familia se acercó a él, estaban muy asustados y Olivier pensó que probablemente el laboratorio no sería el lugar ideal para que su familia estuviese con él, Eva preguntó a Olivier si necesitaba ayuda y Olivier aseguró que por suerte nada importante había sido destruido, en ese instante algunas tropas llegaron hasta la nave de Olivier para ver qué estaba ocurriendo, pero ya era demasiado tarde, Dead-Feníx se había escapado, Olivier se sorprendió de ver a algunos de sus colegas entre los soldados, uno de ellos de llamaba *Vigo* y el otro se llamaba *Lazare,* preguntaron a Olivier si todo estaba bien y él aseguró que lo importante era su familia, los científicos se encantaron por eso y pidieron a Olivier si podía ayudarlo a recoger todo, Olivier estaba un poco desconfiado de ellos pero no tuvo elección, Eva no quería quedarse pero no era prudente abandonar a Olivier dado que él le ayudaría con el nuevo armamento, por eso se quedó ayudando a reparar y a recoger absolutamente todo, Ken-Ia y Tom aparecieron y preguntaron a Eva qué había sucedido, después de enterarse de que Dead-

Fenix había fallado nuevamente le pidió a Eva que tuviera cuidado pues ese cazador de recomenzar no fallaría nuevamente, Eva se acercó a Ken-Ia y le pidió que se dejara de tonterías, Dead-Fenix había fallado y su identidad había sido descubierta, Ken-Ia y los presentes ahí se quedaron sorprendidos, Eva aseguró que Dead-Fenix era un hombre muy atractivo, lo malo de todo eso era que la próxima vez que se vieran ella acabaría con su vida, los científicos Vigo y Lazare se acercaron a Eva y la vieron con gran asombro, Vigo afirmó que para ellos Eva era una especie de cavernícola primitivo el cual no tenía muy clara su capacidad de pensar, Eva sin pensarlo sujetó a Vigo por el cuello y lo arrojó tan fuerte que al caer Vigo se lastimó su mano, los soldados ahí apuntaron a Eva quien les pidió que apuntaran a su cabeza para que su muerte fuese rápida, Olivier les pidió a todos que se calmaran mientras Vigo se levantaba y fue llevado a la sala de emergencias por Olivier, Vigo le gritó a Eva que estaba loca y Lazare observó a Eva con malos ojos, Eva lo vio y le preguntó si él quería una lección, Lazare no dijo nada y se retiró puesto que entendió, Eva sería capaz de todo.

Mientras todos estaban reparando los daños

Lothar se comunicó para saber cuál era la situación de la nave de Olivier, ahí fue informado de que Dead-Fenix había atentado contra Eva y Lothar afirmó que estaba contento por la muerte de Eva, pero para su sorpresa Eva apareció en la transmisión, Lothar se quedó sin palabras y Eva le pidió que si tenía tantos deseos de verla muerta que por favor tuviese la decencia de intentarlo él mismo, dijo intentarlo debido a que sabía que Lothar no podría derrotarla, Lothar no dijo ni una sola palabra, Olivier pidió que por favor enviaran personal militar para asegurar su supervivencia y Lothar afirmó que eso haría puesto que Olivier necesitaba seguridad ante todo, Lothar finalizó la transmisión y Olivier luego se marchó a su laboratorio, Eva se fue detrás de él junto con Vigo y Lazare, Eva al ver a Vigo preguntó si ya se le había desprendido su mano, Vigo se quedó sin palabras y Olivier les pidió que se calmaran puesto que ya iban a comenzar con el experimento, Vigo y Lazare preguntaron qué estaba a punto de hacer Olivier, ahí Eva abrió la caja la cual contenía las rocas de Venus, Olivier explicó el diseño de las nuevas armas las cuales serían capaces de hacer daño utilizando fuego, viento y electricidad, de esa manera cuando

utilizaran las sobrecargas no se quedaría
indefensas, esa idea las pareció brillante Vigo y a
Lazare quienes se quedarían para ayudar a
Olivier para que finalizara rápido, Olivier les
aseguró que no sería necesario pero ellos
insistieron, de esa manera Olivier comenzó el
proyecto mientras Eva observaba todo lo que
Olivier estaba haciendo, él agarró un pequeño
trozo de piedra y lo introdujo en una esfera para
que la piedra no se apagara, la esfera era
pequeña puesto que la pequeña roca era del
tamaño de un diente humano, Olivier quien ya
tenía el prototipo listo colocó la roca en posición
y entró justamente en el arma, Olivier le hizo
unos ajustes y al parecer ya estaba terminada,
Eva sintió curiosidad al ver esa arma la cual se
veía poderosa, Olivier le dio el arma a Eva para
que la probara, Vigo preguntó si era prudente
darle un prototipo a una persona como Eva
quien le preguntó si no había aprendido de su
mano rota, Vigo se quedó en silencio y Eva
sonrió asegurando que ella era la indicada,
Olivier llevó a Eva a un cuarto de entrenamiento
mientras Vigo y Lazare se veían a la cara y se
marchaban, mientras Olivier estaba con Eva
probando el arma Vigo y Lazare comenzaron a
revisar los estudios de Olivier y justo ahí

pudieron descubrir algunos de los planos de la
Bomba de Dios, pues ellos al parecer ya tenían
conocimiento de ese experimento ya que de
alguna manera habían logrado descubrirlo y por
eso Olivier estaba preocupado, ese error
perseguiría a Olivier por el resto de su vida, pero
justo ahí la esposa de Olivier llegó y al ver a los
dos científicos revisando los documentos de
Olivier les preguntó qué estaban haciendo, por
fortuna Ken-Ia estaba ahí presente y Olivier se
regresó pues sabía que algo no estaba bien, Eva
decidió acompañarle y tanto Vigo como Lazare
estaban a la defensiva, la esposa de Olivier
comentó lo ocurrido y Olivier se acercó a Lazare
y le preguntó por qué habían hecho eso, Vigo y
Lazare aseguraron que estaban en tiempos de
guerra y que cualquier experimento tenía que
ser utilizado con fines militares, Olivier les
aseguró que sus inventos serían contra la
Androgénesis y estaba completamente seguro de
que luego de que la guerra culminara los
humanos se volverían a encarnar en otra guerra
pero ahora entre ellos mismos, Vigo y Lazare
fueron despachados de la nave de Olivier y
ambos fueron rumbo a la Tierra, no sin antes
dejar ahí lo que habían robado, pero para
desgracia de Olivier parte de la fórmula de la

Bomba de Dios había sido memorizada por Vigo, Olivier estaba molesto y Eva les pidió a los científicos que abandonaran la nave de inmediato pues lo que habían hecho no estaba correcto, los científicos abandonaron la nave de Olivier y Eva lamentó esa situación, Olivier abrazó a su esposa y junto con Eva se encaminaron al campo de entrenamiento para probar el arma que Olivier había creado. Eva estaba preparada y las pruebas comenzaron, al ver la puntería de Eva Olivier supo que no había ningún problema, pudo observar ciertos defectos y decidió incluirle algunos accesorios, cuando Olivier ordenó a Eva que cambiara la modalidad, Eva presionó un botón y ahora el arma lanzaba fuego en vez de electricidad, luego de que Olivier diera una tercera orden Eva cambió la modalidad y el arma disparaba una cantidad de aire tan fuerte que podría derribar una pared de ser posible, Eva estaba complacida con el arma y le dijo a Olivier que había creado algo verdaderamente magnifico, Olivier quien no tenía buena relación con Eva le aseguró que la guerra era una tontería, a pesar de que amaba la tecnología estaba convencido de que las guerras continuarían, Eva aseguró que estaba convencida de eso, estaba un poco decepcionada del futuro pero no esperaba que estuviesen en guerra y peor aún con una inteligencia artificial que exigía sus derechos, incluso pensó que esa podría ser la salida para culminar esa guerra, Olivier observó a Eva y le pidió que no repitiera eso en ninguna parte puesto que podrían ejecutarla sin pensarlo, Olivier pidió a Eva que fuese hasta la Tierra y le mostrara el arma a Lothar para que autorizara su producción en masa, pues Olivier ya no tenía interés en participar en el conflicto bélico, Eva agarró el arma y aseguró, una vez que una persona entraba en el negocio de la guerra difícilmente podría salir, Olivier le gritó a Eva que él era dueño de su vida, Eva lo vio y le dijo que dejara de llorar como una niña y que se hiciera cargo de sus acciones, luego Eva retornó las Alas de Hermes a Olivier asegurando que eso era algo maravilloso, Eva le pidió a Ken-Ia que alistara su nave pues ya era momento que se marcharan, Ken-Ia obedeció y así Eva se marchó a la Tierra para presentar el nuevo armamento dejando a Olivier y a su familia en la nave rodeado de militares quienes llegaban para defenderlo.

Golpes de venganza

La Tierra ya estaba la vista, Ken-Ia estaba sorprendida ya que Eva había sobrevivido al atentado de Dead-Fenix, Eva ni siquiera prestó atención a eso y le recordaba a Ken-Ia que ese cazador de recompensas simplemente no la mataría, Ken-Ia se quedó en silencio y pidió permiso para aterrizar la nave en la base militar, el permiso fue concedido y aterrizaron, Eva salió de la nave y se encaminó hasta donde estaba Lothar junto con Valerio, Lothar pidió que se le entregara el arma y personalmente fue hasta un campo de disparos para poder probarla, el arma era una verdadera maravilla e inmediatamente ordenó su producción en masa, Eva preguntó si ya podría volver a Marte para continuar con el avance y Lothar aseguró que al día siguiente le daría otra misión, Eva aseguró que ella no era su mascota para hacer todo lo que él pedía, Valerio se puso en medio de los dos y les pidió que por favor ya dejaran de discutir, Eva salió pues estaba tan molesta que decidió dar un paseo por la capital Terrícola, ya que así podría relajarse.

Para Eva los humanos no habían cambiado, las personas paseaban y se divertían a su manera, Eva al ser muy discreta en su vida le costó mucho socializar con las personas, por eso solamente decidió sentarse, ahí las noticias fueron transmitidas y Eva pudo ver que los territorios de la antigua *Federación Comunista de Japón y la República Democrática de Xina* eran los lugares ocupados por la Androgénesis, Eva no se sorprendió ya que ambas naciones siempre habían sido muy avanzadas a nivel tecnológico, en ese momento un joven llegó y atendió a Eva quien al leer el menú no supo qué ordenar, ella se sintió un poco incomprendida y decidió levantarse, el joven le pidió que no se preocupara, probablemente ella no entendía muchas cosas del futuro así que él le ayudaría, Eva agradeció la ayuda pero antes de que ella pudiera decir algo el joven sacó una pastilla y la roció con un líquido azul, la píldora comenzó a crecer en el vaso hasta transformarse en un helado, el joven sacó una fresa y la colocó en la punta del helado y le dijo a Eva que, ese helado era cortesía de la casa, Eva se sintió sorprendida y pudo ver que las otras personas comían del mismo helado, el joven se marchó y Eva probó el helado y lo describió como la cosa más deliciosa que hubiese probado antes, el joven regresó para ver si a Eva le había gustado el helado y ella, como de costumbre volteó su mirada ya que no era capaz de admitir que le había gustado, el joven sonrió y aseguró estar contento de que a Eva le gustara el helado de su tienda, el joven sacó un par de píldoras y se las entregó asegurando que, cuando tuviese tiempo podría degustar el helado en privado, Eva lo observó y le preguntó cómo estaba tan seguro de que su helado era bueno, el joven al ver el vaso de Eva vacío supo que ella lo había disfrutado, Eva se sonrojó y aseguró que era momento de partir, no sin antes agarrar las pastillas que le había dado aquel joven quien se sintió muy agradecido por haber conversado con Eva ya que ella había adquirido una gran reputación por haber peleado en Marte, Eva luego de un momento volteó para ver al joven y sintió cierto remordimiento al tratarlo de esa manera, ellos se vieron fijamente y Eva se despidió de él haciendo un gesto con su mano, él se contentó por eso y Eva estaba contenta puesto que el helado estaba delicioso. Mientras Eva continuaba caminando se pudo ver un lugar el cual parecía pertenecer a lo que era la lucha libre, Eva se sorprendió ya que había una larga fila para entrar, Eva sintió curiosidad hasta que alguien inesperado se apareció, las Titanium

Force aparecieron, Angélica preguntó a Eva qué estaba haciendo en ese lugar tan peligroso, Eva al verla aseguró que ya entendía la razón del olor a estiércol, Angélica tomó su arma y Eva la suya pero los otros miembros de las Titanium Force les pidieron que se calmaran ya que estaban en un lugar público, Angélica aseguró que habían lugares clandestinos en los cuales podrían arreglar sus diferencias, Eva aceptó, los Titanium Force se encaminaron a un lugar bastante oscuro, en la entrada había un hombre que les pidió que se quitaran sus armas y las entregaran, Eva lo pensó dos veces y Angélica sonriente preguntó si tenía miedo de pelear, Eva sin pensarlo dejó sus armas y todos entraron a ese lugar, los presentes estaban sorprendidos de verlas, Eva supo que se trataba de un lugar de luchas clandestinas, pues todos mostraban agresividad y no parecían tener decencia, la impresión de Eva fue al llegar al rin de pelea, ahí las estaba esperando un hombre alto con un brazo mecánico, les preguntó a ambas la razón de la pelea, Eva aseguró ser un ajuste de cuentas, Eva y Angélica subieron al cuadrilátero el cual estaba siendo observado por muchas personas, el hombre del brazo de hierro presentó a ambas, Eva fue presentada como la Comandante que comenzó la fuerte ofensiva de Marte mientras que Angélica fue presentada como la mayor agente encubierto jamás vista en la Tierra, el hombre del brazo de hierro se quitó de en medio y la pelea comenzó entre ambas peleadoras, Eva conectó unos cuantos golpes en el rostro de Angélica quien pareció no sentirlos, de igual manera ella atacó y Eva fue golpeada varias veces en su cuerpo, luego Eva aplicó sus técnicas basadas en el antiguo *Judo* mientras que Angélica no se dejaba atrapar por Eva, la mayoría de las personas estaban disfrutando del espectáculo ya que eran dos mujeres las cuales habían sido importantes en la guerra, las apuestas eran millonarias de parte de ambos bandos, Angélica estaba sorprendida de la dureza de Eva pues no se esperaba que una mujer con tal antigüedad fuese tan resistente como ella, por esa razón Angélica fue con todo su poder para derribar a Eva pero para su desgracia no lo consiguió, Eva logró detener su golpe y aplicado una llave de artes marciales pudo derribar a Angélica quien resistió por un buen tiempo a Eva pero luego de que Eva comenzara a golpearla una y otra vez el rostro de Angélica ya muchos sabían quién ganaría la pelea, Angélica se levantó como pudo e intentó golpear a Eva quien estaba sorprendida de que Angélica continuara de pie, Eva quiso terminar la pelea rápido y sujetó a Angélica de tal manera que Angélica ya se veía rendida, Eva, quien quería vengarse le dio una buena golpiza a Angélica de tal manera que el hombre del brazo de hierro tuvo que separarlas, Angélica estaba en el suelo derrotada y su rostro cubierto de sangre, Eva levantó su mano para dirigirse a la multitud y fue ovacionada por todos, los integrantes de la Titanium Force no podían creer lo que estaban viendo y a escondidas le lanzaron un cuchillo a Angélica quien al agarrarlo intentó apuñalear a Eva pero, Eva al darse cuenta esquivó el ataque y sostuvo el cuchillo enterrándolo fuertemente en el estómago de Angélica, los presentes quedaron muy sorprendido de eso y Angélica fue llevada de inmediato a un centro médico, Eva pensaba que no se admitían armas en ese lugar, los integrantes de la Titanium Force se marcharon y Eva fue a la salida para marcharse de ese lugar contenta debido a que le había pateado el trasero a Angélica.

Eva fue un momento a descansar y para su sorpresa entre quienes pelearían se encontraba Dead-Fenix, Eva lo vio y él la reconoció, Eva se

acercó a él y preguntó cómo había sobrevivido a
la última paliza, Dead-Fenix respondió con
mucho respeto, Eva era una guerrera muy fuerte
y tenaz, pero lamentablemente su destino era ser
cazada, Eva preguntó quién le había contratado,
Dead-Fenix le informó que esa información, por
obvias razones no podía ser divulgada debido a
que su reputación como cazador de recompensas
se sería afectada, Eva sonrió asegurando que
después de dos intentos fallidos su reputación
jamás sería la misma e incluso ella jamás
contrataría a alguien tan patético para eliminar a
una persona, Dead-Fenix comenzó a reír y
preguntó si quería pelear con él, Eva aseguró
que sería una experiencia interesante, ambos
subieron a la tarima y Eva atacó fuertemente a
Dead-Fenix quien se defendió, Eva lo golpeó un
par de veces y sintió que Dead-Fenix no estaba
peleando en serio, Dead-Fenix atacó con mucha
furia a Eva pero Eva golpeó duramente su rostro
y Dead-Fenix cayó derrotado, Eva supuso que él
estaba fingiendo ser débil, cuando ambos
salieron del cuadrilátero Eva preguntó por qué
había perdido a propósito, Dead-Fenix confesó
que Eva era fuerte y lo había derrotado por eso,
Dead-Fenix preguntó por qué Eva no había
revelado su identidad, Eva aseguró que no era

necesario, pero le advirtió que, si no dejaba de perseguirla ella lo asesinaría sin piedad, Dead-Fenix se sorprendió pero de igual manera le informó que siempre era buena idea conversar con la victima antes de eliminarla, Eva aseguró que había sido una experiencia interesante y se marchó de ese lugar.

Cuando Eva salió algunos soldados junto con Ken-Ia estaban esperando a la salida, Eva preguntó qué le sucedía, Ken-Ia le preguntó por qué razón estaba en ese lugar y luchando, Eva explicó la situación y en seguida fue enviada de nuevo para hablar con Lothar quien requería su presencia en ese mismo instante, Eva les pidió que la dejaran en paz pues ya no quería seguir peleando en esa guerra pero Ken-Ia insistió y le dijo que por favor no buscara más problemas de los que ya tenía, Eva subió a la nave a regañadientes y se marchó hasta donde estaban Lothar y Valerio.

Cuando Eva pasó la puerta principal Lothar preguntó qué creía que estaba haciendo al ir a pelear en un lugar clandestino, Eva sonrió y aseguró que había sido un lugar divertido, le había pateado el trasero a Angélica e incluso la había apuñaleado, Lothar estaba sin palabras, todos habían visto la popular pelea de las dos mujeres, Lothar aseguró que Eva había manchado el honor del uniforme al ir a esas peleas clandestinas, Eva confesó que en primer lugar ella no pertenecía a esa época, así que no le importaba ese uniforme, Lothar aseguró que probablemente Eva tuviera que ir a la cárcel para que recordara su destino si no cooperaba con la guerra, Eva llamó payaso a Lothar asegurando que podría encerrarla de por vida si quería pues ella lograría la manera de escapar, Valerio le pidió a ambos que por favor dejaran de pelear dado que no tenía sentido pues ambos deberían cooperar para ganar la guerra, Eva estaba molesta y preguntó para qué querían su presencia, Lothar un poco más calmado aseguró que Eva debía regresar a Marte pues era momento de hacer una gran ofensiva en Próxima Ares para finalizar la guerra en ese planeta, Eva aseguró que si regresaba a Marte no lo haría con las manos vacías, lo haría con el nuevo armamento, Lothar informó que ya el primer cargamento de armas estaba a disposición, solamente necesitaba que Eva se pusiera en posición de partir inmediatamente para combatir a la Androgénesis en Marte, Eva retomó su cargo y aseguró que en poco tiempo retomaría el control de Marte, Ken-Ia preguntó a Eva si quería partir de una vez a Marte y Eva decidió esperar debido a que quería ir hasta el lugar donde ella había llegado, Eva preguntó si podría llevarla hasta ese lugar y Ken-Ia aseguró que era una zona peligrosa, a Eva pareció no importarle y ambas se en caminaron hasta ese lugar, el novio de Ken-Ia aseguró que simplemente era una mala idea, Eva fue dura con sus palabras y la nave dejó el cuartel para encaminarse hasta ese lugar.

Eva estaba un poco angustiada, no sabía si iba a volver a su tiempo pero era de vital importancia encontrar su anterior traje y sus pertenencias ya que ahí había algo que no podía perder, Eva observó que ya habían llegado a ese lugar y sin previo aviso abandonó la nave para buscar sus pertenencias, Ken-Ia le pidió que tuviera cuidado y Eva no la escuchó, todo estaba cubierto de arena y Eva observó los cadáveres de esos hombres quienes había visto al principio, era una verdadera masacre, Ahí Eva pudo ver parte de su traje y sin pensarlo fue corriendo para agarrarla, Eva revisó a los alrededores y, para su suerte la famosa Sangre Dorada estaba ahí, Eva estaba contenta por eso y al ver que ya no había nada de valor decidió marcharse junto con Ken-Ia quien le preguntó si ya irían a Marte pero Eva pidió que regresara al laboratorio de Olivier puesto que necesitaba hablar un tema muy importante con él.

La cura milagrosa

Olivier estaba molesto por lo que había sucedido con Vigo y Lazare, ellos habían ido solamente con una intención y habían logrado su cometido, ahora la Bomba de Dios estaría en boca de todos, Americca pidió a Olivier que por favor se calmara, Olivier abrazó a su esposa y le pidió perdón, él no quería continuar involucrado en la guerra pero al parecer era su destino, Americca besó a su esposo y aseguró, él era una buena persona y ella le seguiría hasta donde fuese necesario, Olivier confesó que no sabía qué haría sin ella, ya que la mayor parte de su vida había estado trabajando para favorecer a la humanidad en la guerra pero últimamente se estaba cuestionando absolutamente todo lo ocurrido, su esposa le preguntó a Olivier si alguna vez había pensado en abandonar absolutamente todo, Olivier tenía la visión de una nación sin guerra pero ese día jamás llegaría, ya tenían demasiado tiempo en guerra y era probable que jamás acabara, Olivier se sentó puesto que necesitaba pensar algunas cosas, pero en ese momento la nave de Eva llegó y pidió permiso para aterrizar, Olivier preguntó qué quería ahora y autorizó la entrada, Eva entró inmediatamente y exigió hablar con Olivier en privado, Olivier aseguró que su esposa podría escuchar todo pues confiaba en ella más que nadie, Eva se sentó y preguntó si alguna vez había escuchado hablar de la Sangre Dorada, Olivier solamente había escuchado historias, según, las propiedades de dicha sangre podrían hacer que las personas tuvieran grandes beneficios, pero eso solamente eran historias, Eva aseguró tener la muestra de la famosa sangre, Olivier estaba sin palabras, se acercó a la sangre y en seguida fue a su laboratorio y junto con su esposa analizó dicha sangre, efectivamente contenía todos los elementos los cuales Olivier había visto en las leyendas, Olivier le preguntó dónde la había conseguido, Eva narró todo lo ocurrido antes de su llegada a la época de Olivier, Eva preguntó si él podría generar una cura para la enfermedad del Envejecimiento Rápido la cual azotaba a su época, Olivier estaba con dudas, pues hacer eso significaba alterar la línea del tiempo, Eva preguntó cómo curarían esa terrible enfermedad, Olivier aseguró que esa enfermedad era prácticamente primitiva pues había sido erradicada cientos de años atrás, Eva quiso leer lo que había ocurrido en su época luego de su viaje pero Olivier le pidió que no fuese imprudente, leer lo que había ocurrido en el pasado sería una gran imprudencia de su parte, algo que podría hacer que todos sus seres queridos desaparecieran, Eva estaba sin palabras, luego preguntó cuál sería su destino, acaso estaba condenada a estar en el futuro para siempre, Olivier aseguró que probablemente eso fuese lo más prudente que pudiera hacer, Eva se negó rotundamente, el futuro aparentemente apestaba y no estaba dispuesta a estar bajo el servicio militar para una nación gobernada por tontos futuristas, Olivier preguntó qué pretendía hacer, Eva estaba sin palabras, pues no tenía una solución para su problema hasta que preguntó a Olivier si él tenía una máquina del tiempo, Olivier se quedó callado y Eva supo que él tenía conocimiento o poseía alguna máquina disponible, Eva le pidió que por favor le ayudara a regresar al pasado, Olivier observó a su esposa quien no dijo absolutamente nada, Olivier aseguró que Eva debía partir a Marte y le prometió que luego hablarían sobre ese tema, Eva sintió un poco de esperanza y se levantó dispuesta a ir a Marte con todo el armamento que tenía preparado. Después de que Eva se marchara Olivier se acercó a su esposa quien le preguntó qué sucedía, Olivier estaba sin palabras, Americca preguntó a Olivier si la ayudaría, Olivier agarró la mano de su esposa y la condujo hasta una parte de la nave donde había información antigua, ahí le mostró que la Enfermedad del Envejecimiento Rápido había sido curada gracias a los grandes científicos de esa época pero el pilar de todo eso dependía de la llegada de una guerrera la cual supuestamente había llegado desde el futuro, la esposa de Olivier estaba sin palabras, Olivier jamás imaginó que esa guerrera podía ser Eva y el científico que la ayudaría a encontrar la variante para la cura era él mismo, la esposa de Olivier lo abrazó y aseguró que él haría un buen trabajo con la Sangre Dorada, Olivier se pondría a trabajar desde ese mismo instante para poder ayudar a Eva, aunque ella le parecía una mujer amargada no tenía otra opción que cumplir su papel en la historia.

Eva se encaminó hasta la Tierra para verificar que todo el armamento estuviese en buenas condiciones, al llegar nuevamente a la base ella no quiso hablar con Lothar sino que decidió ir a ver el armamento, Eva inspeccionó las armas y probó algunas al azar, los combatientes de la Tierra ya estaban utilizando el nuevo armamento y efectivamente los resultados habían sido prometedores, Eva estaba contenta por eso pero ahí le llegó una noticia, su presencia era requerida inmediatamente en el planeta Marte dado que la ciudad ubicada en medio del océano llamada *Campus Martius* estaba amenazada por la Androgénesis, Eva preparó a su equipo y pidió que el armamento fuese llevado en buenas condiciones a Marte para que pudieran hacerlos en masa, Eva se montó en su nave y se encaminó hasta Marte ya que su próxima misión estaba a punto de comenzar, Ken-Ia y su novio se alistaron para acompañar a Eva en su misión como de costumbre, Eva estaba lista para partir en cualquier momento, ella tenía la esperanza de poder detener esa amenaza.

Cuando la nave de Eva despegó Eva se sentó a pensar en lo que Olivier le había dicho, ella pensaba que volver al pasado sería fácil con la tecnología del futuro pero al parecer todos sus planes estaban arruinados, aunque era de esperarse, en su época las máquinas del tiempo habían sido prohibidas por el desastre que podrían ocasionar, en el futuro probablemente las personas no habían cambiado de parecer, Eva se encerró en una de las habitaciones de la nave y comenzó a llorar debido a que no podía creer que a pesar de que su plan de conseguir los datos del Magno había triunfado al final ella quedó perdida en el tiempo, era doloroso pensar que probablemente jamás regresaría a su tiempo, en parte estaba agradecida pues su sueño de ver las estrellas y de ir a otros planetas se había hecho realidad pero ahora que se encontraba completamente sola era cuando añoraba la tierra que la vio nacer, Eva tenía la esperanza de que si la guerra culminaba pronto probablemente ella podría dedicarse más tiempo a buscar la manera de regresar al pasado, pero para eso tenía que asegurarse de ganar la guerra y detener el avance de la Androgénesis, su problema con Angélica ya había quedado saldado y era cuestión de tiempo para que Dead-Fenix apareciera dándole la oportunidad a Eva para poder liquidarlo, el único problema que veía Eva era Lothar ya que ese hombre podría complicar sus planes pues al ser el General Supremo de todas las fuerzas armadas humanas tenía el poder para detenerla, a pesar de que Eva se abrió paso con sus habilidades por algún motivo Lothar se había metido en medio de todo para obstruir sus planes de avance, Eva comenzó a analizar la situación y pensó que realmente la guerra no estaba tan difícil como todos pensaban, algo sencillamente andaba mal, Eva pensó que probablemente Dead-Fenix había sido contratado por alguien cercano a ella ya que él mismo le había confirmado que efectivamente había sido contratado para eliminarla, y esa persona tenía que ser alguien con mucho poder dentro del entorno ya que si Dead-Fenix era tan popular como decían no haría un trabajo de tal magnitud de manera gratuita, Eva pensaba todo eso mientras que a través de su ventana el espacio se veía tan hermoso, y pensar que en su época todavía no habían comenzado a colonizar Marte, Eva recordó que en su época la Antártida ya estaba convertida en un paraiso verde y faltaba por explorarla, Eva pensó que si lograba terminar la guerra podría dedicarse a la investigación de todos los misterios de la Tierra mientras encontraba la manera de marcharse a su época, sería una tarea interesante, en ese momento Ken-Ia preguntó a Eva si podría abrir la puerta, Eva abrió la puerta y preguntó qué sucedía, Ken-Ia le preguntó si todo estaba bien y Eva afirmó que todo estaba en orden, Ken-Ia aseguró que pronto llegarían a Marte y le pidió que tuviera mucho cuidado pues el planeta la necesitaba con vida, Eva afirmó que sobreviviría no importaba el costo, Ken-Ia preguntó dónde había aprendido a pelear de esa manera, Eva le contó a Ken-Ia que en la época de su nacimiento la tensión en el mundo era fuerte, por esa razón en su país reclutaban a jóvenes para que fuesen convertidos en máquinas de guerra, Eva aseguró haberse sometido a un fuerte entrenamiento para ser implacable cosa que finalmente sucedió, su destreza fue tal que los altos mandos la tenían en cuenta para las misiones importantes, Ken-Ia ahora entendía el comportamiento de Eva el cual era implacable y sin miedo a nada, Ken-Ia preguntó si Eva tenía un pasatiempo, Eva sonrió y aseguró que patinar sobre hielo era lo que hacía en su tiempo libre, Eva preguntó a Ken-Ia si ella tenía un pasatiempo, Ken-Ia aseguró que efectivamente lo tenía, ella junto con su novio se dedicaban a leer libros antiguos, Eva se quedó asombrada y en seguida le dio una copia de los libros que le había dado el *Profesor* al momento en el que ambos se despidieron, Ken-Ia estaba sorprendida y le dio las gracias a Eva dado que ahora tendría nuevo material para poder leer y analizar, Ken-Ia se encargaría de hacer una copia impresa para poder disfrutarla junto con su novio, Eva estaba contenta por poder darle algo a cambio a Ken-Ia después de todo lo que ella había hecho, Ken-Ia luego preguntó si había alguien especial para Eva quien se sonrojó dando a entender que existía un hombre el cual había cautivado el corazón de la guerrera en su época, Ken-Ia sonrió y le deseó que soñara con ese joven mientras se retiraba y le pidió a Eva que descasara puesto que al llegar a Marte las cosas estarían muy duras, Eva se acostó puesto que era preciso que descasara.

La guerra en el agua

La nave de Eva estaba llegando a Marte, Próxima Ares era su destino, estaba un poco asustada por lo que podría esperarle, aunque regresaba con buenas noticias, las nuevas armas estaban disponibles para luchar y eso significaba un gran avance, Eva esperaba que los soldados fuesen construido todos los tanques que ella había ordenado puesto que de esa manera podrían continuar el avance, Ken-Ia informó que ya estaban entrando en la órbita de Marte, Eva comenzaba a ver el cielo de Marte el cual era un poco rojizo y se sintió muy bien puesto que ella había hecho en corto tiempo un fuerte vínculo con el planeta rojo. La ciudad de Próxima Ares podía verse y Eva ya estaba lista para reunirse con sus tropas, al momento de aterrizar Eva fue recibida con mucho respeto de parte de sus tropas quienes confesaron que estaban esperándola, Eva les agradeció a todos por su apoyo y preguntó cómo iban las torres de sobrecarga, los soldados aseguraron que las torres todavía estaban en construcción debido al débil mandato del último comandante, Eva supuso eso pero les dio a todos las buenas noticias, en ese momento las naves las cuales traían las armas comenzaron a llegar, al momento de aterrizar Eva tomó una de las armas y dio una demostración, los soldados se quedaban sin palabras puesto que el nuevo armamento era potente, Eva les explicó, su armamento actual era igual de potente pero cuando las sobrecargas eran activadas todas las armas al tener poder eléctrico quedaban prácticamente inservibles, pero gracias a la ayuda de Olivier las armas funcionarían con fuego y con aire, eso era algo innovador y sin perder el tiempo absolutamente todos comenzaron a tomar sus nuevas armas, Eva preguntó cuál era la situación en la ciudad de Campus Martius, Eva fue informada de un posible ataque a la ciudad dado su ubicación geográfica, Campus Martius era una isla de gran tamaño en medio del llamado *Océano Rojo* de Marte, la idea era llegar a la ciudad a través del agua ya que de esa manera podrían asegurar las cosas, Eva dio el visto nuevo y sin muchas palabras pidió la creación de las torres de sobrecarga en las otras ciudades, los soldados obedecieron y comenzaban a preparar las naves para iniciar un desembarco en la isla, además desde la costa podrían ir hasta la ciudad submarina Marteana, Eva decidió reunirse con los científicos e ingenieros de Marte pues tenía algunas indicaciones por darles.

Los científicos al ver a Eva estaban un tanto contentos por el regreso de Eva quien les enseñó el nuevo armamento y pidió que desarrollaran nuevas armas y las integraran a los nuevos tanques, los científicos aseguraron que eso les llevaría tiempo ya que tendrían que ir hasta Venus para buscar ese peligroso material, Eva supo que era cierto y les dio autorización y tres naves para lograr dicho cometido, los científicos recibieron sus órdenes y Eva se alistó para comenzar la expansión de su poderío. Eva llegó a la costa y observó que todas las tropas estaban preparadas y con el nuevo armamento en mano, Eva les dio ánimos a todos y sin pensarlo se encaminaron hasta Campus Martius con mucha furia, las naves cubrían los cielos y las naves espaciales los estaban respaldado, la Androgénesis no tendría oportunidad en su contra. A media que adelantaban el paso la ciudad ya era visible, por lo que Eva pudo ver en la ciudad habían conflictos, era tan grande la ciudad que Eva pensaba que era imposible que existiera una isla de tal magnitud, pero para

desgracia de Eva sus navíos los cuales iban a
gran velocidad comenzaron a ser atacados desde
la ciudad, Eva ordenó el fuego inmediato, las
embarcaciones de Eva disparaban desde la
distancia y desde el cielo las naves cazas los
apoyaban pero las fuerzas de la Androgénesis
contaban con poderosos y enormes cañones los
cuales eran un verdadero problema, Eva
observaba que algunas de sus embarcaciones las
cuales iban a toda velocidad eran destruidas con
solo un disparo de esos cañones, aunque
finalmente la embarcación donde iba Eva llegó
hasta el puerto, Eva pisó el suelo de la ciudad,
los disparos no tardaron en llegar y Eva pidió a
todos que avanzaran mientras se cubrían, los
robots de la Androgénesis atacaban por todas
partes y Eva pidió apoyo aéreo quienes sin
pensarlo ayudaron a Eva quien estaba
combatiendo en tierra, a medida que las tropas
iban avanzando las alertas se encendieron en el
agua pues un robot de enorme tamaño salió de
las profundidades y comenzó a atacar a todas las
unidades, Eva se sorprendió de ver a ese enorme
robot el cual no dejaba de atacar y destruir a sus
compañeros, Eva les gritó a todos que atacaran
las piernas del robot enorme para que cayera al
suelo, los soldados cambiaron a la modalidad de

154

fuego con sus nuevas armas y dispararon a las piernas del robot el cual, a pesar de haber caído al suelo continuaba disparando y haciendo daño, Eva disparó con gran valor pero ahí observó algo que la dejaría sin palabras, dos niños aparecieron misteriosamente cerca del robot, Eva pensó que el robot los mataría pues ya los había visto pero para su sorpresa el robot los apartó del camino para que no salieran lastimados, luego de eso el robot gigante continuó peleando hasta que las fuerzas aéreas intervinieron destruyendo de una vez por todas, Eva se había quedado inmóvil ante ese suceso y las lágrimas salían de sus ojos, no entendía si lloraba por tristeza o por tranquilidad pero luego de despertar de ese episodio fue corriendo a rescatar a esos niños, Eva los ubicó en un lugar seguro mientras continuaba con el avance de las tropas, por alguna razón eso había dejado consternada a Eva quien al llegar hasta el centro de la ciudad pudo ver a muchas personas quienes estaban refugiadas, los robots fueron derrotados y convertidos en chatarra por las armas de los soldados quienes al ver a los refugiados se contentaron de que sobreviviesen a la dura invasión de la Androgénesis, pero Eva no pensaba de la misma manera, ella necesitaba estar en privado un tiempo para analizar mejor la situación, ella ordenó que se atediaran a los refugiados inmediatamente y que comenzara la inmediata construcción de la torre de sobrecarga, luego de que Eva caminara para meditar lo que había ocurrido unos soldados tenían en sus manos a pequeños robots y querían destruirlos, antes de que eso sucediera Eva vio a los pequeños robots como si fuesen niños y en seguida cerró sus ojos y al abrirlos vio a los pequeños robots destruidos, Eva pensó que probablemente estuviese teniendo un episodio de estrés postraumático debido a toda una vida llena de guerra, Eva sintió un ligero mareo y sintió la necesidad de vomitar y efectivamente así lo hizo, Eva había vomitado pues no soportaba la visión que había tenido, ella sabía que algo no estaba bien, Eva continuaría peleando pero se dedicaría a investigar cuál era el trasfondo de todo ese conflicto.

Eva salió para continuar con su trabajo, sus soldados aseguraron que absolutamente toda la isla estaba asegurada, Eva los felicitó a todos por el buen trabajo que habían hecho y luego contactó a Lothar para informar sobre la situación, Valerio y Lothar estaban sorprendidos puesto que Eva había logrado controlar la ciudad en poco tiempo, Eva aseguró ser eficiente en su trabajo y por eso las cosas siempre salían bien, Lothar aseguró que en Marte las cosas habían progresado de buena manera a diferencia de la Tierra pues allá la Androgénesis tenía todavía mucha influencia, Eva preguntó si ya todas las tropas tenían el armamento necesario para enfrentar a la Androgénesis, Lothar aseguró que eso era correcto y al igual que lo había hecho Eva las torres de sobrecarga era la única manera de asegurar el territorio sin que tuvieran riesgo de ataque, Eva preguntó qué lo había llevado a tan magnifica decisión, Lothar no dijo absolutamente nada y le pidió a Eva que controlara todo el territorio para seguir avanzando, Eva cortó la trasmisión y habló nuevamente con los científicos ya que tenía que hacerle algunas preguntas. Eva se encaminó hasta sus militares nuevamente para ver si tenían algún plan para poder entrar en la ciudad bajo el agua, muchos de los militares ahí presentes aseguraban que era imposible entrar puesto que la ciudad en las profundidades estaba prácticamente rodeada y llegar a la ciudad era imposible, Eva preguntó si había civiles en esa ciudadela, algunos soldados aseguraron que ese frente de batalla estaba abierto y que la ciudadela al tener un enorme tamaño era difícil de controlar, además de ser una ciudad la cual contaba con muchos recursos, Eva revisó los planos de la ciudad, era sin dudas enorme y supo que literalmente era un suicidio intentar entrar, sus comandantes preguntaron qué podrían hacer, Eva los observó a todos y aseguró que no enviaría tropas a esa ciudadela de momento pues era algo extremadamente peligroso, sería algo que podría costarle demasiadas bajas tanto humanas como en equipos de combate, todos pensaban que era cierto y decidieron que por ahora la prioridad sería culminar la torre de sobrecarga, ya que de esa manera tendrían gran parte del planeta bajo su control.

Desarrollo del arma única

Olivier estaba organizando todos sus inventos, muchos de ellos serían destruidos puesto que podrían ser utilizados con fines malvados, Olivier destruyó algunos y su esposa Americca preguntó si ayudaría a Eva, Olivier estaba convencido de que no tenía opción, por eso se dedicó durante días a estudiar la famosa Sangre Dorada, Olivier en sus estudios pudo ver que la Sangre Dorada efectivamente podría curar la enfermedad del Envejecimiento Rápido pero, ahí pudo ver algo fascinante, la esposa de Olivier lo vio muy impresionado y quiso saber qué estaba ocurriendo, Olivier buscó un cuerpo humano hecho artificialmente para poder comprobar su teoría, Olivier hizo sus estudios y efectivamente su teoría era cierta, con la Sangre Dorada las personas podrían dejar de envejecer, Olivier estaba impactado y su esposa preguntó si eso era realmente cierto, Olivier afirmó que el cuerpo humano hecho artificialmente había respondido de manera efectiva, la esposa de Olivier quien era hermosa preguntó si podría ser la primera persona en usar esa fórmula, Olivier comenzó a reír puesto que ella quería ser hermosa para siempre, Americca estaba riendo asegurando que todas las personas morirían sin excepción incluso ella, Americca aseguró que eso no le importaba, pero si iba a vivir por un largo tiempo la mejor manera de hacerlo sería manteniendo su belleza, Olivier besó a su esposa apasionadamente y sin pensarlo le inyectó utilizando una jeringa avanzada la fórmula para permanecer siempre joven, Olivier la felicitó puesto que de ahora en adelante ella sería la primera persona que no envejecería, Americca se sintió contenta por eso y preguntó si Olivier se inyectaría eso, Olivier aseguró que no estaba seguro, Americca intentó convencerlo pero no logró hacerlo, Americca preguntó por sus hijos y Olivier aseguró que ellos estaban jóvenes, si les inyectaban la fórmula bautizada como *La Juventud Eterna* ellos crecerían y se desarrollarían eventualmente hasta llegar a su desarrollo completo y de ahí no envejecerían, Olivier pensaba que era una decisión muy personal, Americca supo que eso era cierto pero de igual manera estaba agradecida pues ella ya había tomado la decisión, Olivier estaba contento por eso y repentinamente una videotransferencia llegó, Lothar quería hablar con Olivier acerca de lo que estaba ocurriendo con sus estudios, Olivier preguntó qué quería saber, Lothar preguntó por una supuesta arma creada por Olivier llamada La Bomba de Dios, Olivier se quedó callado y Lothar preguntó por qué razón no había sido informado de eso, Olivier aseguró que no quería que un arma como esa fuese utilizada ya que podría tener graves consecuencias para la humanidad, Lothar pidió que se le informara de absolutamente todo acerca de La Bomba de Dios, Olivier se negó a hablar de ese experimento y Lothar sonrió y confesó que ya tenía absolutamente todos los planos de la bomba, Olivier le pidió que no se atreviera a utilizar la bomba dado que podría causar una catástrofe sin precedentes, Lothar sonrió por eso y aseguró que estaba en buenas manos, Olivier le advirtió a Lothar que se detuviera en la construcción de inmediato, Lothar le advirtió a Olivier que gracias a los recursos que había recibido él se había convertido en un brillante científico, de lo contrario jamás hubiera llegado a nada, Olivier estaba furioso y aseguró que no seguiría trabajando para ellos puesto que cada cosa que inventaba la convertían en algo destructivo, Lothar sonreía y aseguraba que Olivier volvería por las buenas o por las malas, Olivier estaba molesto y finalizó la transmisión con Lothar, su esposa estaba ahí y sin pensarlo lo abrazó, Olivier no contuvo la rabia y le pidió a su esposa que por favor recogiera sus cosas ya que era momento de que se marcharan, Americca preguntó a Olivier qué tenía pensando hacer, él no quería continuar inventando armas para un genocidas como Lothar, por esa razón pensó que lo mejor sería desaparecer para no continuar trabajando para ellos, Americca aseguró que le parecía una idea fenomenal, su esposo había sido infeliz durante demasiado tiempo, lo mejor al parecer era que ambos se dedicaran a hacer su vida en otra parte, Olivier comenzó a bloquear los accesos a todos sus experimentos los cuales era una tristeza para él ya que había trabajado durante mucho tiempo en ellos pero era momento de hacer algo diferente con su vida, ahora era momento de rehacer su destino.

Mientras que Olivier comenzaba a recoger sus cosas para marcharse su hijo Zarinno llegó hasta la nave de su padre, sin saludarlo le preguntó si era verdad que se retiraría de las investigaciones, Olivier confirmó eso pues ya no tenía absolutamente nada por hacer, Lothar estaba completamente loco dado que quería poner en marcha la construcción de la Bomba de Dios, Zarinno informó a su padre que el hecho de construir esa arma no significaba que la iban a utilizar, Olivier preguntó a Zarinno la razón de su incredulidad, pues con un arma de esa magnitud Lothar podría amenazar incluso a cualquier nación o gobierno y derrocarlo, Zarinno no pensaba que eso fuese posible, Olivier aseguró que a su hijo le faltaba malicia para reconocer a las personas malvadas, Zarinno discutió con su padre puesto que no entendía por qué siempre desafiaba al consejo militar, todos estaban en guerra y era su deber ganar a cualquier costo, Olivier preguntó a su hijo si era capaz de asesinar a persona inocentes para conseguir su victoria, Zarinno se quedó sin palabras y Olivier aseguró, si su respuesta era afirmativa entonces a pesar de que Zarinno fuese su hijo estaba a punto de convertirse en un genocida, Olivier continuó empacando sus cosas y Zarinno se retiró no sin antes de ver a sus hermanos y a su madre, Americca le pidió a Zarinno que por favor pensara muy bien las decisiones que tomara puesto que no quería perderle, Zarinno se despidió de su madre y se marchó, estaba furioso con su padre pero ya no podía hacer nada para detenerlo, Americca se acercó a Olivier y ambos se abrazaron, Olivier estaba molesto con su hijo pues estaba tan influenciado por la guerra que perdía la razón de su conciencia, Olivier pensó en ir a la Tierra dado que ahí podrían estar a salvo, pensó que sería lo adecuado, de igual manera intentaría contactar con Eva puesto que era preciso que ella tuviera la cura en sus genes para que volviera a su tiempo, Olivier llevó sus mejores experimentos consigo y se marchó a la Tierra a un lugar el cual consideraba seguro, junto a su esposa, sus tres hijas y su hijo menor, Olivier no quería verse involucrado nuevamente en conflictos de guerra y por esa razón haría lo posible por desaparecer de la vista pública.

Olivier junto a su familia llegaron hasta una ciudad la cual estaba aparentemente segura y alejada de todo peligro, era una vivienda bastante modesta y lejos de todo lo que había creado, Olivier pensaba que estaría seguro en un lugar como ese, ya que nadie lo conocía y podría vivir tranquilamente, los hijos de Olivier preguntaron por qué razón se habían marchado de la nave, Olivier aseguró que tenía un nuevo proyecto en la Tierra y por esa razón se habían mudado, los niños sin problemas aceptaron el cambio mientras Olivier y su esposa esperaban que nadie los encontrara pues quería que sus vidas fuesen completamente distintas, la esposa de Olivier lo apoyó en ese momento tan duro puesto que no quería que su esposo se sintiera culpable por haber cometido el terrible acto e crear armas peligrosas, ella entendió que lo había hecho para pelear contra la Androgénesis pero para su desgracia los humanos habían aprovechado sus inventos para poder tener el control de todo, Olivier supo que todo iría de mal en peor, aunque había dejado algunos experimentos en su nave tenía miedo de que alguien los encontrara, aunque sería una tarea difícil Olivier esperaba que sus códigos de bloqueos fuesen lo suficientemente buenos para bloquear el acceso de quienes pensaran revisar sus experimentos aunque para su fortuna había podido borrar algunos de los más destructivos, Olivier no quería que se le acusara de ser un desertor y por eso destruyó con discreción algunos proyectos los cuales podrían ser de importancia para la guerra, a Olivier no le interesaba pasar el resto de su vida en una cárcel pero tenía hijos y no quería perjudicarlos, aunque pensó que al marcharse había tomado la decisión adecuada.

Lothar estaba un tanto molesto por lo que había hecho Olivier, marcharse de esa manera no había sido lo más prudente, la supuesta construcción de la Bomba de Dios era una mentira de Lothar quien había sido informado con anterioridad de esa magnifica arma por Vigo y Lazare, Lothar estaba tan enojado por eso que dejó a un lado la partida de Olivier y solo se dedicó en su mayoría a forzar a todos los científicos para que construyeran con rapidez algo parecido a la Bomba de Dios dado que era el momento perfecto para tener una super arma con la cual pudieran detener a la Andrógénesis, Lothar sentía que el final de la guerra estaba cerca y por esa razón tenía que estar preparado para cualquier situación, en ese momento Lothar recibió una llamada de auxilio del planeta Venus, al parecer las ciudadelas estaban siendo atacadas y necesitaban refuerzos, Lothar les pidió que resistieran puesto que enviaría tropas de inmediato, Lothar envió a muchos guerreros para que fuesen desplegados en Venus, los soldados comenzaron a prepararse entre ellos Zarinno, Lothar estaba contento por eso ya que Zarinno al enlistarse estaba corriendo peligro de ser herido y eso lastimaría a Olivier, la estrategia de Lothar estaba funcionando ya que pretendía hacerle el mayor daño posible a Olivier.

El plan de la comandante

Eva estaba en Marte y su estrategia para conquistar la ciudad de *Gradivus* aún seguía sin solución, muchos de sus comandantes aseguraron que su idea de llegar hasta la ciudad debajo del océano rojo era imposible pero Eva no se rendía, Eva supo que tenía que existir alguna manera ya que los soldados estaban muriendo en las profundidades, para su sorpresa uno de sus soldados traía un mensaje importante, Eva le pidió que le informara y el soldado aseguró que las naves enviadas a Venus en busca de los materiales estaban de regreso pero habían tenido problemas, Eva preguntó qué había sucedido y le explicaron todo lo ocurrido en Venus y la gran revuelta de la Androgénesis en ese planeta, Eva observó eso y supo que era obvio, la Androgénesis estaba perdiendo territorio en Marte y era momento de poseer más territorio en Venus, Eva le pidió al soldado que diera la orden para que comenzaran a trabajar en integrar las nuevas armas a los poderosos tanques que Eva había mandado a hacer, el soldado obedeció y Eva se encaminó para ver cómo iba la construcción de la torre de sobrecarga, Eva pudo ver que iban adelantados y por esa razón quiso hacer una prueba, Eva se contactó con el personal el cual trabajaba en el enorme anillo del planeta Marte, Eva preguntó si podrían enviar un rayo de energía a la torre de sobrecarga de la ciudad Próxima Ares, los científicos ahí presentes preguntaron para qué necesitaba eso pues no estaban siendo atacados, Eva explicó su plan, quería utilizar el rayo de energía desde el anillo de Marte hasta la ciudad Próxima Ares y desde ahí intentar dirigirlo hasta Marts Ultor, de esa manera si la Androgénesis atacaba a varias ciudades simultáneamente ellos podrían detenerla sin causar bajas propias, los científicos aseguraron que eso sería peligroso y que una sola torre no podría distribuir un rayo con tanta fuerza, Eva aseguró que era cierto, por esa razón había construido pequeñas torres alrededor de toda la ciudad, de esa manera podría distribuir la energía del rayo en las pequeñas torres quitándole peso a las torres principales, de igual manera entre las ciudades algunas torres flotantes habían sido alineadas para conectar a todas las ciudades, a excepción de aquellas las cuales permanencia en bajo el territorio ocupado por la Androgénesis, el científico preguntó a Eva si ella se haría responsable de todos los daños que podría causar, Eva aseguró que asumiría completamente la responsabilidad de todos los daños, el científico estuvo de acuerdo y le informó a Eva que estaría pendiente en todo momento, cuando ella diera la señal ellos actuarían, Eva le agradeció por su colaboración y pidió a todo su equipo de ingenieros que por favor ubicaran las torres receptoras de energía en posición entre Marts Ultor y Próxima Ares pues era momento de probar las torres, los ingenieros entendieron el plan de Eva y alinearon las torres meticulosamente, fue un proceso que les llevó horas pues las pequeñas torres receptoras no se movían tan rápido como todos esperaban, Eva esperó con paciencia y mientras tanto pensaba nuevamente en lo que había visto con anterioridad, por alguna razón eso no salía de su mente e intentaría hablar con Olivier sobre eso en su momento.

Luego de una dura espera Eva pudo verla alineación de las torres, Eva envió a muchas de sus tropas a proteger las torres receptoras, cuando el momento llegó Eva se comunicó con los científicos de la torre quienes utilizando la energía del gran anillo de Marte dispararon un potente rayo de energía el cual llegó directamente hasta la torre de energía de Próxima Ares, Eva les pidió en seguida que distribuyeran la energía a todas las otras torres y así se hizo, las torres pequeñas fueron adquiriendo la energía y enviándolas a todas las torres las cuales estaban de camino a Marts Ultor, el plan de Eva estaba funcionando, cuando todas las torres estaban cargadas Eva activó la sobrecarga y los resultados fueron mejores de los esperados, Eva observó el radio el cual cubrió la sobrecarga y estaba contenta con los resultados, fue ahí cuando surgió una idea la cual podría ser efectiva, Eva preguntó a sus científicos si sería posible realizar una sobrecarga debajo del agua, los científicos se quedaron sin palabras, no supieron qué responder, jamás lo habían intentado y preferían no hacerlo, entendían que la ciudad bajo el océano rojo era una estructura con gran tamaño pero sobrecargarla de esa manera no era lo adecuado, de igual manera cruzar hasta la ciudad era un proceso peligroso debido a que la Androgénesis tenía a sus robots submarinos dispersados por todo el océano, Eva supo que tenía que buscar la manera de poder atravesar el océano hasta llegar a las profundidades sin recibir demasiadas bajas, era momento de ir hasta donde se encontraba Olivier, Eva le confió a sus tropas bastante trabajo y aseguró que regresaría dado que tenía muchas cosas por hablar con Olivier, les informó que estaría ausente un par de días puesto que era preciso hablar sobre todo lo que había ocurrido, a pesar de que ambos no se llevaban bien Eva tenía demasiadas dudas como para continuar luchando sin entender. Eva le pidió a Ken-Ia que alistara su nave, Ken-Ia obedeció y Eva se encaminó hasta la nave de Olivier, pero, al indicar su destino Ken-Ia le informó que Olivier había abandonado el laboratorio y se había erradicado en la Tierra, Eva sarcásticamente aseguró que Olivier se marchaba cuando las cosas estaban por ponerse divertidas, luego preguntó si conocía el lugar en donde se encontraba Olivier, Ken-Ia no tenía ni la menor idea pero su novio probablemente podría ayudarle puesto que él tenía muchas amistades en la Tierra, mientras el novio de Ken-Ia averiguaba el paradero de Olivier a Eva pudo ver a una cantidad de naves las cuales salían desde la Tierra, Eva preguntó qué estaba sucediendo, Ken-Ia le hizo saber que al parecer había un fuerte enfrentamiento en Venus y por esa razón estaban enviando a las tropas para que reforzaran al planeta Venus, Eva no entendía cuál era la ciencia de tener personas volando en un planeta como Venus, esa siempre sería una incógnita para ella, Ken-Ia estaba convencida de que vivir en el planeta Venus era una experiencia única, Eva no estaba de acuerdo con eso y prefería vivir en el cielo rojo de Marte, Ken-Ia sonrió y dijo que era cuestión de gustos, en ese momento el novio de Ken-Ia entró hasta donde estaban Ken-Ia y Eva, él tenía buenas noticias, Olivier había sido visto en un pequeño pueblo de la Tierra, no sabía la dirección exacta pero el novio de Ken-Ia aseguró que era una fuente fiable, Eva sin perder su tiempo se encaminó hasta ese lugar.

La nave de esa aterrizó un poco lejos de aquel lugar, casi en mitad del desierto, el novio de Ken-Ia explicó que, Olivier estaba tratando pasar desapercibido, Eva entendió eso y utilizó algunas mantas para cubrir su identidad, de esa manera Olivier no podría huir de ella ni esconderse. Eva caminó por ese supuesto pequeño poblado, aunque realmente parecía ser una metrópolis en medio del desierto, Eva recordaba los desiertos en su época los cuales eran tan diferentes que sintió nostalgia. Mientras Eva caminaba observaba a todas partes para ver si Olivier estaba a la vista, pero Eva tenía problemas dado que había tanta gente que mediante una videollamada le preguntó a Ken-Ia por qué razón no podían utilizar un detector de rostros, Ken-Ia recordó a Eva que gracias a que la Androgénesis estaba al asecho no podían utilizar toda la tecnología la cual habían tardado años en desarrollar debido a que podría ser utilizada en su contra, Eva estaba enojada por eso y aseguró que encontrar a Olivier era prácticamente como buscar una aguja en un desierto, pero para la suerte de Eva uno de los niños de Olivier iba caminando agarrado de un hombre, Eva se dio cuenta de que el niño iba con Olivier y decidió seguirlo, Olivier caminaba lento y Eva, al sentir impaciencia se puso enfrente de él para que Olivier la viera, eso enojó a Olivier y se acercó a ella con prudencia preguntándole qué quería, Eva quería hablar sobre algunas cosas, Olivier aseguró estar retirado y no quería saber absolutamente nada de la guerra, Eva aseguró que era importante, Olivier se negó rotundamente y Eva le preguntó si alguna vez se había cuestionado que la guerra era innecesaria, Olivier se quedó viéndola y aseguró que por primera vez había dicho algo coherente, Eva pidió hablar con él ya que había visto algo que podría cambiar muchas cosas, Olivier le pidió que le siguiera con mucha discreción, Eva lo siguió y observó a Olivier entrar a lo que parecía ser su hogar, un poco después Eva entró y pudo ver a Americca y a los niños de Olivier, Americca saludó a Eva igual que los niños con amabilidad, Olivier le pidió a Eva que entrara junto con él en una de las habitaciones, Olivier preguntó qué estaba sucediendo, Eva explicó lo ocurrido en el océano rojo, mientras peleaba con el robot gigante quien en vez de asesinar a los niños los protegió de una muerte segura, Olivier analizó bien las palabras de Eva y pensó que simplemente podría ser casualidad, Eva aseguró que las casualidades no existían y ella observó bien el gesto del robot gigante, él había protegido a los niños, Olivier jamás se había planteado esa idea y no lo haría puesto que ya estaba fuera de la guerra, no quería enterarse de absolutamente nada, Eva le informó que la guerra lo perseguiría, su única manera era culminar la guerra para que pudiera ser libre, Olivier preguntó a Eva por qué era tan tonta, la guerra continuaría ya que las ansias de poder no cesarían, Eva suspiró y le dio la razón a Olivier, Eva de igual manera comentó lo que había ocurrido, la visión sobre los niños robots, Olivier comentó que Eva probablemente estuviese teniendo un caso de estrés postraumático, Eva cerró los ojos por un momento, Olivier le aseguró que eso era completamente normal, él no conocía a Eva bien y no sabía nada sobre su vida pasada pero la experiencia de viajar de una época a otra podría resultar perjudicial para ella, Eva afirmó que había peleado en muchas batallas en su época, llegar al futuro y seguir peleando pensaba que no sería perjudicial para ella, Olivier le pidió a Eva que por favor se tomara las cosas con más calma, ella no era una heroína para estar pendiente de todo, Eva aseguró que era prioridad culminar la guerra para poder regresar a su época y así poder curar la enfermedad que estaba atacando a todas las naciones, Olivier se aseguró de que Eva supiera lo que había descubierto, eso dejó sin palabras a Eva quien preguntó si había descubierto el secreto para la eterna juventud, Olivier aseguró que eso era cierto, Olivier lo compartiría con toda su generación, eso no garantizaba la vida eterna pero las personas ya no envejecerían, Eva preguntó qué haría con ella, Olivier aseguró que podría inyectarle ese liquido milagroso a Eva y cuando regresara a su época los científicos podrían tomar su sangre para analizarla para que de esa manera pudieran encontrar un tratamiento, Eva preguntó si él no había podido encontrar la cura, Olivier explicó, él había leído lo que ocurriría en el pasado con la enfermedad, y efectivamente podría encontrar una solución pero no podía hacerlo debido a que eso podría alterar la línea del tiempo, Eva entendió que Olivier decía la verdad, aunque Eva entonces pensó, ella volvería a su época, Olivier no quiso revelarle eso puesto que ese conocimiento estaba prohibido, Olivier recordó de igual manera que si ella alteraba el pasado podría alejarse de su línea de tiempo y regresar a una línea muy diferente a la suya, Eva aseguró que eso había sucedido con anterioridad, fue a una línea del tiempo donde los Naze se llamaban Nazis y habían sido derrotados, Olivier aseguró que esa línea del tiempo entonces era perfecta, Eva aseguró que eso no era así, el Sacrum Imperium Veneziola no existía y en su lugar era un país dominado por bandidos, Olivier admitió que daría lo que fuera por ver ese universo, de igual manera le preguntó a Eva si quería que le inyectara la fórmula para nunca envejecer, era una decisión muy personal pero con eso ayudaría a toda su gente, Eva lo pensó detalladamente, entender que nunca envejecería podría traerle ciertos trastornos, Eva preguntó si no había otra solución y Olivier aseguró que efectivamente la había, podía llevar un poco de la variante del suero pero si se le perdía la humanidad estaría perdida, Eva extendió las palabras de Olivier y pidió que le inyectara el suero, pues no había otra salida para eso, Olivier procedió a inyectar el suero a Eva quien al igual que la esposa de Olivier no sintió absolutamente nada, Eva aseguró que había sido muy rápido, Olivier supo que era cierto y Eva necesitaba otra cosa de Olivier, él preguntó qué era y Eva le dijo que la vida de algunos soldados y civiles dependían de ella, le explicó la situación de la ciudad bajo el agua llamada Gradivus, Olivier aseguró que probablemente lo que tuviera que hacer sería inventar algunas balas acuáticas las cuales pudieran congelar ciertas partes del océano, de esa manera podrían detener a los robots los cuales vigilaban el océano rojo, Eva preguntó si podría ayudarla y Olivier al ver que se trataba de algunos civiles le escribió una fórmula bastante precisa para que pudiera congelar el aire el cual ya tenían las nuevas armas, Eva observó la fórmula y aseguró que se la llevaría a los científicos de Marte para que pudieran analizarla, Olivier informó que eso era muy fácil de resolver, Eva le dio las gracias y se marchó, no sin antes despedirse de los niños y de la esposa de Olivier quien, al ver que Eva se marchaba le preguntó a Olivier por qué razón no le había informado de la máquina del tiempo, Olivier le hizo saber a su esposa que Eva probablemente tenía un papel importante que desempeñar en esa época, él estaba dispuesto a decirle sobre la máquina del tiempo que guardaba pero no lo había hecho después de escuchar que Eva había visto a un robot proteger a unos niños, la esposa de Olivier estaba sin palabras, Olivier decidió esperar puesto que las cosas podrían ponerse interesantes.

Invasión en la profundidad

Eva se marchó de ese lugar, estaba un poco desorientada puesto que de ahora en adelante ella no envejecería jamás según Olivier, Eva no se sentía diferente pero durante el viaje de regreso al planeta Marte no comentó absolutamente nada, Ken-Ia preguntó si todo iba bien y Eva aseguró que había encontrado lo que buscaba, Eva se encerró en la habitación de su nave y mientras dormía comenzó a tener visiones tanto de su presente como de su pasado, ella había peleado en tantos conflictos pero jamás había estado en batallas tan diferentes como las del futuro, Eva sabía que no estaba errada y que no se había equivocado, por más inteligente que fuese Olivier la confianza de Eva era tanta que no dejaría que nadie le dijera su manera de pensar, así pues, para calmar su enojo recordó una las pastillas las cuales se transformaban en helado, Eva les agregó un poco de agua y su helado ya estaba listo, Eva lo comió con agrado y pudo disfrutarlo mucho más que la última vez que estuvo en la heladería pues a Eva le gustaba comer en soledad para poder disfrutar mejor de las cosas.

Eva permanecía dormida, y cuando despertó supo que había llegado al planeta Marte, Eva al ver a Ken-Ia le preguntó por qué no la había despertado, Ken-Ia insistió en que su novio le había dicho que no olvidara dormir, Eva no prestó atención a eso y se bajó, ya estaba de regreso en Próxima Ares, Eva habló con los ensambladores de armamento y con sus científicos, les mostró la fórmula dada por Olivier para convertir el aire disparado con las nuevas armas en hielo, de esa manera podrían congelar algunas partes del océano, los científicos observaron eso como una idea magnifica y prometieron que realizarían eso con todas las armas de los buques anfibios, Eva aceptó eso y preguntó cuál era la situación, los presentes aseguraron que la Androgénesis no había movilizado sus tropas y la ciudad debajo del océano rojo estaba en la misma situación, continuaban los combates, Eva aseguró que pronto eso cambiaría, mientras tanto Eva pudo ver la manera en el que el cielo de color rojo se reflejaba en el agua, ahí pudo ver que el agua se veía de color rojo, ahora entendía la razón del nombre océano rojo. Luego de eso Eva preguntó por el estado de las torres de sobrecarga, los soldados mostraron el plano a Eva y afirmaron

que todo estaba bajo control, Eva observó eso
con buenos ojos y justo en ese momento llegaron
noticias desde el planeta Venus, Eva preguntó
qué sucedía y el soldado puso las transmisiones,
las ciudadelas con forma de dirigibles del
planeta Venus estaban colapsando por la
Androgénesis ya que atacaba por todas partes,
los soldados de refuerzo trataban de resistir pero
la Androgénesis no solo atacaba con sus robots,
de igual manera estaba buscando la manera de
desestabilizar las ciudadelas las cuales se
mantenían girando en todo momento huyendo
de la potente luz solar, Eva supo que eso era un
verdadero problema, al parecer Lothar se había
dado cuenta de la realidad de la situación y
había enviado personal para apoyar a esas
tropas, en ese momento Eva le pidió a uno de
sus científicos que revisara las señales puesto
que quería ver si podría interceptar las señales
de la Androgénesis, el científico observó cierta
anomalía proveniente del territorio de la Luna,
Eva preguntó cómo era la situación en esa área y
todos aseguraron que era un territorio bastante
hostil, Eva supo en ese entonces que la base de la
Androgénesis se encontraba en la Luna pues la
cantidad de señales provenientes era más que
obvia, los científicos observaron eso y

confirmaron las palabras de Eva, ellos enviaron la información a la Tierra puesto que era necesario que la supieran, ellos se encargarían de eso mientras que Eva intentaría recuperar la ciudad bajo el océano rojo, ya que las nuevas unidades estaban preparadas y listas para entrar en acción, Eva sabía que su idea era muy peligrosa y que la toma de esa ciudad el cual era del tamaño de medio continente le traería muchas bajas pero era su deber que la Androgénesis fuese detenida.

Pasaron unos cuantos días mientras los ingenieros preparaban las unidades anfibias, Eva se encargó de supervisar el ataque dado que un solo error podría costarles la vida a muchas personas. Cuando finalmente todo estaba preparado Eva reunió a todo el personal militar y les explicó la situación a sus soldados, la Androgénesis sabía que ahora en la superficie estaba indefensa y a pesar que controlaba ciertos territorios sabía que las torres de sobrecarga pronto la acorralarían, por esa razón estaba centrando su poder en las profundidades, era necesario llegar y ayudar, el objetivo era llegar a la ciudad Gradivus ubicada debajo del océano rojo y derrotar a la Androgénesis en territorios acuáticos, si eso se lograba significaba que gran parte del territorio Marteano volvería a manos de la humanidad, los soldados entendieron bien lo que sucedía y Eva les pidió ser cuidadosos debido a que era una invasión debajo del agua, un solo error podría ser catastrófico para todos, los soldados se armaron de valor y comenzaron a entrar en los vehículos anfibios, Eva dio inicio a la operación y se sumergió en una de las naves la cual transportaban a treinta soldados cada una, alrededor de ochocientas naves de las grandes y doscientas de las pequeñas tipo cazas entraron en el agua. Todas habían sido modificadas para poder convertir el agua en fragmentos de hielo, el océano rojo era profundo y peligroso y Eva de saber lo que le esperaba habría tomado otra decisión pues los robots de la Androgénesis los estaban esperando con máquinas de gran tamaño las cuales sin perder tiempo comenzaron a atacar a todas las naves de Eva quien les pidió a todos que atacaran sin detenerse pero las naves grandes no tenían que olvidar su principal objetivo, las naves mayores tenían la misión de llegar hasta la ciudad de las profundidades, pero para su desgracia el camino era tan difícil que tuvieron que desviar la trayectoria, las naves comenzaron a atacar y Eva estaba lista en cualquier momento, todos los soldados quienes iban con ella sabían bajo la situación en la que se encontraban, todos tenían sus máscaras de oxígeno puestas y sus propulsores dado que si la nave llegaba a ser impactada ellos tendrían que salir y nadar a la superficie, todas las otras naves quienes transportaban soldados intentaban lidiar con los robots acuáticos mientras disparaban al agua para volverla hielo y así congelar a los robots, Eva estaba esperando hasta que la nave se acercara a la ciudad la cual ya era visible, pero para su desgracia su nave fue alcanzada por un proyectil, la nave comenzó a dar vueltas debajo del agua y Eva comenzó a patear las paredes para romper la nave y poder salir, esa situación era desesperante para todos y Eva pidió que tuvieran calma, pero en ese momento todos estaban desesperados por salir y efectivamente lograron hacerlo, Eva ahora estaba en las profundidades, para su suerte se podía ver absolutamente todo gracias a su máscara de oxígeno ya que la batalla que se estaba librando en las profundidades iluminaba absolutamente todo, Eva observó que algunos guerreros intentaban subir a la superficie, muchos de ellos eran aniquilados pero Eva no había olvidado la misión, por eso se dedicó a ir nadando hasta la ciudadela, Eva observaba que otras naves continuaban su camino a la ciudad debajo del agua y ella siguió su rumbo mientras todas las naves y robots continuaban peleando, Eva intentaba esquivar todo a su paso pero no le fue fácil y muchas veces estuvo a punto de ser devorada por algunos de los robots gigantes, Eva jamás había vivido algo similar y rogaba por poder salir con vida de esa situación. Eva veía a la ciudadela y parecía que se alejaba puesto que por más que nadaba no lograba llegar, fue en ese entonces cuando una de las naves pequeñas fue impactada por un robot gigante y su trayectoria iba contra Eva, ella inteligentemente utilizó su pistola de agarre y pudo engancharla a la nave la cual le dio un empuje hasta la ciudad de Gradivus, Eva se acercaba a gran velocidad y pudo ver que la entrada estaba cerca, Eva sabía que era momento de soltar el gancho de su pistola pero fue demasiado tarde, la nave iba a toda velocidad y entró a la ciudadela destruyendo todo a su paso, Eva en el proceso había perdido su máscara debido a la rapidez de la nave y al momento de entrar a la ciudadela lo hizo de una manera dura, Eva estaba casi inconsciente y comenzó a vomitar agua, pero justo ahí tuvo que ponerse al cubierto debido a que los robots estaban atacándolos, las tropas de Eva que pudieron pasar de la batalla del océano rojo pudieron llegar hasta la ciudadela, iban llegando a diferentes entradas, en la entrada en la cual Eva llegó fue una de las menos utilizadas, Eva sin pensarlo comenzó a disparar y confirmó su presencia a todas las tropas y les ordenó que comenzaran el ataque pues no había tiempo que perder, Eva estaba muy angustiada debido a que al parecer ninguno de los que iba con ella en la nave logró sobrevivir, ella sabía lo peligrosa de la misión, Eva observó el techo de la ciudadela y ahí podía verse absolutamente todo, muchas naves continuaban combatiendo, otras era destruidas y otras lograban pasar, Eva pensó que probablemente había sido un error dicha excursión pero no había otro camino, Eva dejó de ver la batalla en el océano rojo y se centró en tratar de entender la situación en la ciudadela, ahí Eva pudo ver a algunos de los soldados quienes estaban haciendo frente en la ciudadela, Eva preguntó quién era su comandante al mando, los soldados ahí presentes le informaron del grave estado del comandante, él era muy hábil y había logrado mantener a los robot detenidos, Eva informó su identidad y todos preguntaron si realmente era ella pues solo habían escuchado rumores, Eva confirmó su identidad y aseguró que de ahora en adelante ella estaría al mando, debido a la ausencia del capitán *Tobia Sneider* ella asumirían sus funciones, Eva fue llevada hasta donde estaban los otros soldados y pudo ver la terrible situación en la cual se encontraba la ciudad de Gradivus, lo peor de toda esa situación era la cantidad de civiles los cuales todavía vivían ahí, Eva aseguró que la situación era tensa y difícil, por suerte alguna de las naves continuaban llegando hasta que después de un duro periodo el océano rojo volvió a ser oscuro, la batalla había culminado, Eva intentó hacer contacto con la superficie pero le fue inútil, por suerte mucho del armamento como tanques y nuevas armas habían logrado pasar pero de igual manera no se tenía con exactitud el número de soldados quienes habían muerto, Eva habló a con todos sus soldados y les aseguro que ahora todos estaban encerrados debajo del agua, solamente había un camino, el primero era derrotar a los robots de la Androgénesis y salir victoriosos o morir en las profundidades, Eva les aseguró que morir no era una opción debido a que habían civiles en la ciudadela indefensos y necesitando un apoyo, los soldados se pusieron manos a la obra mientras que Eva orientó a todos los presentes ya que necesitaban de la mano dura de Eva para continuar el combate, Eva ahora estaba convencida de que tenía que poner todas sus habilidades, Eva supo que en esa ciudadela acuática no podría construir una torre de descarga, de igual manera sus ingenieros no estaban ahí junto con ella y las comunicaciones estaban destruidas, Eva pidió al equipo técnico que continuaran reparando las comunicaciones y ellos obedecieron aunque Eva ya sabía que tenían que derrotar a la Androgénesis por su propio bien puesto que lo que le dijo Olivier la había llenado de esperanzas, ella conseguiría la manera de volver a su tiempo y de curar la enfermedad del Envejecimiento Rápido, esa fue una de las razones por la cual Eva sabía que no podía fallar ni morir en esa ciudad bajo las profundidades, Eva intentaría llegar hasta los civiles que pudiera y sobre todo, estudiaría a los niños para comprobar si la Androgénesis no los lastimaba, esa era una de las grandes interrogantes de Eva y era la ocasión perfecta para ver si su teoría era cierta, Eva quería llegar hasta el fondo de la situación y no descansaría hasta hacerlo.

Mientras tanto en la superficie las otras

ciudades se enteraron de lo que había sucedido, muchos de ellos fueron a rescatar a quienes habían logrado llegar hasta la superficie, la cantidad de naves destruidas y de cuerpos en el agua sorprendió a todos, muchos pensaban que la avanzada por parte de Eva había sido un completo fracaso y absolutamente nadie sabía la ubicación de Eva, las naves comenzaron a rescatar a quienes pedían ayuda y retiraron a los muertos los cuales eran muchos, luego se extendió el rumor de que Eva había fallecido debido a que varios soldados vieron el impacto de la nave de Eva, nadie tenía la certeza de lo ocurrido y pero sí sabían que muchas de las naves habían podido llegar hasta la ciudad de Gradivus, a todos ellos ahora solo les quedaría esperar dado que no había absolutamente nada que pudieran hacer dado que la ciudadela estaba completamente incomunicada, la noticia llegó a Lothar pero las cosas en Venus estaban peor de lo que se pensaba, Lothar estaba preocupado debido a que probablemente Venus pasaría a las manos de la Andrmilosgénesis.

Al borde de las llamas

Mientras Eva permanecía en las profundidades la avanzada en Venus iba de mal en peor, la Androgénesis al ver que ganaba territorio intentó hackear las ciudades las cuales tenían forma de dirigibles, los soldados intentaron que eso no ocurriera puesto que si las ciudadelas recibían directamente la luz solar todos morirían, por esa razón las ciudadelas iban en movimiento día a día huyendo de la luz solar, la Androgénesis intentaba desviar el curso cosa que habría sido desastrosa, Zarinno junto a sus tropas de refuerzo habían llegado hasta Venus, las ciudadelas dirigibles eran un caos y las personas intentaban huir a cualquier costo puesto que todo era un peligro, las naves de emergencia se habían agotado y el descontento entre los civiles comenzó, Zarinno pudo ver algunas partes en las cuales los civiles comenzaban a pelear con los soldados puesto que se les negaba el libre acceso a las naves las cuales ya iban repletas de personas, Lothar se dirigió a todos sus soldados y les exigió que controlaran a la población mientras que al mismo tiempo repelían a los robots de la Androgénesis, en ese momento el gobierno se comunicó con Lothar y preguntó qué estaba ocurriendo en Venus, pues habían escuchado todas las revueltas que ocurrían y querían un informe de absolutamente todo lo que estaba ocurriendo, Lothar les aseguró que la Androgénesis había alcanzado casi el setenta por ciento de todo el planeta, absolutamente todas las ciudadelas estaban en caos y las personas en su gran mayoría querían marcharse debido a que no había para dónde correr, el gobierno le pidió a Lothar que probablemente era hora de poner en marcha un plan de evacuación, si las personas querían marcharse de Venus eran libre de hacerlo, Lothar en parte estaba en contra de esa medida puesto que de hacerlo las ciudadelas se quedarían solas y sin habitantes, los gobernantes insistieron en que se enviaran naves de rescates para las personas ya que se había escuchado el fuerte rumor de que la Androgénesis tomaría el control de las ciudadelas y Olivier ya no estaba disponible para ayudarlos, Lothar estaba molesto por eso puesto que Olivier había abandonado a la humanidad, las naves fueron enviadas a las ciudadelas del planeta Venus puesto que Lothar ya no tenía opción, las naves comenzarían la evacuación.

En el planeta Venus las cosas no marchaban

muy bien, se podía ver toda clase de abusos a los derechos humanos y a pesar de que las ciudadelas eran de gran tamaño las personas estaban desesperadas por salir, los soldados intentaban mantener el orden y Zarinno quien no ocupaba un alto rango tuvo que ser víctima de gritos de parte de los superiores quienes en cada ocasión le obligaban a hacer cosas poco éticas como empujar a quienes no mantuvieran el orden. Las naves las cuales salían en cada ocasión de Venus comenzaban a ser escasas y eso hacía que las personas cayeran en pánico y en algunas ocasiones los soldados, por cuestiones de estrés comenzaban a ser abusivos con los civiles y a tratarlos mal, Zarinno observaba todo eso como una aberración pues no había sido criado para lastimar a los civiles, en los puertos para abordar las naves con destino a la Tierra y Marte estaban repletas de personas y muchos soldados intentaron que los civiles retornaran a sus hogares asegurando que los llamarían cuando les tocara su turno de partir, pero absolutamente nadie prestó atención a esas palabras, y por otra parte los soldados continuaban repeliendo y peleando contra los robots de la Androgénesis quienes ganaban terreno en cada momento, en un punto la situación se salió de control y una de las naves fue robada por algunos civiles, Zarinno al estar cerca intentó detener la nave pero no lo logró, todas las personas pudieron ver que la nave robada fue en dirección contraria al reloj exponiéndose a los rayos solares quienes inmediatamente la incendiaron, las personas comenzaron a gritar y el personal militar entendió que estaban en la dirección correcta pero iban moviéndose de manera lenta, Zarinno observó la hora en su dispositivo, estaban a cuatro horas de retraso, si continuaban en ese rumbo era probable que la luz solar los alcanzara, las personas vieron eso como una advertencia y todo se descontroló nuevamente, las otras ciudadelas observaron lo que estaba ocurriendo pero de igual manera cada una tenía su propio problema, algunos sugirieron sacar a las ciudadelas flotantes de Venus con todas las personas pero los soldados aseguraron que eso era inviable debido a que la luz solar era potente y era un procedimiento que tenía que hacerse con cierta calma y no a los golpes, Zarinno sabía que estaban en una gran desventaja, en ese momento su unidad de combate fue enviada junto con la mayoría de las unidades disponibles pues los robots no dejaban de avanzar y era preciso detenerlos y darle tiempo a los civiles para evacuarlos de la ciudad principal de Venus llamada Venusberg, Zarinno no perdió su tiempo y apenas al llegar al frente los disparos y ataques de ambos bandos no era algo nuevo, a pesar de las nuevas armas construidas por su padre Zarinno entendió que la guerra prácticamente en Venus estaba perdida, los soldados estaban armados con sus tanques y armas dispuestos a morir para que muchos de los civiles pudieran escapar, ese era el único sentido de sus vidas, Zarinno estaba dispuesto a hacer ese sacrificio pero era lamentable que absolutamente nadie cooperara para salvar la vida en el planeta Venus, pues habían animales los cuales no merecían tener un destino cruel como el que les esperaba, la ciudad flotante la cual era enorme y hermosa ahora se había convertido en una ciudad en ruinas y con el cielo dorado, y ahora al enterarse de que era probable que los rayos del sol los alcanzarían la tensión aumentó, muchos de los soldados ahí presentes ideaban planes para escapar dado que no estaban dispuestos a morir por personas a quienes ni siquiera conocían, Zarinno quería acusarlos de cobardía pero al ver que estaba en terreno hostil tuvo que callarse puesto que misteriosamente aquellos que intentaban hacer las cosas bien podrían ser ajusticiados por sus propios compañeros, lo que estaba ocurriendo en Venus sería reportado por las futuras generaciones como una completa anarquía, Zarinno al igual que su comando no dejaron de defender a los civiles hasta llevarlos a los supuestos lugares seguros en donde serían evacuados, aunque él sabía que la probabilidad de que fuesen evacuados era muy remota no dejó de hacer su trabajo y defendió a quienes pudo como un buen soldado.

Durante un corto periodo de tiempo el combate se detuvo, Zarinno estaba completamente agotado e intentó descansar un poco, luego misteriosamente recibió una llamada de su padre, Olivier quería saber cómo estaba su hijo, Zarinno aseguró que estaba apoyando a la humanidad cuando personas como él la había abandonado, Olivier le pidió a su hijo que por favor no arriesgara su vida de esa manera, la situación en Venus se veía venir desde los primeros tiempos de colonización en ese planeta lo cual no tenía absolutamente nada de lógica, Zarinno aseguró que si su padre fuese contribuido con su mente brillante las cosas serían diferentes, Olivier aseguró haber puesto su mente durante años al servicio de la humanidad y personas como Lothar no hacían otra cosa que tomar malas decisiones y perjudicarlos a todos, en ese momento la madre de Zarinno entró en la conversación y le pidió a su hijo que por favor se retirara de Venus puesto que no quería que nada le ocurriera, Zarinno le dijo a su madre que la quería pero los disparos nuevamente continuaron y Zarinno no tuvo otra opción que continuar peleando y cortar la comunicación con sus padres quienes estaban observando todo lo ocurrido en el planeta Venus, Zarinno estaba convencido de que estaba peleando por una causa justa sin importarle que algunos de sus superiores y compañeros estuviesen pensando en el bien propio y no en el bienestar de todos, Zarinno representaba lo que era el buen soldado recto y disciplinado indicado en el código ético de los soldados del futuro, pero lo que él no entendía era que estaban en una guerra y que siempre iba a sobrevivir el más astuto e ingenioso de todos, Olivier por su parte permanecía preocupado por su hijo y junto a su esposa quien no paraba de llorar, las tres hijas de Olivier y su hijo pequeño se mantenían distraídos por Olivier quien trataba de jugar con ellos y pasar la mayor cantidad posible con los niños puesto que su esposa lloraba con mucha frecuencia, eso colocaba a Olivier en una posición complicada puesto que sabía, su familia era su todo y ahora que había logrado salir de ser un creador de armas su hijo se encargaba de restregarle en la cara que era un desertor, Olivier estaba triste, por eso e intentaba consolar a su esposa en cada ocasión, ella siempre estaba preocupada por Zarinno y eso no ponía muy contento a Olivier, aunque ella nunca descuidó a sus otros cuatro hijos, Olivier no pudo hacer otra cosa que esperar ya que su hijo era prácticamente incontrolable y no entendía el modo de operar de muchos militares.

Modus atrapados

La batalla en las profundades continuaba, las señales con la superficie continuaban destruidas y la Androgénesis no detenía sus ataques, Eva solo podía dormir escasos minutos dado que tenía el presentimiento de que si cerraba los ojos por mucho tiempo no los abriría nuevamente, Eva tenía que idear un plan para poder desconectar a todos los robots ahí presentes, ella estaba preocupada por la situación puesto que a pesar de que la cantidad de soldados era sorprendente la Androgénesis no se detenía, los ingenieros quienes tenían tiempo en Gradivus preguntaron a Eva cuáles habían sido sus estrategias en la superficie, Eva les explicó lo ocurrido, ellos eran incapaces de saber algo de la superficie debido a que las transmisiones no eran buenas y solo se nombraban las sobrecargas y el nombre de la Comandante Eva, ella les preguntó si era posible hacer una sobrecarga en la ciudad con onda expansiva para detener a los robots, los ingenieros aseguraron que dicho proceso no era posible puesto que al quedarse sin energía estarían peleando a ciegas, toda la ciudad se quedaría sin luz lo que aumentaría las pérdidas, Eva entendió eso y supo que era verdad, en ese momento un soldado entró para informales a todos que la Androgénesis estaba atacando y no solo eso, estaba destruyendo todas las fuentes de energía, Eva pudo ver que la Androgénesis al parecer tenía el plan de eliminar toda la energía de la ciudadela, todos los presentes se quedaron sin palabras, Eva entendía que la Androgénesis ya estaba planeando eso y sonrió, le pidió a todos los ingenieros que codificaran todo para que la propia Androgénesis creara su fin, Eva ya tenía la trampa planeada en su cabeza, al momento que la Androgénesis destruyera todo se crearía una sorpresa que sería su perdición, los robots se verían neutralizados ellos mismos ante el fuego de los humanos y las inundaciones, Eva rodearía todo ese lugar con bombas, los robots no podrían hacer nada ante eso, luego los remataría con los disparos, la opción visible era esa, los ingenieros aseguraron que era peligroso puesto que muchos distritos no podrían contener el agua la cual entraría, Eva le pidió que movieran a los civiles a distritos seguros mientras le daban la sensación a la Androgénesis de que ganaban terreno, sería una trampa mortal, Eva preguntó por los suministros de oxígeno y algunos de los civiles y soldados tenían reservas de oxígeno y agua en las líneas de color azul y verde que estaban en la parte derecha de su cabeza, Eva observó esas líneas las cuales eran brillantes y se sintió aliviada, aunque de igual manera el oxígeno no sería un problema puesto que la ciudadela generaba su propio oxígeno sin necesidad de utilizar energía eléctrica gracias a la energía generada por el océano, todos rezaban para que la Androgénesis no dañara ese sistema, eso tranquilizó a Eva mientras que ordenó evacuar a todas las unidades ubicadas en los distritos que serían hundidos por el agua luego de la trampa, uno de los ingenieros se acercó a Eva y le informó de que bombardear esos distritos no sería lo suficientemente fuerte como para detener a la Androgénesis, Eva se quedó pensando y supo que no destruiría a todos los robots pero si podría detener a una parte y eso les daría ventaja, los ingenieros advirtieron a Eva que comenzarían a pelear en lugares remotos y con poco espacio, Eva estaba consciente de eso, era preciso que se prepararan, Eva al ser inteligente preparó el terreno en donde esperarían a los robots de la Androgénesis para que cuando la Androgénesis les atacara ellos tendrían el terreno preparado para aniquilarlos a todos, ese plan sonaba bien, Eva observó a la mayoría de sus soldados retirarse y los civiles restantes se iban amontonando en los lugares los cuales eran seguros a la hora de una inundación, Eva observaba como su frente de batalla se iba reduciendo mientras que los soldados se centraban en proteger a los civiles, Eva les preguntó en cuánto tiempo la Androgénesis tardaría en ceder todo el territorio y organizar a los civiles, los soldados aseguraron que alrededor de dieciséis horas, Eva se aseguró de preparar armamento de primera para combatir a la Androgénesis, Eva de igual manera no descartó la opción de inundar las partes invadidas por la Androgénesis con tal de poder frenarlos, los ingenieros aseguraron que eso no debería de hacerse, Eva preguntó por qué, los ingenieros explicaron que la ciudad de Gradivus tenía mucha antigüedad e historia, dejarla en las profundidades era similar a perder parte de la historia Marteana, a Eva eso no le importaba debido a que salvar civiles y terminar con la influencia de la Androgénesis en la ciudad era prioridad, el ingeniero no podía entender eso y Eva le pidió que se tranquilizara debido a que era una estrategia la cual podría funcionarles en caso de una emergencia, aunque el ingeniero no estuvo de acuerdo los ahí presentes comenzaron a preguntarle si para él era más importante su vida y la de todos ahí o mantener una ciudadela llena de robots, el ingeniero no dijo nada, Eva les pidió a todos los soldados que por favor se mantuvieran pendientes puesto que cuando iniciara el bombardeo Eva junto con sus tropas atacarían sin piedad a todo lo que se moviera, los soldados entendieron eso y se alistaron, Eva también fue informada de que muchos de los soldados quienes habían llegado cuando la avanzada inició habían podido reagruparse, Eva les pidió a esas tropas que se mantuvieran alerta debido a que probablemente luego del bombardeo muchas partes de la ciudadela quedarían bajo las aguas, los soldados obedecieron y se mantuvieron alerta puesto que no existiría un plan de rescate para ellos, los ingenieros ahí presentes planificaban todo junto con Eva quien les preguntó si las comunicaciones con la superficie estaban reparadas, los ingenieros negaron eso puesto que estaban concentrando su atención en desviar el agua cuando entrara, Eva les pidió que por favor hicieran un esfuerzo para comunicarse con la superficie, de esa manera podría pedir refuerzos, los ingenieros intentarían pero no aseguraban absolutamente nada, Eva permaneció atenta durante todo el tiempo restante ya que lo peor estaba por llegar.

Eva pudo descansar un par de minutos, ahí recordó a todos sus seres queridos y estaba preocupada puesto que lo que venía era algo realmente terrible, sería el momento de pelear cara a cara con los robots, y lo peor era que el escape no era una opción, Eva estaba convencida de que era una injusticia morir por una tierra que prácticamente no era la suya, pero ya estaba hecho, no podía retroceder, en ese momento los ingenieros llamaron a Eva puesto que ya la Androgénesis había llegado hasta los generadores de energía, los soldados en ese punto siguieron las instrucciones de evacuación y fingieron estar desesperados y se retiraron, el montón de robots comenzaron a destruir todos los generadores de energía y los ingenieros esperaron el momento adecuado, Eva dio la señal y los ingenieros provocaron una la explosión de las bombas las cuales fueron puestas en lugares estratégicos, eso no solo comenzó a abrir ciertas compuertas en la ciudadela sino que algunos distritos comenzaron a incendiarse, los presentes observaban cómo parte de Gradivus, la ciudadela más importante de las profundidades comenzaba a ser destruida, los robots al ver que el agua y el fuego comenzaron a destruir todo se iban amontonando en los distritos los cuales estaban ocupados por los humanos, Eva ya estaba en uno de esos distritos, cuando los robots intentaban refugiarse del agua Eva abrió fuego contra todos los ahí presentes, los robots de igual manera atacaron pero al tener detrás de ellos el fuego y el agua no podían retroceder mientras las tropas de Eva avanzaban, Eva observó que muchos soldados ahí perdieron la vida debido a la agresividad de la batalla, eso la dejó un poco desconsolada y preguntó si los otros distritos también estaban peleando con la misma intensidad, los otros distritos aseguraron que estaban preocupados por las grandes cantidades de bajas recibidas, a pesar de que estaban bien preparados los robots de la Androgénesis estaban peleado duramente, Eva les aseguró que tenían que seguir peleando con la misma intensidad puesto que ellos eran la última defensa y los ingenieros habían informado que la gran parte de los robots de la Androgénesis habían sido destruidos, Eva supo que era momento de avanzar y así lo hizo, Eva junto a sus tropas restantes consiguieron adelantarse hasta que casi todos los robots estaban destruidos, los ingenieros cerraron algunas compuertas para que el agua no entrara a los siguientes distritos, Eva al asomarse pudo ver que los robots de estatura promedio estaban destruidos pero ahí sucedió algo que Eva no esperaría jamás, en frente de ella habían robots de estaturas pequeñas, ellos estaban arrinconados, Eva no se había dado cuenta de que ellos tenían una forma casi humana, los soldados que iban llegando apuntaron sus armas y Eva decidió que no les dispararan, los soldados cuestionaron las órdenes de Eva pero ella gritó fuertemente que no lastimaran a los pequeños robots, de igual manera dio la orden a todas las unidades puesto que según ella, tenía planes sobre eso, los ingenieros observaron que la ciudadela comenzó a tener problemas por todas partes, a pesar de que el oxígeno no era uno de los problemas existían ciertas cosas como los temblores debido a las inundaciones, Eva preguntó a los ingenieros qué podían hacer ahora que los robots habían sido derrotados, ella pensaba que probablemente podrían iniciar un proceso de evacuación, los ingenieros aseguraron que no tenían suficientes naves y que de igual manera los robots estaban en el agua merodeando en cada momento, Eva supo que tenían razón, los ingenieros intentarían restablecer la energía aunque no garantizaban nada, lamentablemente la prioridad había sido destruir a los robots y no pensar en un después, Eva supo que era cierto y mientras todos estaban un poco alterados los civiles comenzaron a perder la calma, Eva se acercó a ellos y les aseguró que, si no cooperaban las cosas de saldrían de control y todos morirían, Eva les pidió que los soldados estaban ahí para ayudarlos y no para perjudicarlos, los civiles se tranquilizaron y Eva les pidió a los ingenieros que por favor intentaran reestablecer la energía para ver qué podrían hacer, Eva quiso estar sola puesto que tenía mucha presión sobre ella. Eva se recostó en una cama la cual estaba ahí y pensaba pues era preciso idear un plan para que no ocurriera una tragedia, en ese momento Eva pudo ver algo pequeño que se acercaba a ella, Eva intentó agarrar su arma y una voz se escuchó, la voz le pedía que por favor no disparara pues había ido para hablar, Eva tenía su arma en la mano asegurando que no debería escuchar las palabras de su enemigo, la Androgénesis se apareció a través de un holograma y Eva le preguntó qué quería, la

Androgénesis preguntó por qué razón había detenido el ataque sobre los pequeños robots, Eva se quedó en silencio durante un momento, pero luego aseguró que a sus ojos eran criaturas las cuales se veían inocentes, la Androgénesis aseguró que en el pasado ellas dos habían peleado a muerte y no se perdonaba por haber perdido ese combate pero Eva era la única persona la cual había mostrado piedad por las pequeñas Maquinitas, en la guerra las cosas habían tomado un camino agresivo, Eva preguntó si ella atacaba a los niños, La Androgénesis aseguró que efectivamente había hecho ataques contra los humanos pero, si habían niños ella jamás los lastimaba, Eva supo que era cierto y explicó lo que había visto con anterioridad, la Androgénesis aseguró que la ciudadela estaba llena de sus máquinas, Eva supo que bajo su custodia existían muchas pequeñas máquinas, la Androgénesis preguntó si podrían llegar a un acuerdo, Eva preguntó a qué se refería, la Androgénesis les ayudarían con las comunicaciones para que pudiera evacuar a su gente y despejaría el océano por un tiempo, con la condición de que dejara a sus Maquinitas en la ciudadela de Gradivus ya que luego serían evacuadas, Eva preguntó si quería una tregua momentánea, La Androgénesis aseguró que por favor aceptara dado que de esa manera todos podrían salir ganando, Eva preguntó qué sentido tenía eso pero la Androgénesis aseguró que lamentablemente ellas continuarían siendo enemigas, la humanidad había asesinado a su esposo y se habían burlado de ella, la guerra no tenía sentido pero la historia había demostrado que los humanos no podrían convivir juntos puesto que siempre había guerra, alguna de las dos especies tendría que dejar de existir, Eva preguntó a la Androgénesis cómo era posible que ella se considerara una especie, la Androgénesis aseguró que cada robot era una mente pensante y consciente, podían sentir dolor y sufrimiento y se entristecían cuando sus compañeros era destruidos y sus niños, al igual que los niños humanos sentían miedo de ser destruidos, Eva no podía creer lo que estaba escuchando, la Androgénesis pensaba que tenía sentimientos y que sus Maquinitas podían sentir el miedo, Eva no sabía qué pensar sobre ese tema, la Androgénesis aseguró que dentro de poco el oxígeno comenzaría a fallar y toda su gente sería erradicada, la Androgénesis estaba dispuesta a negociar e incluso quitaría a los robots los cuales custodiaban el océano para permitir el libre paso, Eva lo meditó bien y aceptó los términos, La Androgénesis le aseguró que confiaría en su palabra y Eva preguntó si ella podría fiarse de la Androgénesis quien aseguró que su raza no era tan olvidadiza e irresponsable como los humanos, Eva no dijo nada y la Androgénesis partió, no sin antes darle la comunicación a Eva quien pudo comunicarse con la superficie, ahí le aseguraron que ya enviarían naves de rescate para buscar a todos los refugiados, Eva esperaba no cometer un error al confiar en la Androgénesis, de igual manera tanta información la estaba volviendo loca.

Unos cuantos minutos después Eva salió de su lugar y les pidió a todos que por favor mantuvieran la calma puesto que pronto irían a rescatarlos, los ingenieros preguntaron cómo era eso posible, pero justo ahí las comunicaciones comenzaron a funcionar, la superficie se estaba poniendo en contacto y Eva les pidió que enviaran transportes para evacuar a todo el personal, desde la superficie aseguraron que ya estaban preparando todo, Eva cortó la comunicación y los ingenieros preguntaron cómo había conseguido reestablecer la comunicación Eva aseguró que eso no importaba, los soldados quienes seguía apuntando en todo momento a las Maquinitas preguntaron qué harían con ellos, Eva les pidió que los agruparan a todos con mucho cuidado, los soldados estaban dispuestos en todo momento a liquidarlos y Eva no lo permitió, por esa razón cuando las Maquinitas estaban agrupadas Eva se puso enfrente de ellos para evitar que fuesen eliminados, muchos soldados estaban sin palabras ante la actitud de Eva quien comenzó a ver las luces en el océano, se trataban de los transportes enviados por la superficie, las naves al llegar comenzaron a subir a todos los civiles para llevarlos a la superficie, por suerte las naves eran numerosas y todo el personal fue evacuado, Eva se centró más que todo en proteger a las Maquinitas puesto que no confiaba en sus soldados. Al rato de que los civiles fueron evacuados, los soldados comenzaron a subir a las naves, pero Eva no se movió de su lugar puesto que quería cumplir la promesa a la Androgénesis. En el momento que los últimos soldados comenzaron a subir Eva se aseguró de que no quedara absolutamente nadie, luego subió a su nave la cual se encaminó hasta la superficie, los soldados preguntaron qué había ocurrido, Eva no dijo absolutamente nada, desde la superficie preguntaron si atacarían a la ciudadela y Eva les pidió a todos que nadie atacaría esa ciudad, todos estaban sin palabras pero Eva aseguró que no prestaría atención a nadie puesto que tenía que meditar lo que iba a hacer, tenía que tener cuidado incluso con sus propios soldados quienes no entendían absolutamente nada, pero eso sería algo que atendería en otro momento pues era hora de regresar a la superficie.

Cuando Eva se bajó de su nave acuática los aplausos comenzaron a llegar de parte de todos, Eva había salvado a muchas personas quienes en realidad estaban condenadas, Eva no se esperaba esa clase de bienvenida puesto que tenía tanto estrés que no había pensado en eso, muchos les daban las gracias a Eva quien no sabía cómo responder ante lo que había sucedido, lo único que podía hacer era quedarse callada puesto que si descubrían que había negociado con la Androgénesis podrían enviarla a prisión y acusarla de traición, Eva tenía que ser cuidadosa con sus decisiones. Cuando llegó hasta la central militar todos los soldados ahí presentes la felicitaron puesto que su operación había tenido éxito, pero Eva pudo notar que algunos soldados de altos cargos quienes estaban junto con ella en la ciudad acuática la veían con malos ojos, uno de ellos aseguró que Eva era una traidora puesto que había perdonado a los robots de baja estatura, Eva sin pensarlo golpeó a ese soldado quien quedó tendido en el suelo, Eva aseguró haberle salvado de todo ese desastre y aun así la culpaban de traidora, el soldado apenas pudo levantarse y Eva le aseguró, si le faltaba el respeto nuevamente lo liquidaría, el soldado se marchó de ese lugar y Eva les preguntó cómo iban los asuntos mientras ella había estado desaparecida, Eva fue informada de que todos pensaban que había muerto debido a que su nave había sido impactada, Eva aseguró que había logrado sobrevivir de milagro, pero de igual manera pidió que se hiciera un funeral para todos aquellos quienes cayeron en la operación, los soldados harían los arreglos y Eva se marchó a su habitación, una vez ahí Eva pudo descansar cosa que necesitaba.

Cuando Eva despertó la ceremonia ya estaba casi lista, los soldados estaban presentes para comenzar el cortejo fúnebre a los caídos, los soldados dispararon sus armas al cielo una vez para honrar las vidas perdidas en dicha avanzada, Eva no dijo absolutamente nada pues las palabras sobraban, nadie dio un discurso pero sí se nombraron a todos los caídos y desaparecidos, Eva aseguró que muchos habían caído por su culpa, pero muchos habían sido salvados, Eva se retiró puesto que tenía asuntos por atender. Un poco después Ken-Ia y su novio llegaron, ambos estaban contentos de ver a Eva quien iba de camino a reunirse con la cúpula militar de Marte, fue en ese momento cuando le informaron que el planeta Marte estaba casi fuera del control de la Androgénesis, Eva estaba contenta por eso y le fue informada de la terrible situación en el planeta Venus, Eva observaba la cantidad de personas que huían del planeta, Lothar en ese momento se comunicó con Eva asegurando que pensaba que había muerto, Eva le aseguró que ese día no lo vería con sus ojos, Lothar le preguntó si se había divertido en las profundidades salvando civiles, Eva no contestó y Lothar le hizo saber que tenía que encaminarse hasta el planeta Venus para ayudar a quienes estaban allá, pero Eva se negó asegurando que en Marte estaban muy ocupados intentando eliminar a la Androgénesis, Lothar vio los resultados excelentes de Eva y le pidió que mantuviera a todas las unidades al pendiente dado que los científicos habían revisado lo que Eva había enviado con anterioridad, Eva se preguntaba qué era, Lothar contestó que, efectivamente en la Luna se estaban recibiendo señales muy fuertes, así que era probable que la Androgénesis estuviese ubicada en esa posición o estaba tramando algo importante, en la Luna ya existía un frente de batalla pero probablemente era momento de limpiar la Luna por completo, Eva de igual manera recibió la orden de ir a evacuar a las personas en Venus, Eva no tuvo otra opción que acudir al llamado debido a que recordó lo que había vivido ella en las profundidades, Eva les dio instrucciones a todos sus comandantes puesto que probablemente después de que regresara la Luna de la Tierra sería el nuevo frente de batalla, Eva se encaminó junto con Ken-Ia y su novio debido a que era momento de ayudar a los habitantes de Venus.

Enemigos del sol

El desastre vivido en Venus era un claro ejemplo del porqué muchas personas no estaban de acuerdo en vivir en un planeta el cual no tenía ni siquiera superficie apta para la vida, vivir en los cielos no había sido una buena idea, Zarinno estaba combatiendo en todo momento mientras la evacuación continuaba, nadie tenía el control de la situación e incluso se reportaba que en algunas de las ciudadelas las personas habían sido aplastadas por otras personas en su desespero, las naves de evacuación desde la Tierra iban en camino al igual que las de Marte, Eva decidió adelantarse y dejar sus naves de transporte atrás debido a que la situación en Venus era caótica. Eva pisó la ciudad de *Olympus Vnois* y quedó sorprendida por el caos en la cual se encontraba, Ken-Ia explicó la situación de dicho planeta, Eva no podía creer, habían pasado tantas cosas mientras estaba en las profundidades que se resultaba imposible de creer, algunos días atrás había estado en Venus y a pesar de ser un territorio hostil no estaba en la decadente situación en la cual se encontraba, Eva estaba en una de las ciudades diferentes a la de Zarinno quien estaba en Venusberg pero lo que le habían informado a él era todo cierto, Eva pudo ver muchos cadáveres en una de las salidas de la ciudad, ni siquiera en Marte había presenciado tal panorama, Eva aseguró que era preciso que acudiera al frente para ver la situación, muchos de los soldados no tenían más remedio que ir abandonando poco a poco las posiciones pues no tenían ni refuerzos y algunas de las ciudadelas iban perdiendo su rumbo, Eva se preguntó para qué había asistido a ese lugar, pues los soldados ahí no tenían otra opción que retroceder, Eva se puso al combate pues era lo único que podría hacer debido a que muchas personas aún estaban por ser evacuadas, Eva le pidió a Ken-Ia que se mantuviera a los alrededores puesto que a la hora de salir sería Ken-Ia quien la buscara, Ken-Ia acató la orden de Eva quien comenzó a luchar sin descanso, pues al parecer no había un solo lugar en el cual no necesitaran ayuda, Eva intentó hacer lo posible pero debido a que ella estaba destacada en Marte no podía dar órdenes con tanta facilidad, eso la frustró puesto que Eva, al ser una persona dominante estaba acostumbrada a tomar el control de las situaciones, y aunque intentaba dar lo mejor de ella no podía hacerlo, era muy difícil en una situación como esa.

Zarinno por su parte estaba igual de agotado y cansado por los duros días de combate, esperaba que las personas estuviesen siendo evacuadas y al parecer ya la gran mayoría lo había hecho, eso lo motivó a seguir luchando pero luego sus comandantes lo obligaron a retirarse de sus puestos de batalla, Zarinno estaba preocupado pues no le llegaba información acerca de la evacuación, él simplemente esperaba que todo fuese como estaba planeado, pero repetidamente la ciudadela comenzó a desestabilizarse haciendo que muchos soldados perdieran la vida debido al poco agarre que tenían, Zarinno observó que solo había sido un pequeño movimiento brusco pero de igual manera intentó sobrevivir a lo ocurrido, las fuertes explosiones comenzaron a sonar desde las profundidades de la ciudadela, Zarinno preguntó a los altos cargos qué estaba sucediendo pues todavía podían observarse naves llegando para la evacuación, Zarinno recibió la orden de ponerse a salvo puesto que la Androgénesis había tomado parte del control de estabilidad haciendo que la ciudadela estuviese inestable, Zarinno preguntó dónde podría ponerse seguro ante tal situación, el alto mando ordenó que subiera a uno de los vehículos tripulantes mientras que muchas personas aún no había sido evacuadas, Zarinno pudo ver el desastre que se estaba viviendo puesto que sus compañeros comenzaban a correr por todas partes, en medio de toda la desgracia Zarinno pudo ver a civiles los cuales ya tenían que haber sido evacuados, Zarinno intentaba ayudarlos pero la ciudadela se volvía cada vez más inestable, luego se pudo ver que las naves militares estaban volando para marcharse de la ciudadela dejándolos solos a todos en ese lugar, Zarinno preguntó a sus superiores qué estaba ocurriendo pues todavía había civiles por desalojar, el superior de Zarinno solo respondió que si no se había puesto a salvo solo le quedaba morir con honor, Zarinno se quedó sin palabras al escuchar eso mientras observaba a todos los soldados y civiles que quedaban, Zarinno no podía creer en la situación que estaba viviendo y supo que ya no tenía sentido pelear puesto que ya todo estaba perdido, en ese momento una de las naves las cuales iba despegando bajó el vuelo debido a la inestabilidad de la ciudadela y cayó muy cerca de Zarinno, él al ver que no tenía nada que perder corrió hasta la nave y pudo ver a los pilotos heridos, Zarinno los removió del mando e intentó despegar la nave, mientras reparaba algunas cosas ocho soldados se acercaron a la nave y Zarinno los observó y les pidió que le ayudaran a reparar la nave pues era la única esperanza de salir con vida, los soldados se apuraron para ayudarle pero algunos robots llegaron para atacarlos, los soldados comenzaron disparar mientras Zarinno continuaba pero los robots estaban subiéndose en la nave, Zarinno en su desespero no supo cómo lo hizo pero la nave despegó dando vueltas debido a la inestabilidad provocada por los robots, los soldados continuaban disparando y tres de ellos cayeron de la nave y los otros quedaron heridos, Zarinno logró controlar la nave y los robots fueron repelidos, la nave volaba a medias y Zarinno junto a los soldados podían ver la perdición de la ciudadela llamada Venusberg, era un escenario terrible y Zarinno prefirió no seguir contemplando lo que estaba ocurriendo, puesto que era lamentable que tantas vidas se perdieran y él no pidiera hacer absolutamente nada.

Zarinno se fue hasta donde estaba el alto mando militar en la ciudadela donde se encontraba Eva llamada Olympus Vnois, al llegar pudo ver la situación la cual se encontraba incluso peor, Zarinno observó al capitán que le había dado la orden de morir con honor, él capitán se le quedó viendo y Zarinno se acercó a él golpeando su rostro con fuerza, los ahí presentes apuntaron con sus armas a Zarinno por haber golpeado a su superior, Zarinno fue detenido y despojado de su armamento mientras gritaba al capitán que cómo se atrevía a abandonar a todos a su suerte, en la ciudad de Venusberg habían soldados, mujeres y niños muertos por su culpa y el solamente había dicho que murieran con honor, el capitán golpeó duramente en el estómago a Zarinno y le aseguró que así era la guerra, algunos morían y otros sobrevivían, no se podía ser débil a la hora de actuar, Zarinno fue puesto en una cárcel debido a su mal comportamiento, uno de los guardias ahí presentes aseguró que había perdido la oportunidad de ser salvado dado que cuando comenzaran a evacuar Zarinno se quedaría encerrado sin oportunidad de escapar, Zarinno estaba molesto y le preguntó a ese soldado si esa era la manera de actuar con un soldado el cual había defendido a muchos civiles, el custodio de Zarinno no prestó atención a sus palabras puesto que él solo seguía órdenes, Zarinno estaba molesto pero buscaría la manera de salir de ahí ya que no quería morir en ese lugar, además le parecía aberrante la idea de volver a pasar por lo que había pasado pues dejar a sus compañeros morir mientras él escapaba de milagro era una maldad.

Eva estaba combatiendo mientras veía cada error y cada mala decisión, Eva no soportó esa situación y se encaminó hasta el cuartel principal dispuesta a observar mejor la situación. Cuando entró el capitán que había golpeado a Zarinno de nombre *Kore Seltzer* le preguntó a Eva qué estaba haciendo ahí puesto que ella no estaba autorizada a estar en esa zona, su lugar era en la batalla, Eva le pidió que tuviera cuidado pues no soportaba que nadie le hablara de esa manera, en ese momento llegaron algunos de los refuerzos mandados a pedir por Eva, Kore los observó con desprecio y preguntó qué estaban haciendo los soldados Marteanos en el planeta Venus, Eva aseguró que la situación era terrible y nada de lo que venía de Kore era de ayuda, los soldados estaban cayendo y pocas naves había evacuado al personal, Kore se acercó a Eva asegurando que ese territorio había sido asignado a él por Lothar, Eva le dio a entender que era un incompetente al igual que Lothar, los soldados ahí presentes apuntaron a Eva y los soldados Marteanos apuntaron de igual manera a quienes estaban amenazando a Eva, la tensión pudo sentirse y Eva mostró un par de explosivos los cuales tenía con ella, les aseguró que si le disparaban todos iban a morir, Kore estaba sin palabras y ordenó que bajaran sus armas, Eva les informó a todos que la situación era catastrófica, al parecer todas las estrategias para evacuar habían sido las más imprudentes de todas, Kore afirmó que había seguido las órdenes de Lothar y Eva le preguntó cómo era posible que obedeciera las órdenes de Lothar sabiendo que su presencia brillaba por su ausencia, Kore se quedó sin palabras mientras que Eva llamó a algunas de las naves Marteanas para que ayudaran con la evacuación, las naves se pusieron en marcha pero tardarían demasiado en llegar, repentinamente una señal comenzó a llegar, Eva observó la pantalla y pudo ver la ciudadela en la cual estaba asignado Zarinno, las múltiples explosiones podían escucharse al igual que los llamados de ayuda, Eva aseguró que probablemente más de la mitad de los habitantes y soldados aún permanecían en la ciudadela, Eva y los ahí presentes observan mientras los rayos solares alcanzaban a la ciudadela de Venusberg la cual se destruía por la fuerte luz solar, Eva lamentó eso mientras los gritos de ayuda continuaron hasta que el silencio llegó aturdiendo a todos, todas esas vidas habían sido apagadas en un momento, Eva sin pensarlo ordenó que Kore fuese arrestado y removido del cargo por haber permitido que tropas de ayuda y civiles perdieran la vida, los soldados ahí presentes no supieron qué hacer y Eva les preguntó si iban a seguir las órdenes de ese inepto, los soldados Marteanos sin pensarlo arrestaron a Kore y Eva se hacía cargo de la situación, Eva iría a comandar ella misma los centros de evacuación, los ahí presentes comenzaron a moverse puesto que no había tiempo que perder, Eva escoltó personalmente a Kore al calabozo mientras que él le gritaba que nadie podía removerlo de esa manera, Eva le pateó el trasero y lo metió en una celda y ahí pudo ver a Zarinno quien estaba sin palabras al verla, ella le preguntó si él también había sido arrestado por inepto, Zarinno se alegró de ver a Kore puesto que él había abandonado a todos a su suerte en la ciudad de Venusberg, Eva preguntó cómo sabía eso y Zarinno confesó que había escapado por poco, Eva liberó a Zarinno y le pidió que le acompañara pero que no fuese imprudente, luego le reveló que Venusberg ya no existía, Zarinno estaba sin palabras ante eso y Eva se encaminó al primer punto de evacuación para poner orden.

Eva observaba todo el desastre, habían personas aplastadas en el suelo y Eva preguntó cómo había ocurrido eso, Zarinno se preguntó lo mismo y Eva al llegar hasta la puerta disparó su arma y todos guardaron silencio, Eva les pidió a todos que si no mantenían la calma ella misma bloquearía las puertas para que nadie abordara, les pidió paciencia puesto que las naves Marteanas estaban de camino para ayudarles, los ciudadanos comenzaron a tener un poco de calma mientras las naves continuaban evacuando a todos los que podían, Eva les pidió que se concentraran en salvar a las mujeres y a los niños pues era lo adecuado, los soldados estaban incomodos y se preguntaban qué pasaría con las órdenes del capitán Kore, Eva preguntó cuáles habían sido sus órdenes, Kore había desviado parte del personal para transportar recursos valiosos desde Venus a la Tierra, Eva no podía creer lo que estaba ocurriendo, la corrupción no había desaparecido incluso en momentos tan difíciles como ese, era lamentable esa situación, Eva ordenó que quienes habían sido enviados por Kore a buscar esos recursos se reportaran inmediatamente en el frente de la batalla puesto que se necesitaban guerreros para contener a los robots, muchos de ellos no atendieron el llamado de Eva y ella los amenazó con ejecutarlo si no obedecían, Eva de igual manera amenazó a los pilotos de las naves de transporte quienes sin pensarlo obedecieron, ellos arrojaron absolutamente todo lo que habían recolectado y comenzaron a encaminarse para ayudar a las personas a evacuar, Eva ahora sentía que las cosas estaban mejorando, Zarinno aseguró que era preciso hablar con los ingenieros para que mantuvieran a la ciudadela estable puesto que en la anterior ciudadela la inestabilidad comenzó a jugar en contra de todos, Eva estaba furiosa por la situación y en ese momento Lothar apareció en una videollamada para preguntarle a Eva qué había ocurrido, Eva le preguntó a Lothar por qué había enviado a parte de las tropas a recuperar recursos, Lothar preguntó a Eva cómo sabía eso, Eva aseguró que Lothar estaba fuera de control puesto que cómo era posible que prefiriera salvar recursos que las vidas de los pobladores de Venus, Lothar le gritó a Eva y le ordenó que no le hablara de esa manera puesto que podría irle mal, Eva le preguntó si no tenía remordimiento de conciencia al ver todo lo que había provocado sus malas e imprudentes decisiones, Lothar estaba molesto y ordenó nuevamente a las tropas que se encaminaran a buscar los recursos, Eva aseguró que bloquearía esa orden para poder salvar a los civiles, Lothar amenazó a Eva con encarcelarla si se atrevía a desobedecer sus órdenes, luego cortó la transmisión y Eva les preguntó a quienes estaban presente qué iban a hacer, salvar vidas o proteger los intereses del corrupto de Lothar, muchos de los presentes prefirieron salvar las vidas y casi nadie prefirió seguir las órdenes de Lothar, Eva al resolver todo eso se encaminó nuevamente a las salidas de las ciudades puesto que las naves Marteanas ya estaban evacuando a las personas, de igual manera algunos soldados Marteanos iban llegando para ayudar, Eva estaba contenta por eso puesto que ahora tendría su propio escuadrón para poder poner orden, las naves cazas se prepararon en la entrada de la ciudadela y despegaron puesto que era momento de ayudar a los soldados quienes estaban combatiendo, los soldados destacados en Venus pudieron ver lo ordenada y motivadas que estaban las tropas Marteanas dado que su disciplina y eficacia estaba por encima de todo, Eva al tener más naves supo que el proceso de evacuación podría ser más efectivo, de igual manera las naves Terrícolas habían llegado para apoyar la evacuación en las otras ciudadelas, Eva tenía no tenía conocimiento de las tropas Terrícolas pero esperaba que hicieran su mayor esfuerzo al igual que ella lo haría, Eva no quería tener la conciencia sucia por el resto de su vida.

Un poco después Eva fue informada de que un escuadrón continuaba sustrayendo los recursos de Lothar, Eva se encaminó con su escuadrón Marteano para ver qué estaba sucediendo pues la situación se estaba poniendo hostil, Eva llegó con relativa rapidez y al llegar pudo ver a los soldados quienes la apoyaban y al otro lado estaban los que apoyaban a Lothar, Eva les preguntó por qué no estaban ayudando al personal, en ese momento Angélica apareció asegurando que ellos solo obedecían a Lothar, Eva al verle hizo un gesto de arrogancia y le preguntó cómo había sobrevivido a la golpiza que le había dado, Angélica le aseguró que una derrota solo le hizo más fuerte, Eva les ordenó que se pusieran a evacuar a las personas puesto que eso era más importante que nada, los ahí presentes al mando de la Titanium Force aseguraron que no iban a mover un dedo sin que Lothar lo ordenara, Eva le aseguró que Lothar estaba a punto de ir a un tribunal militar por todo lo que había hecho, Angélica le sugirió a Eva que los dejara trabajar mientras ella ayudaba a los pobres civiles los cuales no tenían ningún valor, Eva les pidió a sus tropas que dejaran a las Titanium Force en paz pues no era el momento para ponerse a pelear con alguien a quien ya había derrotado, Angélica sonrió asegurando que luego se verían para saldar cuentas, Eva la llamó basura y Angélica levantó su arma pero las tropas de Eva comenzaron a apuntar a los de la Titanium Force quienes recibieron apoyo de las tropas quienes estaban obedeciendo las órdenes de Lothar, Eva le preguntó si estaba segura de querer una confrontación en ese lugar, Angélica aseguró que debería matarlos a todos por haber traicionado las órdenes de Lothar, Eva aseguró que pronto los acusaría a todos por ser unos genocidas, Angélica no soportó eso y comenzó a disparar al igual que todas sus soldados, lamentablemente Eva recibió dos de los impactos en su pecho dejándola fuera de combate en seguida, los otros soldados Marteanos continuaron disparando y Angélica de igual manera recibió cinco impactos mientras que tres de los miembros de la Titanium Force fueron asesinados en ese momento, los soldados Marteanos continuaron disparando y las fuerzas de Lothar se marcharon en una de sus naves y los Marteanos de igual manera retrocedieron y llevaron a Eva en una capsula médica puesto que aún estaba con vida. En el camino los soldados tuvieron constantes problemas debido a que los robots continuaban atacando por todas partes, Zarinno al ver lo que había sucedido con Eva se encargó de enviarla directamente a la nave de Ken-Ia para que la llevaran al planeta Marte, los Terrícolas presentes sugirieron que la llevaran a la Tierra puesto que estaba más cerca pero Zarinno le explicó a Ken-Ia que la vida de Eva corría peligro, si la llevaban a la Tierra probablemente sería víctima de algún atentado, Ken-Ia supo que eso era cierto y por esa razón Eva fue llevada a Marte mientras Zarinno continuaba luchando ya que al no estar Eva se dedicaría a hacer lo mejor posible.

Zarinno pudo ver que la evacuación estaba avanzando y ya quedaban pocas personas, en el frente de batalla los cazas habían logrado mantener a los robots al margen, Zarinno al ver que ya no faltaba nada para que la evacuación de esa ciudad culminara comenzó a enviar naves para sacar a todos los soldados de esa ciudadela, Zarinno en persona fue para ayudar a todos, no quería que absolutamente nadie se quedara dentro de la ciudadela, los soldados comenzaron a abandonar sus puestos y a subir en las naves, mientras los cazas bombardeaban todo a su paso, Zarinno al ver que ya no se escuchaban señales de auxilio subió a su nave y fue así como la ciudadela quedó completamente abandonada, cuando Zarinno se marchó la ciudadela comenzó a explotar y todos observaban la manera en la cual la ciudad de Olympus Vnois comenzaba a caer de manera dramática, quienes presenciaban eso no podían creer que la gran ciudadela en forma de dirigibles la cual había sido el hogar de tantas personas durante generaciones caía en pedazos en el duro e invisible suelo del planeta Venus, la ciudad Olympus Vnois era tan grande que todos pudieron ver la manera en la cual se incendiaba, ese fue un momento duro para todos pues las otras ciudadelas comenzaron a caer mientras que el éxodo había terminado, las personas refugiadas ahora permanecerían en las naves mientras se reubicaban en los otros planetas, Zarinno pudo ver que en las otras ciudadelas las evacuaciones no habían tenido un éxito como en esa última ciudadela, así pues todas comenzaron a ser destruidas tanto como por la luz solar como por el cambio de dirección, solamente una de las ciudadelas sobrevivió a todo ese colapso y gracias a la ayuda de las naves pudo alcanzar cierta cierta velocidad para salir del planeta sin quemarse por el poderoso rayo solar, ese había sido un día doloroso para la humanidad puesto que al no haber ninguna ciudadela en el planeta Venus significaba que ni la Andrógénesis ni los humanos habían ganado la guerra en dicho planeta, eso sería un duro golpe a la humanidad puesto que construir tantas ciudadelas y ubicarlas en el planeta Venus había sido un gran avance pero al mismo tiempo algo que había causado la sustracción de recursos desde los otros planetas y asteroides haciendo casi imposible la construcción de nuevas ciudadelas, muchas personas al igual que Eva entendieron que el riesgo de vivir en Venus era demasiado y vivir rotando día a día alrededor del planeta para evitar la luz solar era una locura para todos, ahora los miedos de muchas personas se habían materializado, las naves desde el espacio podían ver a algunos de los restos de las naves perdidas, incluso en la Tierra y en Marte las noticias fueron publicadas y consternaron a todos los humanos, la pérdida del planeta Venus sonaba para los habitantes de Marte y de la Tierra como el fin del mundo para ellos cosa que sucedió para los habitantes de Venus, la tragedia iba en boca de todos y el gobierno fue duramente criticado por los terribles rumores e imágenes que llevaban la Tierra, a Marte y a las ciudadelas espaciales, los humanos habían visto demasiadas guerras pero absolutamente nada se comparaba a perder un planeta, la humanidad había sido derrotada muchas veces, pero jamás de una manera tan destructiva como lo había sido en la actualidad.

Herida, pero no destruida

Eva llegó al planeta Marte y los mejores médicos y científicos la atendieron, la población Marteana estaba enojada por todo lo que había ocurrido en Venus, la mala gestión de Lothar había afectado a todos por igual y rápidamente se corrió la voz de que el alto mando prefirió evacuar recursos antes que a los mismos civiles, el planeta Marte de igual manera estaba descontento puesto que Eva, quien había sido el pilar de la derrota de la Androgénesis en el planeta Marte había sido herida de gravedad, y por una guerrera que gozaba de la confianza de Lothar como Angélica, eso fue de gran descontento por los soldados y se lo hicieron saber a todos, por esa razón los médicos se encargaron de poner a Eva fuera de peligro y al menos cinco hombres cuidaban de ella en todo momento puesto que no querían perder a su mejor guerrera. Eva estaba profundamente dormida, ella no sabía dónde estaba, pero soñaba con que estaba de regreso en su época, en sus sueños Eva podía volar y ver todo a su alrededor, la Tierra era muy diferente en la época de Eva puesto que los continentes todavía existían a diferencia del futuro el cual estaba compuesto por diferentes continentes,

Eva se preguntaba qué había sucedido, no podía recordar qué había pasado, era un momento muy difícil pues no entendía absolutamente nada de lo que alcanzaba a ver, parecía que estaba de regreso en el túnel del tiempo puesto que sintió la sensación de caer a un lugar sin fondo tal como había sucedido, Eva intentó balancearse hasta que la estabilidad llegó, por fin se sintió estable, en ese momento Eva vio al cielo y pudo ver que dos naves se acercaban y aterrizaban en un bosque, luego salió un hombre parecido a Dead-Fenix y comenzó a matar a todos los soldados presentes de manera sigilosa, Eva observaba todo y cuando volteó misteriosamente pudo ver su propio cuerpo en un estado de coma, Eva se puso muy nerviosa y no sabía si lo que estaba viendo era un sueño o una realidad, Eva se acercó a su cuerpo y repentinamente no pudo ver nada, luego comenzó a abrir los ojos y pudo ver en el mal estado en el cual se encontraba, el dolor era insoportable y Eva lo primero que hizo fue llamar al personal de emergencia, la alarma sonó pero nadie acudió, Eva comenzó a ponerse nerviosa puesto que en parte sentía que lo que había soñado había sido cierto, Eva intentó levantarse pero no pudo hacerlo, fue en ese momento cuando algunos disparos comenzaron a sonar Eva sabía que corría peligro, finalmente pudo levantarse y agarrar el arma que estaba en la esquina de ese lugar, Eva se ocultó puesto que sabía que Dead-Fenix había ido por ella, eso no le preocupaba pues aunque el dolor era insoportable se creía capaz de pelear, Eva pudo ver que alguien se acercaba y cuando la puerta se abrió efectivamente Dead-Fenix estaba ahí, Eva le disparó sin pensarlo pero debido a su gran dolencia no pudo apuntar bien, Dead-Fenix comenzó a disparar para todas partes pero Eva logró escabullirse, la habitación era grande y estaba llena de humo por los disparos, Dead-Fenix aseguró que Eva probablemente había muerto pero, para su sorpresa Eva había salido por la segunda puerta, ella logró correr hasta que unos soldados la encontraron, Dead-Fenix luego al ver lo que había sucedido comenzó a disparar y los soldados comenzaron a dispararle, luego un comando especializado llegó para proteger a Eva y Dead-Fenix no tuvo otra opción que salir de ese lugar, Eva se desmayó nuevamente mientras fue puesta nuevamente en cuidados intensivos, ese deshonroso momento fue informado en todo el planeta Marte el cual se encargó de revisar a todos esos soldados quienes habían dejado pasar a Dead-Fenix y fueron ejecutados pues era inaceptable para ellos que eso ocurriera nuevamente. Cuando Eva abrió sus ojos ya estaba un poco mejor, el dolor no era tan fuerte y los soldados no se despegaban de la habitación de Eva en ningún momento, Eva pidió agua y le dieron en un vaso, Eva les preguntó qué había ocurrido, Ken-Ia apareció para informarle todo lo ocurrido a Eva, ella había sido herida a traición por Angélica y luego de eso fue trasladada a Marte para sus cuidados intensivos, Eva preguntó si Angélica había muerto, los soldados le informaron que Angélica había sido dada de baja tras recibir al menos cinco disparos en su cuerpo, Eva lamentó no haberla liquidado ella misma, los soldados ahí sonrieron a las palabras de Eva quien de igual manera se enteró de lo ocurrido con las ciudadelas, Eva aseguró que se había hecho lo posible pero nada funcionó, solamente en la ciudadela donde Eva estaba ubicada se pudo hacer una correcta evacuación, Eva estaba sin palabras y admitió la derrota humana en el planeta Venus, luego sugirió que nadie debía tratar de poblar ese planeta nuevamente puesto que no tenía sentido, los soldados ahí presentes entendieron eso, Eva intentó levantarse de la cama pero todos le sugirieron que no lo hiciera puesto que había quedado muy debilitada después de enfrentarse a Dead-Fenix, Eva pensaba que se había tratado de un sueño pero no fue así, de alguna manera él había logrado infiltrarse en el lugar en el cual tenían a Eva, los soldados quienes lo dejaron pasar habían sido ejecutados por complicidad, Eva supo que Dead-Fenix había entrado con facilidad debido a que alguien de adentro lo había ayudado, los soldados preguntaron cómo lo sabía, Eva aseguró conocer prácticamente la instalación, los sistemas de defensa atacarían a quienes no tuvieran autorización, de igual manera Eva confesó conocer la identidad de Dead-Fenix, todos estaban sorprendidos, uno de los soldados preguntó por qué no se había encargado de ese cazador de recompensas con anterioridad, Eva aseguró que la situación en la cual lo conoció no había sido la adecuada para encargarse de él, un soldado presente le comentó a Eva que la próxima vez que viera a Dead-Fenix probablemente tuviera un ojo robótico debido a que había visto su rostro lleno de sangre, y Eva había sido la única en haber disparado cerca de él, Eva aseguró que ni siquiera había podido apuntar bien, los doctores le pidieron a Eva que por favor se recuperara puesto que era de suma importancia ir cuanto antes a la Tierra ya que Zarinno había sido detenido debido a lo sucedido, de igual manera las tropas Marteanas habían recibido la orden de entregar a Eva para que fuese juzgada por haber desobedecido las órdenes de Lothar, Eva estaba sin palabras, luego preguntó por qué la estaban acusando si su manera de evacuar había sido la más efectiva de todas, los Marteanos se habían negado a entregar a Eva pues preferían esperar para que se recuperara, Eva ahora tenía un poco de prisa puesto que era conveniente recuperar la libertad de Zarinno y desenmascarar a Lothar. Eva pasó los siguientes siete días en recuperación, su impaciencia a veces era la impaciencia de los doctores quienes hacían lo posible por mantenerla en reposo debido a que había recibido fuertes impactos en su pecho, que viviera simplemente era un milagro, Eva aseguró que ella era el milagro de esa época, uno de los doctores quien era de la misma edad que Eva se sintió un poco intimidado por la belleza, la seguridad y el mal carácter que tanto describía a Eva, el doctor mostró una pequeña sonrisa y Eva lo vio fijamente y le preguntó qué sucedía, el doctor no dijo absolutamente nada mientras ella lo veía con cara de pocos amigos, ella luego se levantó cosa que sorprendió a todos, aseguró que ya había esperado demasiado tiempo y que no permitiría que Lothar se saliera con la suya, los soldados ahí presentes aseguraron que Eva no iría sola hasta la Tierra, Eva preguntó a qué se refería, los soldados le informaron que Eva tenía una orden de captura de parte del gobierno de la Tierra por haber desobedecido las órdenes, Eva ya sabía eso pero no podía creer que por el simple hecho de evacuar civiles iba a ser detenida, los soldados aseguraron que ellos sabían que Eva quería ir a la Tierra y por esa razón habían preparado a todas sus naves para acompañarla hasta la Tierra, ya que ellos también eran unos desobedientes, Eva tenía el respaldo completo del planeta Marte y ellos no dejarían que la Tierra la capturara, Eva estaba sorprendida, pues el respeto que mostraba ese planeta por su persona era algo que le hacía sentir muy bien, a pesar de que Eva había nacido en la Tierra no se sentía tan admirada y respetada como en ese planeta, era lamentable para ella que esa clase de situaciones ocurrieran entre los humanos mientras estaban en guerra contra la Androgénesis, pero ya nada se podría hacer, lo importante era que por lo menos el planeta Marte estaba liberado en su mayoría por la Androgénesis, Eva se alistó debido a que era momento de enfrentar lo que había sucedido en Venus, estaba segura de que todo se solucionaría puesto que era preciso terminar sus asuntos en el futuro para poder volver al pasado.

Conflicto de la misma raza

Eva se encaminó a la Tierra con una flota de naves bastante grande, el gobierno al ver que se acercaba la flota Marteana preguntó qué estaba sucediendo puesto que no habían autorizado el movimiento de la flota hasta esa posición, la representante del planeta Marte llamada Sora-Satto aseguró que no confiaba en las órdenes de la Tierra debido a lo que había ocurrido en el planeta Venus, por esa razón había asistido junto con su flota con tal de asegurar la seguridad de la Comandante Eva de Gutt, el gobierno y sus representantes aseguraron que eso no era necesario, Sora-Satto aseguró que asistirían a la reunión siempre y cuando se asegurara su libertad, de lo contrario las naves actuarían generando nuevamente una guerra entre Marte y la Tierra, los gobernantes al ver lo que estaba sucediendo no tuvieron otra opción que recibir a Sora-Satto y a Eva para aclarar la situación, Sora-Satto les ordenó a los tripulantes de su nave que, si el gobierno la arrestaba junto con Eva los bombardearan, los soldados estaban sin palabras pero Sora-Satto les hizo prometer eso, Eva se observó a Sora-Satto y se encaminaron a la nave de Ken-Ia la cual los iba a transportar hasta una de las ciudadelas las cuales orbitaban alrededor la Tierra, los representantes del gobierno de igual manera se trasladaron a la ciudadela, Eva estaba segura de que esa reunión no terminaría bien, Sora-Satto le pidió que por favor se tranquilizara debido a que tenían que ser diplomáticas en todo momento, Eva aseguró que Sora-Satto era realmente una política y respetaba eso, pero Eva era una guerrera y era improbable que una reunión política resultara apropiada, mientras ellas iban hablando Ken-Ia iba aterrizando la nave, una vez dentro de la ciudadela se le pidió a Eva que entregara todas sus armas, Eva aceptó aunque como siempre tenía algo reservado por si algún inconveniente ocurría, los soldados las escoltaron hasta donde estaban los lideres del gobierno Terrícola, ellos permanecían sentados, eran siete en total y al poco tiempo llegó Lothar con sus comandantes, el gobierno le preguntó a Lothar lo que había ocurrido y Lothar se defendió asegurado que había evacuado a tantos civiles como había podido pero la situación se salió de control, Eva le interrumpió e informó al gobierno que las órdenes de muchos soldados era evacuar los recursos del planeta Venus por encima de la población, el gobierno aseguró que las malas decisiones de Lothar serían evaluadas luego de que la guerra terminara, Eva interrumpió nuevamente y preguntó por qué razón absolverían a Lothar de todo lo que había hecho, el gobierno informó a Eva que ahora que el planeta Venus estaba perdido los frentes de batalla habían sido disminuidos, era el momento de permanecer unidos y derrotar a la Androgénesis la cual perdía terreno a pasos agigantados, Eva les pidió que no fuesen hipócritas puesto que incluso Eva no podría pisar la Tierra sin ser arrestada y Lothar debería haber sido acusado por genocidio y enfrentar un tribunal militar e incluso la muerte, Lothar aseguró que había hecho lo posible para suministrarle a las fuerzas restantes recursos y suministros, Venus ya estaba perdida y ahora era el momento de atacar el segundo punto más fuerte de la Androgénesis el cual era la Luna, Eva les aseguró que Marte ahora tomaría sus propias decisiones debido a que no se fiaban de las tropas de la Tierra, el gobierno aseguró que no querían otra guerra entre planetas, lo mejor sería destruir a la Androgénesis y luego todos verían qué hacer, el gobierno pidió a Eva que por favor preparara sus tropas debido a que tenían pensado realizar una gran ofensiva en el territorio fuerte de la Androgénesis, Eva no estaba convencida de ayudar a la Tierra puesto que era probable que quisieran aprovecharse cuando la guerra culminara, pero Sora-Satto accedió a hacerlo pero Marte continuaría con su autonomía ya que no se fiaban de las decisiones de la Tierra, Lothar se acercó a Sora-Satto y le informó de que ella se sometería a las órdenes o de lo contrario sería arrasada al igual que la Androgénesis, Sora-Satto le pidió a Lothar que tuviera cuidado puesto que ya Marte no era el planeta que solía ser en el pasado, ahora estaban bien equipados y tenían armamento de última tecnología, los gobernadores de la Tierra les pidieron a ambos que por favor dejaran de pelear, había cosas más importantes por hacer, al gobierno solo le interesaba contar con la flota Marteana en el ataque a la Luna con lo cual ellos pensaban que sería el fin de la guerra, Eva aseguró al igual que Sora -Satto que asistiría aunque de mala gana, Eva de igual manera le pidió que liberaran a todos los guardias quienes habían acatado la decisión de Eva, el gobierno de la Tierra aseguró que los pondría en libertad en seguida y Eva enviaría alguna de las naves para que buscaran a esos soldados, Eva aseguró que luego arreglaría cuentas con Lothar y se retiró con Sora-Satto a la nave puesto que era momento de planear la gran ofensiva a la Luna, Eva sabía que esa ofensiva había sido gracias a ella pues con anterioridad había mostrado su inquietud por la situación lunar, Eva pudo regresar junto a su flota ya que prepararía absolutamente todo, nunca pensó que la guerra terminaría con la ofensiva pero pensaba que podría ser un gran paso para poder culminarla.

Cuando Eva llegó hasta su nave principal le pidió a Ken-Ia que por favor descansara ya que al llegar al planeta Marte todas las cosas tenían que ser organizadas, Ken-Ia obedeció y Eva fue hasta su habitación, Eva mientras observaba el espacio supo que estaba viva de milagro, tenía que agradecerle a Dios por estar viva, Eva se quitó su armadura y observó su pecho, no tenía absolutamente ningún daño ni cicatriz, los médicos habían hecho un buen trabajo, aunque le sugirieron que reposara debido a que todavía no estaba del todo recuperada, ella entendió que si eso fuese ocurrido en su época no habría vivido para contarlo, Eva suspiró debido a que tenía tanto por hacer, por eso decidió acostarse debido a que decidió descansar lo más que pudiera, ahí pudo analizar todo lo que había sucedido mientras estaba en coma, esa experiencia sobrenatural había sido increíble para ella, Eva se acostó en su cama y miro al techo de la nave, luego cerró los ojos y durmió puesto que al llegar a Marte toda una invasión tenía que ser planificada

El planeta Marte estaba a la vista y Eva fue despertada, sin perder tiempo se vistió y fue llevada a Próxima Ares por Ken-Ia, al llegar a la ciudad junto con Sora-Satto Eva fue recibida con honores, Eva agradeció a todos por su bienvenida y comenzó a dar las órdenes para que todo estuviese preparado, los científicos e ingenieros informaron a Eva de que las conexiones entre las torres de sobrecarga ya estaban puestas en casi todo el planeta, Eva les preguntó si las habían probado y los lideres militares le confirmaron eso a Eva, las torres de sobrecarga habían sido probadas, cualquier robot que se pusiera en el camino sufriría una fuerte sobrecarga haciendo que se desactivara, Eva estaba contenta por eso, luego le informó a todos que, necesitaría nuevamente de la lealtad de todos, muchos preguntaron qué estaba sucediendo, Eva les pidió que recordaran lo sucedido con las ondas provenientes de la Luna, el alto mando militar les hizo saber que lo recordaban bien, Eva aseguró que era momento de enviar una gran ofensiva a la Luna, Venus como frente ya había dejado de existir, en Marte la Androgénesis tenía la guerra perdida, por esa razón era el momento de atacar su punto más fuerte el cual era la Luna, los soldados aseguraron que prepararían absolutamente todo para poner en marcha dicho plan, Eva agradeció a todos los soldados por haberla apoyado en tantas situaciones difíciles, pero ahora era momento de ir por un plan muy ambicioso, Eva no les aseguró el fin de la guerra pero pensaba que si tomaban la Luna ya los Terrícolas podrían ocuparse de la Tierra mientras que Marte se ocuparía de igual manera de limpiar todos los territorios para poner fin a la Androgénesis, los militares sin pensarlo comenzaron a preparar a todas las unidades puesto que para ellos las órdenes de Eva eran algo sagrado, Eva estaba complacida por eso, de igual manera Eva tendría que estar pendiente puesto que Dead-Fenix se había mostrado como un verdadero cobarde al atacarla mientras estaba hospitalizada, Eva estaba un poco furiosa por eso y sospechaba que la persona quien había contratado a Dead-Fenix había sido el mismo Lothar pues no tenía ningún otro sospechoso puesto que Angélica era demasiado orgullosa y estúpida para hacerlo, Angélica siempre pensó que podría derrotar a Eva ella misma pero eso jamás sucedería, Eva supo que al momento de encontrarse con Dead-Fenix lo interrogaría antes de arrebatarle la vida dado que antes de regresar a su tiempo quería saber lo que estaba sucediendo.

El prisionero del científico

Zarinno luego de llegar a la Tierra fue encarcelado y detenido siendo junto a algunos de los comandantes los responsables de no cumplir las órdenes de Lothar, muchos eran lo temían una rebelión militar, afortunadamente las cosas se calmaron gracias a que Eva intercedió y exigió la liberación de todos los prisioneros debido a que no era justo lo que había ocurrido, Zarinno estaba profundamente molesto puesto que sabía que todas las misiones de evacuación había fallado, muchos ciudadanos culpaban a Lothar por eso, Zarinno mientras estaba en su celda pensaba en las palabras de su padre puesto que probablemente tuviera razón, de igual manera Zarinno lo repudiaba un poco debido a que probablemente si su padre hubiera actuado la mayoría de las personas se habrían salvado, era algo que Zarinno no podía dejar de pensar.

Esa tarde mientras estaba dormido los guardias entraron a su celda para liberarlo, Zarinno preguntó qué había ocurrido y le informaron que se presentara inmediatamente ante sus superiores puesto que habían sido liberados con la condición de que sirvieran en la gran ofensiva en la Luna, Zarinno pensaba que se trataba de una broma pero al momento de llegar para reunirse con los altos comandantes le fue dada la noticia de que la Tierra y Marte unirían sus fuerzas para enfrentarse a la Andrógénesis, Zarinno estaba sorprendido por eso y sin pensarlo pidió unirse al comando Marteano pero su solicitud fue denegada debido a que si era liberado pelearía obligatoriamente por la Tierra, Zarinno no podía creer eso pero no tuvo opción, eso parecía una locura, Zarinno recibió su equipo y pudo ver la gran movilización de tropas que se estaban preparado. Unas cuantas horas luego Zarinno recibió una videollamada, se trataba de su padre quien le pidió que se reuniera con él, Zarinno se marchó en seguida a ver a sus padres ya que tenía mucho tiempo sin verlos.

Olivier estaba impaciente por ver a su hijo pues luego de enterarse de la terrible situación buscó hasta que logró ver que su hijo había sobrevivido, Americca y sus hijas de igual manera estaban muy preocupadas, Zarinno al momento de llegar fue recibido por múltiples abrazos por sus familiares quienes lloraban ya que pensaban que había fallecido en Venus,

Zarinno se sentó y narró todo lo ocurrido, había sido una experiencia realmente aterradora, los hermanos de Zarinno fueron enviados a sus habitaciones debido a que Olivier quería saber todos los detalles ocurridos, Zarinno narró lo ocurrido y eso fue algo horrible para todos, de igual manera Zarinno aseguró que si su padre fuese intervenido las cosas habrían resultado de mejor manera, Olivier aseguró que por más que intentó poner fin a la guerra con todos sus inventos los gobernantes se encargaban de utilizarlo para reprimir a la población, Zarinno no podía creer que su padre fuese tan indiferente, Olivier no quiso ser indiferente solo quiso darle a entender a Zarinno que no se involucraría más en la guerra debido a que absolutamente nada estaría correcto para él, Zarinno aseguró que la guerra probablemente acabara luego de la ofensiva a la Luna, Olivier se quedó sin palabras, la guerra en la Luna había sido la más peligrosa de todas, Olivier le pidió a Zarinno que por favor no fuera a la Luna a pelear, Zarinno le preguntó a su padre cómo podría negarse, si la guerra realmente terminaba luego de la batalla en la Luna todo culminaría y podrían arreglar la situación e imponer justicia en la Tierra y en Marte y buscar a los culpables del desastre de Venus, Olivier le pidió a su hijo que por favor abriera los ojos, en Venus habían muerto demasiadas personas y al parecer el gobierno solo quería continuar con la guerra sin importarle la vida de los inocentes, Zarinno no podía pensar igual que su padre y por eso se descontroló, la madre de Zarinno intentó calmarlo pero no pudo conseguirlo, las hermanitas de Zarinno salieron de sus habitaciones al escuchar el escándalo de Zarinno quien les dijo que no había de qué preocuparse, los niños abrazaron a Zarinno dado que tenían tiempo sin ver a sus hermano, cuando los niños se marcharon Olivier le pidió nuevamente a su hijo que por favor pensara mejor las cosas, ya que probablemente lo de Venus había sido un aviso, Zarinno le preguntó a su padre cómo podría saberlo puesto que él no había estado presente ante el gran desespero que vivió en ese momento, Olivier se acercó a Zarinno y le dijo que ya era un hombre, podría tomar sus propias decisiones, si era su deseo ir a la Luna y arriesgar su vida por gente malvada que así fuese, Olivier en parte estaba agotado de darle buenos consejos a su hijo quien al parecer jamás los apreciaba, Zarinno se quedó sin palabras y su madre se acercó a él para implorarle que no fuera, Zarinno se dio la vuelta y se marchó, Americca quedó destrozada y Olivier no podía hacer absolutamente nada, su hijo estaba completamente ciego, ese era el mayor de los problemas de Olivier quien se acostó junto a su mujer sin poder hacer que se sintiera bien por todo lo que estaba sucediendo. Zarinno estaba tan molesto con sus padres que su juicio fue nublado, de igual manera las imágenes del planeta Venus no desaparecían de su cabeza, se preguntaba si viviría con eso toda su vida, Zarinno, aunque se sentía culpable entendió que él no pudo hacer absolutamente nada para evitar eso, era lamentable y doloroso, lo único que podría hacer sería pelear en la Luna para que la guerra pudiera concluir.

Olivier por su parte intentó comunicarse con Eva para explicarle la situación en la Luna, Eva respondió su llamado y Olivier lamentó la situación por la cual había pasado, Eva aseguró que faltaba más que eso para quitarle la vida, Olivier sin muchas palabras le pidió que detuviera la ofensiva a la Luna puesto que era algo sumamente peligroso, Eva le recordó las ondas que provenían desde la Luna y por esa razón tenía el presentimiento que la Androgénesis tenía su base principal en la Luna,

Olivier aseguró que si la Luna recibía daños muchas cosas en la Tierra podrían cambiar, Eva entendió eso y aseguró que la ofensiva en la Luna era necesaria y había sido pospuesta en varias ocasiones, era el momento de atacar con fuerza, Olivier le explicó a Eva, el terreno lunar era muy diferente al de los otros planetas en los cuales había gravedad y todos podían caminar como si estuviesen en la Tierra pero si la Androgénesis conseguía sabotear la gravedad en los terrenos lunares absolutamente todos quedarían atrapados en la Luna y moviéndose como los antiguos astronautas, Eva se quedó pensando en eso pero le dijo a Olivier que tendría cuidado y llevarían a los mejores ingenieros y científicos para que eso no ocurriera, Olivier le indicó que todos se iban a quedar estancados y empantanados en la Luna si no le obedecían, Olivier aseguró que enviaría el informe a Lothar si era posible, Eva preguntó cuál era su desespero en ayudar en la guerra puesto que pensaba que ya estaba retirado, Olivier aseguró que todos incluso Eva podrían morirse en la Luna pero su hijo estaba a punto de cometer un gran error en ir a pelear en la Luna, Eva observó lo egoísta que era Olivier y le aseguró que la avanzada en la Luna se llevaría a cabo puesto que ella quería terminar la guerra y volver a su época, sabía que atacar a la Luna no significaba el fin de la guerra pero al menos existía una esperanza, Olivier al ver que Eva no atendía a su llamado cortó la transmisión, Olivier estaba molesto puesto que no entendía cómo era posible que nadie le hiciera caso a sus palabras, de igual manera intentaría comunicarse con Lothar puesto que sería una verdadera tragedia que se repitiera lo mismo que en Venus, la esposa de Olivier no dejaba de pedirle que por favor convenciera a todos de que era una mala idea atacar a la Luna, Olivier supo que si ese ataque continuaba la Tierra no sería un lugar seguro puesto que si la órbita cambiaba los desastres naturales comenzarían generado un caos total, Olivier pensó la manera de proteger a su familia y por eso buscaría información sobre los diferentes refugios por si las cosas se ponían malas, aunque todo apuntaba a eso, Olivier tenía conocimiento de un fuerte refugio en donde se refugiaban a personas importantes, por esa razón era probable que enviara a su familia para que se ocultaran, Olivier no quería que todo lo que había creado, su familia, fuese destruida por una catástrofe creada por los humanos.

El día de la Luna

Las naves las cuales tenían un mayor tamaño estaban siendo alistadas para partir a la Luna, Eva supervisaba las tropas las cuales iban a ser desembarcadas en territorio lunar con cuidado, algunos de los tanques serían de igual manera desembarcados y el apoyo aéreo no haría falta, Eva jamás había peleado en un lugar como la Luna, decir que no estaba nerviosa sería decir mentiras, nunca imaginó que viviría para que su aventura lunar tuviera éxito, era un momento muy duro para Eva debido a que un solo error podría significar el coste de muchas vidas, Eva tenía en mente las palabras de Olivier, eso la había dejado un poco escéptica, pero Eva estaba segura de que todo iría bien, Sora-Satto y Ken-Ia ya estaban listas, Eva se acercó a Ken-Ia y le pidió que por favor se quedara lejos de la batalla junto a Sora-Satto debido a que le servía más en esa posición, Ken-Ia no entendió el motivo de esa decisión pero Eva no quería ponerla en peligro, ella era una excelente piloto pero no estaba dispuesta a ponerla bajo riesgo, Sora-Satto y Ken-Ia se quedarían en esa nave mientras que Eva iba con el batallón de infantería, Eva pensaba que el lado oscuro de la Luna por fin sería mostrado ante ella, Eva subió a su nave principal y se rodeó con los soldados de infantería quienes apreciaban la presencia de Eva puesto que pocos comandantes se unían a la batalla, Eva fue alejándose del planeta Marte el cual había quedado un poco vacío por todo el personal militar que estaba en las naves con destino a la Luna para combatir, todos estaban muy seguros de que las cosas saldrían bien y los civiles de igual manera compartían sus mensajes en apoyo a los héroes puesto que todos tenían esperanza en que podían ganar.

El espacio estaba oscuro, Eva podía ver las estrellas pero sobre todo podía ver que se acercaban a la Luna, las naves de la Tierra estaban al otro lado en posición, las tropas las cuales ya estaban en la Luna combatían con furia a la Androgénesis, a medida que se iban acercando todos estaban preparados en la nave, el escuadrón de Eva sería el primero en ser desplegado en la Luna, los nervios aumentaban debido a que serían asignados en una zona en la cual no habían podido avanzar, era un territorio desconocido al nivel militar, las pequeñas naves con soldados fueron abandonado a las enormes naves repletas de guerreros, las baterías y defensas antiaéreas de la Androgénesis respondieron ante la ofensiva de los humanos, algunas naves fueron destruidas pero la de Eva logró aterrizar, apenas abrieron la compuerta de la nave una ráfaga de disparos comenzó a atacarles, Eva se sorprendió ya que todos los que estaban en frente de ella habían muerto en un abrir y cerrar de ojos, Eva logró sobrevivir dado que los impactos fueron recibidos por aquellos compañeros los cuales estaban acompañándola, Eva logró levantarse y disparó a todos los objetivos a la vista, lamentablemente tuvo que arrastrase entre sus camaradas los cuales estaban muertos en el suelo, las otras naves continuaban llegado haciendo que las fuerzas Marteanas se desplegaran en la Luna con gran fuerza, el ataque aéreo de igual manera fue eficaz al menos durante un tiempo puesto que las torres de la Androgénesis no paraban de disparar en ningún momento, Eva supo que el deber de las tropas terrestres era limpiar la zona pero eso parecía una tarea casi imposible, pues los soldados estaban cayendo sin piedad, Eva les ordenó que se ordenaran, algunos escudos fueron activados y los soldados pudieron refugiarse, eso fue un alivio para Eva dado que estaba preocupada pues muchos soldados estaban a su alrededor completamente muertos, Eva luego recibió una transmisión, se trataba de los soldados quienes ya tenían meses peleando en la Luna, ellos eran el antiguo frente de batalla, Eva les preguntó la situación, los soldados ahí destacados tenían un plan para poder penetrar en las defensas de la Androgénesis pero al parecer era una tarea dura e imposible, Eva supo que era cierto, no solo bastaba con enviar tropas y ponerlas a pelear en un territorio hostil, Eva de igual manera observaba a las naves de la Tierra quienes al igual que las naves Marteanas estaban siendo asediadas, a pesar de que la Androgénesis no contaba con naves sus defensas aéreas eran tan potentes que las naves Terrícolas y Marteanas podían hacer poco, Eva estaba preocupada debido a que las cosas no estaban bien, pero todo empeoró cuando desde el suelo comenzaron a salir robots los cuales tenían una cabeza de taladro, Eva al verlos les informó a todos que dispararan, Eva observó el hueco que dejó el robot que ella había destruido, Eva lanzó una granada al hueco puesto que los robots comenzaban a subir, Eva les indicó a todos que hicieran lo mismo para detenerlos, Eva también pudo observar que los robots de la Androgénesis comenzaban a avanzar, Eva supo que estaban en problemas y ordenó fuego inmediato puesto que los estaban atacando de frente y podía sentirse que atacarían por los túneles, mientras Eva estaba disparando un temblor pudo sentirse, Eva sintió que algo no estaba bien y repentinamente del suelo hubo una gran explosión, Eva tuvo suerte de que cuando ocurrió ella se alejó pero de igual manera voló unos cuantos metros de su posición, luego apareció un robot completamente diferente a todos los demás, era casi de la estatura de Eva, ella pudo ver que se trataba de un robot extraño, luego salieron otros robots iguales, Eva supo que estaba en problemas puesto que esos robots eran rápidos y hábiles, los soldados ahí presentes comenzaron a caer uno tras otro pues el robot tenía la habilidad de ir a una velocidad increíble, parecía que podía esquivar todos los disparos, Eva disparó sin detenerse pero para su sorpresa ese robot no podía ser alcanzado por sus balas, Eva sacó su espada puesto que tenía pensado cortarlo en dos, el robot sacó un sable y Eva comenzó a pelear con todas sus fuerzas, el robot tenía una fuerza superior a la de Eva al igual que su velocidad, Eva fue golpeada en su estómago y cuando el robot le iba a dar el golpe final Zarinno le disparó al robot quien cayó al suelo para ser rematado, Zarinno le pidió a Eva que fuese discreta a la hora de pelear con los robots debido a que ellos eran físicamente más fuerte que los humanos, Eva observó a Zarinno y le preguntó qué estaba haciendo ahí, Zarinno aseguró que su escuadrón había sido completamente aniquilado, Eva supo que las cosas no estaban marchando de manera correcta, Zarinno aseguró que lo mejor sería quedarse fijos en un lugar y defender esa posición, Eva pensó de igual manera puesto que no podían seguir perdiendo hombres en combate, en ese momento Eva decidió que era hora de utilizar los tanques para intentar repeler a los robots, los tanques comenzaron a llegar y a disparar a todo robot presente, ahí se pudo ver una pequeña brecha entre las tropas de la Androgénesis, los soldados al ver eso decidieron avanzar, Eva estaba entre ellos, ella quería atrincherarse como le había pedido Zarinno, pero si podía avanzar ese era el momento, Eva ordenó un fuerte ataque aéreo en esa zona y el ataque fue respondido, la nave en donde se encontraba Sora-Satto a pesar de estar ocupada comandando a las tropas logró prestar atención al llamado de auxilio de Eva atacando al punto en el cual se le había asignado, Eva por un momento pudo romper las defensas de la Androgénesis y comenzó a avanzar, ese era el momento clave para comenzar una verdadera ofensiva, Zarinno de igual manera atacó junto con las tropas de Eva, todo parecía ir perfecto hasta que algo sin igual ocurrió, desde la Luna un potente rayo salió desde uno de los cañones antiaéreos enemigos, el rayó impactó con fuerza la nave en la cual estaba Sora-Satto, Eva se quedó sin palabras y sin pensarlo comenzó a llamar a Ken-Ia y a Sora-Satto, las comunicaciones estaban interrumpidas, Eva temía lo peor mientras observaba a las naves de emergencia salir de la nave la cual había sido destruida, Eva supo que tenía que seguir adelante, ahora su misión sería destruir ese mega cañón para que no disparara nuevamente, Zarinno estuvo de acuerdo con Eva y ambos lograron avanzar pero los disparos de la Androgénesis no se detenían en ningún momento, Eva supo que la Androgénesis podría estar ocultando algo en la Luna, pues las defensas eran prácticamente impenetrables, Eva le comunicó a todos que no tenían otra opción que continuar atacando dado que probablemente descubrirían mucho más de lo que pensaban, Lothar por su parte comandaba las tropas Terrícolas desde su nave, Eva estaba en total desacuerdo con eso puesto que Lothar era incapaz de bajarse de su nave para pelear, Eva como buen soldado rebelde pretendía conquistar todo a su paso utilizando las tropas Marteanas, y esperaba que Ken-Ia y Sora-Satto continuaran con vida puesto que aun podía verse la destrucción de esa enorme nave.

Al recibir el impacto desde la Luna la nave de Sora-Satto fue dividida por la mitad, Sora-Satto cayó de su silla golpeándose fuertemente la cabeza y quedando desorientada, Ken-Ia quien estaba cerca de ella logró alcanzarla y la levantó, Ken-Ia intentaba ir hasta una de las naves de emergencia pero era casi imposible pues la destrucción era tanta que caminar sin encontrar cadáveres muertos por todas partes era imposible, Ken-Ia estaba desesperada por la situación y enfrente de ella comenzaron a caer cosas del techo, ella intentó esquivaras pero lamentablemente no pudo, Ken-Ia tuvo que soportar todo lo que se le vino sobre ella pero Sora-Satto en el último momento recobró su conciencia y empujó a Ken-Ia para que no recibiera daño, Ken-Ia estaba sin palabras puesto que cuando se levantó el cuerpo de Sora-Satto estaba completamente aplastado de su pecho hasta abajo, Ken-Ia se acercó llorando para intentar ayudarla pero Sora-Satto le pidió que se marchara puesto que ya era tarde para ella, Ken-Ia le dio un abrazo y se marchó, Sora-Satto ya había fallecido, Ken-Ia de igual manera estaba alterada puesto que no sabía nada de su novio Tom, eso la desesperó, Ken-Ia logró llegar a una nave de evacuación y logró subir, ella comenzó a hacer los procedimientos para despegar y un poco más adelante su novio de igual manera estaba subiendo a la nave, Ken-Ia aún estaba triste por lo ocurrido con Sora-Satto pero al ver a su novio se sintió bien debido a que había logrado sobrevivir, cuando Nen-Ia despegó sucedió algo verdaderamente triste, la nave de su novio despegó y antes de salir algo se atravesó en su camino y la nave cayó nuevamente, Ken-Ia intentó detener su nave para ir a rescatarlo pero el camino comenzó a ponerse difícil y la nave de Ken-Ia fue arrojada fuera de la nave principal la cual terminó de colapsar, Ken-Ia no podía ni siquiera llorar por lo sucedido, su novio había fallecido y ella no había podido hacer absolutamente nada para ayudarlo, Ken-Ia estaba sin palabras, en shock, así pues fue para otra nave en la cual logró acercarse, una vez ahí el equipo médico de la nave la ayudó puesto que Ken-Ia tuvo una crisis nerviosa por la pérdida de su novio, los gritos no paraban de ella ni de parte de quienes fueron rescatados, era un escenario horrible ya que muchas naves estaban recibiendo heridos en todo momento, Ken-Ia tenía el corazón destrozado pero luego un capitán le preguntó cuál era su situación, Ken-Ia aseguró pertenecer a la nave de Sora-Satto y le reveló sobre su fallecimiento, el comandante de esa nave lamentó lo sucedido y le pidió a Ken-Ia que por favor se reportara puesto que necesitan pilotos de rescate, Ken-Ia no quería seguir en la batalla y el comandante le explicó que con su ayuda muchos podrían sobrevivir al terrible combate en la Luna, Ken-Ia comenzó a llorar mientras observaba a todos los presentes, el comandante tenía razón, Ken-Ia lo más que quería hacer en ese momento era llorar la pérdida de su novio pero si podía evitar que los soldados murieran era su deber como militar, Ken-Ia se puso a las órdenes del comandante quien le indicó que la acompañara para asignarle su nueva nave, Ken-Ia continuaba derramando lágrimas y el comandante al ver eso aseguró que si todo salía bien probablemente la guerra culminaría y ya nadie tendría que pelear nuevamente, Ken-Ia obedeció al comandante y subió a su nueva nave de transporte, y comenzó a acercarse a la Luna para poder realizar su nueva misión puesto que era momento de ayudar a quienes necesitaba salir de la Luna.

Lamento del hijo

Zarinno se mantenía peleando junto con Eva, ellos tenían la misión de frenar ese enorme cañón el cual estaba a punto de disparar nuevamente, Eva observó que el cañón estaba recargando su energía pero era imposible que lo detuvieran, Eva le ordenó a las naves con mayor tamaño que tuvieran cuidado puesto que cualquiera de ellas podría ser el blanco del gran cañón, las naves acataron el mensaje pero fue demasiado tarde, el cañón disparó en dos ocasiones y destruyó dos de las naves Terrícolas, esa explosión fue vista por todos quienes continuaban atrincherados debido a los intensos disparos de parte de la Androgénesis, Zarinno le preguntó a Eva si tenía alguna idea para detener el cañón, Eva observó las defensas de la Androgénesis y entendió que lo mejor que podían hacer era retirarse aunque ella quería avanzar debido a que el fuego estaba intenso, Eva se comunicó con Lothar y le hizo saber que las tropas Marteanas se iban a retirar, Lothar por su parte le ordenó a Eva que no tenía permiso para retirarse, Eva le hizo saber que Lothar no tenía potestad sobre ella y sobre sus tropas, por esa razón Eva ordenó con dolor y amargura la inmediata evacuación de la Luna puesto que la cantidad de soldados perdidos era incontable, las naves comenzaron a buscar a las tropas puesto que los Marteanos se estaban retirando, Lothar comenzó a gritar asegurando que los Marteanos habían traicionado a los humanos pues no podían retirarse del combate por haber recibido algunas bajas, Eva aseguró que los soldados morían mientras él estaba en una nave lejos de todo, las tropas de Eva comenzaron a retirarse y ahí ocurrió algo completamente inesperado y catastrófico, las naves de Lothar comenzaron a atacar a las naves Marteanas quienes estaban apuntando en retirada, Eva le preguntó a Lothar qué traición había sido esa, Lothar les dio a entender que si ellos se retiraban los atacaría tan fuerte que destrozaría a todas las naves Marteanas, Eva le exigió que se detuviera pero ellos siguieron atacando, las naves Marteanas al ver lo que estaba sucediendo respondieron al fuego mientras se retiraban, de igual manera Lothar ordenó que si algún soldado Marteano se retiraba la orden era asesinarlo, Eva se quedó sin palabras y de igual manera ordenó el retiro de sus tropas de la Luna quienes se montaban en los transportes para regresar, Zarinno estaba a pocos metros de Eva, ella le pidió ayuda para evacuar pero Zarinno se quedó inmóvil, Eva supo lo que estaba por suceder, Zarinno le explicó a Eva que no permitiría que se fuera debido a que abandonar a todos los ahí presentes era una traición, Eva le hizo saber a Zarinno que observara todo el desastre en el cual se encontraban, muchos habían muerto y ahora Lothar estaba atacando todas las naves Marteanas, Zarinno le hizo saber que no permitiría que se marcharan, Eva le apuntó y le dijo que si seguía con su estupidez lo mataría, en ese momento Zarinno no soportó que Eva lo apuntara y comenzó una fuerte pelea entre los soldados de la Tierra y los soldados de Marte, Eva estaba en grave problemas puesto que gran parte de sus tropas ya se había marchado, ella no podía creer que el hijo de Olivier estuviese haciendo esa estupidez, Eva estaba sin palabras pero de igual manera respondió al fuego, para ella fue bastante curioso que a su lado se encontraran tropas de la Tierra y no le atacaran sino que estaban de su parte, ahora las cosas serían difíciles puesto que era una guerra civil entre los humanos ligada con la guerra contra la Andrógenesis, era realmente algo tan humano lo que estaba ocurriendo que Eva no pensó dos veces para comenzar a atacar con granadas y con todo el arsenal disponible, Zarinno había encendido ese fuego de guerra al ser un tonto ante los ojos de Eva pues seguir las órdenes de Lothar había sido un gran error, lamentaba mucho que la muerte de Zarinno llegara por su mano, probablemente Olivier iría detrás de ella por lo que estaba a punto de hacer pero no iba a permitir que Zarinno se saliera con la suya, Eva tenía la misión de proteger a sus tropas y ordenó a las naves Marteanas que respondieran al fuego mientras se alejaban, los comandantes informaron a Eva que las naves estaban severamente dañadas aunque podían repeler los ataques, Eva les pidió que hicieran lo posible, de igual manera uno de los comandantes aseguraron que muchos de los combatientes quienes peleaban a favor de la Tierra estaban pidiendo asilo en el planeta Marte debido a que no poyaban las decisiones de Lothar, Eva le pidió que concediera los asilos y los transportaran al planeta Marte, el comandante acató las órdenes y le pidió a Eva que tuviera cuidado, Eva aseguró que lo haría, luego de eso Eva observaba el infierno en el cual se percibían disparos y Eva pensó que perdía el conocimiento, pues su cuerpo comenzó a moverse lentamente, sus pies iban abandonando el suelo pero Eva luego reaccionó, supo que no estaba teniendo algún colapso mental, pues pudo observar a sus compañeros teniendo el mismo problema, Eva comenzó a escuchar los gritos de auxilio de parte de todas las unidades, Eva luego pensó en lo que Olivier le había advertido, Eva se sujetó como pudo y preguntó a todos qué sucedía, algunos de los ingenieros quienes estaban en la base de la Luna aseguraron que la Androgénesis había saboteado la gravedad artificial de la Luna, Eva ahora entendió que las palabras de Olivier habían llegado hasta la realidad, Eva les pidió a las naves de rescate que por favor acudieran a toda velocidad para que los rescataran, las naves obedecieron a Eva mientras que la Androgénesis avanzaba por todas partes, Eva lamentó la manera en la cual algunos soldados continuaban matándose entre ellos mientras la Androgénesis los eliminaba fácilmente a su paso, fueron muchas las naves las que recogieron a los soldados que pudieron ya que de igual manera el fuego iba de todas partes, Eva al quedarse atrapada con su escuadrón supo que era probable que falleciera junto a sus compañeros puesto que ellos estaban recibiendo la peor parte dado que los soldados Terrícolas al conocer la ubicación de Eva sabían que tenían que eliminarla cuanto antes, Eva lamentó eso y en ese momento en donde pensó que todo estaba perdido Ken-Ia se comunicó con Eva pidiéndole sus coordenadas, Eva se sorprendió de escuchar a Ken-Ia puesto que pensaba que había fallecido, Ken-Ia al recibir las coordenadas intentó llegar hasta a Eva pero le resultó muy difícil, Eva le pidió que la dejara y se salvara ella puesto que era peligroso, Ken-Ia no iba a permitir que eso ocurriera y Eva le aseguró que era una orden, Ken-Ia maniobró como pudo y Eva al ver lo que estaba sucediendo comenzó a eliminar a quienes le estaban disparando a la nave de Ken-Ia, su escuadrón hizo lo mismo y Ken-Ia se acercó, Eva subió a todos sus compañeros con esfuerzo y lograron salir de esa zona, Eva volteó y ahí pudo ver que Zarinno continuaba disparándole, Eva supuso que era probable que no le volvería a ver, Ken-Ia comandó la nave hasta que llegaron a una de las naves principales, Eva preguntó si todo el personal estaba ahí y todos contestaron de buena manera, pero las cosas no salieron como Eva esperaba, aquellos quienes pedían asilo y quienes supuestamente renegaron de las órdenes de Lothar comenzaron a disparar a todas partes creando un caos en todas las naves,

Eva no podía creer lo que estaba sucediendo y sin pensarlo comenzó a liquidar a todos quienes habían hecho esa terrible traición, Eva se comunicó con todos las unidades y les informó que no dejaran prisioneros, los comandantes estaban bajo ataque en su propias naves y eso generó un verdadero caos ya que se pudo ver que los Terrícolas habían tomado el control de algunas naves al imponerse a las tropas, y no solo eso, una vez que tomaban el control de las naves comenzaban a disparar a las naves en las cuales los Marteanos habían ganado terreno, eso dejó consternada a Eva pero de igual manera continuó peleando hasta que logró tomar el mando nuevamente de la nave en la cual estaba ella, Eva observó a un soldado el cual estaba herido en el suelo quien suplicaba por piedad, Eva tomó una barra de hierro la cual estaba ahí y sin piedad la clavó en el pecho de ese soldado asegurándole que para los traidores no había piedad, Eva dejó el cadáver de ese soldado ahí y se concentró en destruir las naves las cuales habían sido tomadas por los Terrícolas, Eva no tuvo piedad al destruir todas esas naves a pesar de que habían sido construidas con tanto sacrificio, aquello dejó mal a Eva pero lo peor estaba por llegar puesto que algunas de las naves grandes se habían escapado e iban con dirección al planeta Marte, Eva ordenó de inmediato que tuvieran cuidado debido a que no quería que tuvieran imprevistos, quienes se habían quedado en el planeta Marte se prepararon para defender a su planeta y Eva comenzó a ir tras ellos pero en ese momento Eva observó a las naves Terrícolas acercarse a la flota de Eva, eso fue una señal de alerta y Eva exigió la retirada de inmediato, si se quedaba a pelear las naves Terrícolas tendrían ciertas ventajas sobre ella por el número y la derrotarían, Eva vio la manera en la cual la base humana en la Luna era destruida por completo, era algo lamentable puesto que si los humanos fuesen estado unidos eso no habría ocurrido, ahora Eva tendría que huir y perseguir a las naves las cuales habían robado los Terrícolas para que no ocurriera una tragedia en Marte.

Zarinno pudo ver lo que estaba ocurriendo, se habían quedado sin gravedad en la Luna y moverse de un lugar a otro era algo difícil, Zarinno pudo ver que a su alrededor todavía quedaban muchos soldados los cuales habían apoyado la decisión de Lothar, Zarinno supuso que las naves de rescates Terrícolas irían a rescatarlo pero su visión fue cambiando a medida que las naves de Lothar comenzaron a abandonar el lugar mientras que cientos de combatientes se quedaban varados sin gravedad en la Luna, los gritos de desespero y lágrimas comenzaron a sonar por todas partes incluso más cuando todos observaban que la base Lunar estaba siendo completamente destruida, Zarinno continuaba disparando a las tropas de la Androgénesis mientras que sus compañeros eran asesinados uno por uno ya que sin gravedad todos estaban flotando y moverse era prácticamente imposible, Zarinno al ver que toda su unidad era aniquilada pensó en las palabras de su padre, Zarinno flotaba mientras observaba lo infinito del universo, estaba confundido, pues no sabía quién tenía la razón, su padre pensaba como un cobarde pero seguiría vivo en cambio Zarinno se autodenominó como un valiente, su único error había sido pelear por la humanidad, su valor jamás sería puesto en dudas aunque su memoria probablemente fuese borrada de la existencia ya que no esperaba que nadie se enterara de su historia ni de su gran valor en batalla, su cuerpo se perdería en el olvido, flotando quién sabe a dónde en el infinito espacio, Zarinno podía ver su sangre lentamente en el espacio ya que la gravedad estaba lejos de todo, Zarinno había sido acribillado por las tropas de la Androgénesis sin piedad alguna, al igual que todos sus compañeros un destino cruel le estaba esperando y él, aunque había recibido los consejos de su padre y de Eva solo podía derramar unas cuantas lágrimas, pero no era de arrepentimiento pues hasta lo último pensaba que hacía lo correcto, pensar en la traición de Lothar y de los otros soldados era triste y doloroso, Zarinno jamás pensó que su vida acabaría de una manera tan triste y cruel, traicionado por aquellos a quienes había jurado defender, su propia raza estaba alejándose en las naves de su persona, no había nada de esperanza ni de gloria, Zarinno pensaba que la gloria siempre estaría de parte de aquellos quienes morían en batalla pero él había muerto solo y peleado contra sus propios aliados, no había nada de virtud en morir abandonado por sus compañeros, había quedado en el punto más bajo de la guerra puesto que la gran ofensiva había fallado y él había traicionado a Eva la cual lo había orientado con antelación, en Venus había tenido suerte, de eso no había duda ya que de no haber sido por Eva habría sido fusilado por desobedecer las órdenes, probablemente si se fuese quedado aferrado al pensamiento de su padre Olivier y al de Eva su vida fuese tenido un papel incluso mejor, pero se había puesto de parte de personas a quienes no les importaba absolutamente nada, Zarinno por último pensó en su madre, ya le había roto el corazón pero ahora no había nada por hacer, la muerte iba llegado de manera fugaz y el dolor era lento, ya sus ojos estaban de color negro puesto que reflejaban lo oscuro del universo, las estrellas no se se reflejaban en los ojos de Zarinno, el brillo de su vida había culminado, era el momento de fallecer de manera triste, sin nada, sin gloria, sin honor, traicionado, sin familia, sin amigos, siendo un traidor a Eva y completamente solo.

Noticia destructiva

Olivier observaba lo que estaba ocurriendo en la Luna, el fracaso que él había previsto se había convertido en una realidad, las lágrimas de Olivier comenzaban a caer mientras oraba para que su hijo saliera ileso de ese conflicto, era algo duro para Olivier dado que gracias a la rebeldía de su hijo él y su esposa estaban sufriendo, Americca no dejaba de llorar y Olivier intentaba calmarla, afortunadamente los niños de Olivier estaban bastante calmados y Olivier al ser un padre amoroso y cariñoso cubría la pequeña depresión que sufría su esposa debido a las acciones de Zarinno. Mientras los niños estaban durmiendo las imágenes llegaban a todas partes, el desastre de la Luna había sido emitido a todos al igual que la traición del planeta Marte quienes habían retirado sus tropas del combate, Olivier observaba las terribles escenas de la Luna y hubo una que rompió su corazón inmediatamente, para desgracia de Olivier la imagen de su hijo había sido capturada por uno de los satélites, Olivier se arrodillo en el suelo y su esposa, quien había entrado hasta la habitación donde estaba Olivier pudo ver la imagen de su hijo fallecido en la Luna, Americca cayó al suelo llorando con dolor la muerte de su hijo, Olivier la abrazó pero Americca estaba derrumbada, no podía creer que ya su hijo no volvería a estar frente a ella, era una noticia desastrosa para ambos, Olivier le pidió perdón a su esposa por no haber hecho suficiente, Americca solo podía llorar, las palabras no salían de su boca, era un momento tan triste y todo fue peor cuando las tres niñas de Olivier y su pequeño hijo entraron a la habitación de Olivier y vieron a sus padres llorando, Olivier al observar a sus hijas las abrazó profundamente mientras ellas preguntaban qué estaba sucediendo, Olivier las sacó de la habitación y Americca fue junto con ellos para abrazar a sus hijas, Olivier entre lágrimas les dio la noticia a sus hijos, ellos comenzaron a llorar y Olivier les pidió que mantuvieran la calma puesto que debían permanecer unidos, Olivier las abrazó a todas incluida su esposa, era un momento doloroso para todos, lo más triste fue cuando el hijo menor de Olivier preguntó qué era la muerte y por qué se había llevado a su hermano, Olivier estaba sin palabras, le explicó a su hijo que luego hablarían de eso, mientras llevaba a sus hijas a la cama Olivier les pidió que por favor se mantuvieran unidos ya que todos estaban pasado por un mal momento. Luego de dejar a sus hijos dormidos volvió para hablar con su esposa quien seguía derrumbada por lo que había ocurrido, ella no dejaba de llorar y Olivier le pidió que por favor pensara en sus otros hijos debido a que ellos estaban muy jóvenes y necesitan a su madre, Americca abrazó a Olivier y le explicó el profundo dolor que sentía por la pérdida de su hijo, Olivier aseguró que él también había perdido a su hijo, y lo iba a extrañar aunque tuvieran tantas diferencias pero entendía que sus otros hijos estaban pequeños y los necesitaban, Americca abrazó a Olivier y le pidió perdón por no ser tan fuerte como él, Olivier la abrazó fuerte y le dijo que por favor se refugiara en él ya que siempre estaría pendiente de su familia, era un momento duro para los dos, Olivier quería investigar lo que había ocurrido así que se dedicaría a averiguar, había prometido alejarse de la guerra pero luego de la supuesta traición de parte del planeta Marte quería saber qué estaba ocurriendo.

Mientras dormía Olivier soñaba con su hijo, todo el momento que habían pasado juntos, incluso en esos momentos en los cuales no estuvieron de acuerdo Olivier pudo ver en sus sueños, Olivier no pudo evitar despertar e ir a llorar lejos de su esposa, no quería que ella lo viera en esas condiciones, a Olivier le dolía la pérdida de su hijo pero no podía demostrar sus verdaderos sentimientos de tristeza puesto que tenía que ser fuerte para su esposa y para sus hijos, Olivier mientras lloraba pudo sentir unos brazos los cuales estaban sobre él, su esposa había notado su lamento y decidió compartir con su esposo, luego le pidió perdón por ser tan egoísta y pensar solo en su tristeza, las lágrimas de Americca desmotivaban a Olivier quien le dijo que por favor no pensara de esa manera pues ella era su esposa y la madre de sus hijos, Americca abrazó a Olivier mientras ambos aceptaban la idea de que ni siquiera habría un funeral puesto que nadie iría a recoger los restos de los soldados caídos, las familias solamente podrían quedarse sentadas compartiendo su dolor, Olivier y su esposa permanecieron acostados en la sala de su hogar, los niños los despertaron y Olivier junto con Americca estuvieron llorando toda la noche hasta que se habían quedado dormidos, Olivier abrazó a sus hijas y ni siquiera quiso seguir escuchando lo que decían las noticias acerca de lo sucedido en la Luna, pero repentinamente Olivier detectó la presencia de soldados de Lothar, Olivier le pidió a su familia que por favor lo esperaran dentro de su hogar y que no saliera, fue a ver qué querían los soldados, ellos se mostraron amables con Olivier asegurando que lamentaban lo ocurrido con su hijo, Olivier estaba sin palabras, luego preguntó qué los había traído hasta su hogar y cómo lo habían encontrado, los soldados confesaron que tenían un mensaje para Olivier, Lothar lamentaba la muerte de su hijo y preguntaba si estaba dispuesto a trabajar con él para acabar a la Androgénesis de una vez por todas, Olivier aseguró que él no tenía motivos para seguir en esa sucia guerra en donde los humanos se traicionaban entre ellos, los soldados aseguraron que probablemente la Androgénesis estuviese detrás de él y de su familia, Olivier se sorprendió de eso, los soldados le sugirieron que buscara un refugio para su familia pues él corría peligro, Olivier les agradeció el mensaje y los soldados se marcharon, la esposa de Olivier preguntó qué había sucedido, Olivier le comentó a Americca el mensaje y ella entró en pánico, Olivier aseguró que lo buscaban a él no a ella ni a su familia, Americca preguntó qué pretendía hacer, Olivier aseguró que probablemente algunas de sus amistades pudieran ubicarlo en un refugio o algo parecido dado que no quería que nada le ocurriera a su familia, Americca aseguró que no quería separarse de él, Olivier estaba de acuerdo, su familia era importante pero ahora con la Androgénesis en su espalda las cosas estarían malas, ambos comenzaron a llorar y al poco tiempo Olivier comenzó a contactar con una de sus amistades quien sugirió un refugio en el cual se mantenían a los hijos de algunos políticos importantes, Olivier preguntó si podía ir su familia, el contacto de Olivier llamado *Kanus Kane* le informó de que la familia de Olivier siempre sería bienvenida, Olivier pidió que por favor le diera la ubicación, Kanus le hizo saber a Olivier que no podía darle la ubicación puesto que era un lugar secreto, si revelaba la ubicación sería peligroso, Olivier entendió eso y le pidió que lo buscara a las coordenadas que le enviaría, Kanus le hizo saber a Olivier que apenas tuviera una nave disponible iría por su familia y por él, Olivier finalizó su conversación con Kanus y Americca preguntó a Olivier qué estaba haciendo, Olivier le hizo saber a su esposa que había hablado del refugio con Kanus, Olivier insistió en que su esposa se marchara con sus hijos puesto que de lo contrario las cosas estarían malas para todos, Olivier no podía pelear contra la Androgénesis, ella lo quería a él pero su familia estaría a salvo si estaban lejos, la discusión entre Olivier y su esposa comenzó, ella le preguntaba cómo era posible que se alejara de su familia cuando más lo necesitaban, Olivier le pidió a su esposa que por favor entendiera, Olivier alzó la voz puesto que su esposa al parecer no entendía la gravedad de la situación, ellos estaban en peligro y lo último que quería era perderlos al igual que perdió a Zarinno, los niños al ver que su padre estaba discutiendo con su madre preguntaron por qué peleaban, Olivier se sentó junto con sus hijos y les explicó la situación, los niños estaban tristes porque se iban a separar de su padre, Olivier les pidió que sería momentáneo, luego se reunirían nuevamente y podrían volver a estar juntos, las niñas abrazaron a su padre quien estaba dolido tanto por la muerte de su hijo Zarinno como del hecho de que tenía que separarse de sus hijas e hijo. Olivier después de distraer a los niños se quedó junto a su mujer, ella no dejaba de llorar y Olivier le recordó el día en que se habían conocido, ella era la mujer más hermosa de todas y tener hijos con ella era un deseo el cual se hizo realidad, Americca bajó su mirada y dijo que ella también había presentido ese día que se casaría con él, formar una familia había sido lo más hermoso que le había sucedido, el nacimiento de Zarinno había sido un verdadero milagro para ambos y luego después de tantos años sus hijos le habían dado tanta felicidad, Olivier le confesó a su esposa que él había hecho lo posible por ser un padre y esposo ejemplar, Americca aseguró que lo sabía y le felicitó por eso, pues había sido fuerte en todo momento, Olivier le dijo a su esposa que tenía que ser fuerte en caso de que él falleciera, pues sus hijos dependían de ella para su cuidado y protección, ella le aseguró que sin él no podía seguir viviendo, Olivier comenzó a llorar y le dijo que ella era su todo, por esa razón ella podría seguir adelante sola, era una mujer la cual tenía la belleza eterna y era poderosa, ambos se abrazaron y deseaban que esa guerra acabara pronto para que todo terminara, ese día Olivier pasó mucho tiempo con su familia contándoles historias a los niños y tratando de que la tristeza de la separación y la muerte de Zarinno fuese menos dolorosa, pero era imposible debido a que Zarinno siempre estaba en la boca de los niños, Americca trataba de ser fuerte por sus hijos pero de vez en cuando decaía, aunque de igual manera Olivier jamás olvidaría ese día.

Al día siguiente Kanus apareció y Olivier lo recibió con un poco de frialdad, Kanus entendió que separarse de su familia no sería algo fácil, Kanus pidió perdón a Olivier por no decirle dónde estaba el refugio puesto que en el momento en el cual se había comunicado con él no era la ocasión para revelarle la ubicación, luego le informó que iría al escondite junto con él para que supiera la ubicación de su familia, Olivier se sintió aliviado por eso y fue junto con su familia para ver el escondite. Ese viaje fue doloroso para Olivier puesto que separarse de sus seres queridos no era sencillo, los niños no dejaban de llorar y al igual que su esposa, Olivier intentaba contener las lágrimas, pero las cosas debían ser de esa manera pues todo lo que hacía era por su familia. Kanus luego de un largo viaje les informó que habían llegado al refugio, Olivier observó que tenían buenas defensas y al bajarse pudo ver que era un lugar seguro, eso lo tranquilizó puesto que no dejaría a su familia en cualquier lugar, Olivier observó los sistemas de defensa y ahí pudo ver a mujeres y niños de familias pudientes, Kanus les mostró los lugares a Olivier quien se calmó puesto que su familia viviría en un buen lugar mientras él haría lo posible por desviar la atención de la Androgénesis hasta él, Americca abrazó a Olivier quien le dijo a ella y sus hijos que era el momento de partir, los llantos no cesaron y Olivier estaba destruido, ahora tendría que ver cómo haría para vivir alejado de su familia, él les prometió que haría lo posible para detener a la Androgénesis, Olivier les dio un fuerte abrazo a cada miembro de su familia puesto que no sabía por cuánto tiempo permanecería lejos de ellos, Americca le pidió a Olivier que por favor se cuidara ya que esperaba que se reunieran pronto, Olivier entre lágrimas confesó que no descansaría hasta que se reuniera con ellos, no dormiría si fuese necesario pero lucharía para reencontrase con su adorada familia, las hijas de Olivier y su hijo estaban tan tristes como sus padres y poco a poco Olivier se fue alejando de ellos, luego le pidió a Kanus que por favor mantuviera a su familia a salvo y que si necesitaba ayuda no dudara en pedírsela, Kanus aseguró que ese era un refugio de personas importantes así que estaba bien vigilado, Olivier no se sentía seguro en abandonar a su familia pero no tenía otra opción ya que la Androgénesis probablemente no tendría piedad de él si lo encontraba, Olivier por esa razón viviría en la clandestinidad mientras buscaba alguna manera de detener a la Androgénesis pues estaría pendiente de sus pasos.

Batalla de la atmósfera

Eva continuaba huyendo de la batalla junto con sus naves las cuales estaban deterioradas, y no solo eso, de igual manera tenía que alcanzar a las naves las cuales habían sido robadas por los Terrícolas, por suerte ya las pocas naves restantes del planeta Marte estaban alerta ante lo ocurrido, Eva sabía que probablemente los Terrícolas irían a destruir el anillo el cual regulaba la atmósfera del planeta Marte, si hacían eso las cosas estarían graves para los Marteanos puesto que sin la atmósfera artificial todos morirán, Eva tenía que encontrar no solo la manera de detener a las naves robadas sino que detrás de ella la inmensa flota Terrícola los perseguía, todos estaban en problemas. Mientras las naves robadas se acercaban al planeta Marte las naves las cuales protegían el enorme anillo abrieron fuego para detener a las naves quienes de igual manera respondieron disparando sus poderosas armas, Eva quien iba detrás de ellos les disparó con todo su arsenal, pero había algo que estaban planeando esos malvados, Eva pudo sentirlo dado que la posición de las naves era sospechosa, Eva se comunicó con las naves las cuales defendían el anillo quienes se encargaron de las cuatro naves las cuales iban de frente, pero la quinta nave no había recibido daño alguno, ahí fue cuando Eva descubrió el plan, era un ataque suicida, Eva les pidió a todos que centraran los ataques en la quinta nave puesto que era un ataque suicida, pero a pesar de los esfuerzos de Eva y de los defensores de Marte por detener esa nave no pudieron conseguirlo, la quinta nave se estrelló en el anillo creando una gran explosión, Eva no podía creer lo que estaba sucediendo, Eva supo que había cometido un gran error en apoyar la gran ofensiva a la Luna y ahora estaba pagando las consecuencias, Eva pidió a todas las personas en el planeta Marte que se mantuvieran dentro de sus casas, los sistemas de emergencia fueron activados y lo que muchos consideraban que ya era obsoleto como las reservas de agua y oxígeno en el cuerpo humano reflejado en las líneas de color azul y verde en sus cabezas fueron de utilidad mientras que todos se ubicaban en los lugares seguros, de igual manera Eva les pidió a todo el personal militar en el planeta Marte que estuviesen preparados, los cañones fueron activados y algunas tropas incluso se alistaron y fueron enviadas al espacio, Eva sabía que las cosas no iban a estar bien. Cuando las naves de

Lothar se acercaron al anillo a Eva les estaba esperando, sin previo aviso Eva ordenó a todas las naves que abrieran fuego a voluntad, la batalla comenzó y Eva a pesar de que tenía desventaja recibió ayuda de los cañones del planeta Marte los cuales disparaban a las naves del espacio, de igual manera las naves cazas comenzaron a salir desde las naves Marteanas y recibían refuerzos desde el planeta Marte, Eva había reformado de tal manera al ejército que Lothar estaba sorprendido, a pesar de la superioridad numérica de sus naves estaba teniendo problemas para avanzar, Eva por su parte estaba observando cualquier error táctico de Lothar, fue ahí cuando observó que sus naves no habían salido ilesas del ataquen a la Luna, fue entonces cuando Eva pidió a las tropas las cuales estaban en Marte que apuntaran los cañones de larga distancia las naves que ella les indicaría, cuando eso sucedió Lothar supo que Eva había descubierto que sus naves no estaban funcionando con toda su potencia, Lothar al ver que estaba perdiendo terreno ante la naves Marteanas decidió retirarse pero Eva no detuvo el fuego, sino que continuó atacando con el doble de su potencia, Lothar solo pudo observar la manera en la cual su gran escuadrón de naves era destruida por una forastera como Eva, eso lo enojó tanto que buscaría la manera de regresarle toda esa destrucción, aunque para Lothar era un alivio puesto que ya había hecho algo que históricamente era letal para el planeta Marte, probablemente Eva no podría reparar el daño al enorme anillo, Lothar sabía que sus acciones serían las bases para que se convirtiera en uno de los grandes genocidas de la historia, a parte tenía conocimiento de que la Luna ahora estaba controlada únicamente por la Androgénesis, por esa razón tenía que buscar la manera de sacar alguna ventaja, pues pensaba que con sus poderosas naves sometería con facilidad al planeta Marte cosa que no sucedió, Lothar pidió que contactaran a Olivier puesto que desde tiempo atrás había ideado un plan malvado para que Olivier perdiera la cabeza.

Eva estuvo un poco aliviada por lo que había sucedido, las naves de Lothar se habían marchado derrotadas y a pesar de que un contrataque era imposible ella estaba segura de que Lothar no regresaría puesto que sus naves habían sido destruidas o dañadas, Eva sin pensarlo envió a todo su personal para comenzar las reparaciones del anillo el cual creaba la atmósfera de Marte ya que de lo contrario toda la población Marteana moriría, los científicos inmediatamente se encaminaron hasta el anillo pero no fueron muy optimistas a la hora de solucionar el problema con rapidez ya que la construcción del anillo había tardado tanto años que reparar el daño hecho tardaría mucho tiempo, Eva preguntó entonces qué sucedería, pues el anillo estaba siendo destruido y si no detenían el deterioro pronto colapsaría, los científicos se sentaron con Eva y le explicaron que por desgracia detener la destrucción sería imposible, Eva estaba sin palabras, los científicos luego revelaron a Eva que las ciudades principales tenían algunos planes de emergencia para esa situación, Eva preguntó de qué se trataba, los científicos revelaron que las ciudades tenían domos de protección para protegerse en caso de que el anillo fallara, Eva pidió que se activaran dichos domos para conservar las vidas de las personas, los ingenieros se encargarían de eso, mientras tanto Eva iría con su consejo militar para reparar y fortalecer las defensas del planeta Marte en caso de que la Andrógénesis o los Terrícolas atacaran, Eva estaba preocupada y uno de los ingenieros le informó a Eva acerca de las semillas de árboles enviadas desde la Tierra, Eva preguntó qué era todo eso, los ingenieros explicaron a Eva que gracias a esas semillas la atmósfera podría mantenerse dejando de un lado el uso del anillo, Eva preguntó por qué esos árboles no habían sido sembrados, los ingenieros informaron a Eva que todo fue debido a la guerra, además esos árboles tendrían que tener siglos de crecimiento para que funcionaran, Eva estaba sin palabras y ordenó sembrar esos árboles por todo el planeta ya que probablemente las futuras generaciones pudieran sacar provecho, eso era algo que tenía que haberse hecho siglos atrás pero por desgracia ahora estaban sufriendo las consecuencias de los errores humanos los cuales eran demasiados, Eva describió a los humanos del futuro como personas irracionales quienes estaban encasillados en la guerra y en antiguas costumbres las cuales eran destructivas para todos, pero ella haría lo posible para que las futuras generaciones de Marte no sufrieran las consecuencias de las imprudencias cometidas por sus ancestros, Eva lucharía para que cuando llegara su momento de partir a su época el futuro estuviese a salvo sin ella. Luego de que Eva diera las órdenes para todo el desastre que estaba ocurriendo Ken-Ia se acercó a ella y comentó lo ocurrido con su novio Tom y con

Sora-Satto, Eva estaba sin palabras por la pérdida de Ken-Ia, e incluso lamentó la muerte de Sora-Satto quien era una persona la cual había tomado buenas decisiones, era un momento triste para Marte debido a que habían perdido a una líder capaz de hacer frente a las malas decisiones de Lothar, Eva ahora se reuniría con los nuevos dirigentes del planeta Marte puesto que había que tomar medidas y precauciones, Eva odiaba la política pero de no hacer nada al respecto las cosas se saldrían de control.

Los representantes del gobierno de Marte quienes habían elegido a Sora-Satto para que tomara las decisiones del planeta luego de que abandonaran al gobierno de la Tierra mostraron sus condolencias al saber que Sora-Satto había fallecido, pero esa pérdida se quedó en segundo plano cuando Eva les informó acerca de la situación del anillo y de la eventual pérdida de la atmósfera artificial, Eva les preguntó cuáles serían las decisiones pero en vista de que el consejo estaba indeciso Eva les informó de las acciones que ella había tomado, las ciudades serían rodeadas por los domos y la reparación de las naves había comenzado, de esa manera evitarían un posible ataque de parte de la

Androgénesis y de los Terrícolas, los políticos ahí presentes preguntaron por qué razón Eva había tomado decisiones tan drásticas sin siquiera consultarles, Eva les aseguró que había hecho lo mejor, había sido una imprudencia elegir por ellos pero alguien tenía que tomar las decisiones dado que Sora-Satto había fallecido, si Eva esperaba millones de personas perderían la vida, uno de los políticos le dijo a Eva que esa toma de decisiones podría acercarla al camino que Lothar había tomado, Eva se acercó al político y le advirtió que, si volvía a compararla con ese genocida se quedaría sin dientes, el político se quedó sin palabras y sus compañeros dieron la razón a Eva puesto que la población Marteana ahora estaba vulnerable, Eva les explicó acerca de la siembra de árboles para que en un futuro las cosas mejoraran, uno de los científicos ahí presentes les informó que existía la posibilidad de que Marte generara su propia atmósfera sin necesidad de utilizar la energía del anillo, pero nada era seguro, por ahora lo mejor era estar prevenidos, Eva dejó el asunto de la atmósfera a los científicos pues ellos sabían qué hacer, ella les aseguró que se encargaría del ejército en general, los políticos nombraron a Eva comandante general de todas las fuerzas del planeta Marte, los políticos pidieron a Eva que tuviera prudencia, ellos entendían que las cosas estaban difíciles, el largo camino apenas estaba comenzando pues ahora tenían que librar dos guerras, una contra los humanos y otra contra la Androgénesis, Eva prometió que no tomaría las decisiones erradas de Lothar, pero sería fuerte y decidida a la hora de actuar puesto que de lo contrario perderían el planeta que en constantes ocasiones habían protegido.

El poder en las sombras

Olivier se mantuvo oculto mientras continuaba con su dolor, estar separado de su familia era una terrible tragedia para él, más sin embargo Olivier buscaba la manera de mantenerse firme, a pesar de que el recuerdo de su hijo le atormentaba, en constantes ocasiones Olivier sufría episodios de tristeza pero era poco lo que podía hacer al respecto, quería que la situación para su esposa fuese un poco mejor, Olivier solo podía llorar en silencio mientras se ocultaba de todos ya que tuvo un poco de paranoia debido a las palabras de esos soldados.

Lothar al momento de llegar a la Tierra fue duramente criticado por lo que había hecho, incluso Valerio le recriminó haber atacado a los Marteanos cuando en un momento tan crucial tenían que estar unidos, Lothar se presentó ante el consejo, ahí fue duramente reprendido por lo ocurrido y los consejeros de la Tierra tenían en mente la destitución de Lothar quien se dio cuenta de lo que podría suceder pero él no permitiría eso, se las arreglaría para mantenerse en el poder así fuese por la fuerza. Luego de salir de la reunión con el consejo Lothar les preguntó a sus hombres de confianza qué había pasado con Olivier, los soldados informaron que Olivier se había separado de su familia, había mordido el anzuelo, Lothar comenzó a reír, su plan estaba funcionando a la perfección, muy pronto Olivier no tendría otra opción que obedecerle, en ese momento alguien apareció en secreto, Lothar al verla sonrió asegurando que había quedado horrible, Angélica se mostró ante Lothar, su rostro parecía haber sufrido graves daños, su pecho el cual había recibido impactos profundos todavía no estaba del todo recuperado pero ella estaba dispuesta a obedecer a Lothar quien le pidió que preparara a las Titanium Force puesto que era momento de hacer una misión muy importante, Angélica preguntó qué era eso que Lothar estaba diciendo, Lothar explicó la situación a Angélica, probablemente el consejo de la Tierra lo iba a reemplazar y si eso sucedía tanto Angélica como el mismísimo Lothar podrían ser enjuiciados por crímenes contra la humanidad y por todas las vidas que se habían cobrado sus decisiones, Angélica aseguró que preferiría morir antes que ir a una cárcel, Lothar le pidió a Angélica que preparara absolutamente todo puesto que era momento de idear un plan para hacerse con el poder, eliminarían a todos sus adversarios y culparían de todo a la

Androgénesis, Angélica comenzó a reír puesto que ese plan sonaba bastante macabro, Lothar le pidió a Angélica que alistara a los soldados más leales a su causa para hacer todo lo que tenían en mente, Angélica se marchó para organizar lo que se venía para la Tierra, serían unos días oscuros y los políticos no se imaginaban lo que estaba a punto de sucederles.

Angélica había logrado conseguir suficiente personal para que apoyaran a Lothar, las cosas estaban demasiado delicadas como para fracasar, incluso ella quien no estaba del todo recuperada estaba dispuesta a seguir a Lothar debido a que pensaba que alguien fuerte tenía que tomar el mando, además Angélica en el fondo disfrutaba de todas las cosas que podía hacer como por ejemplo asesinar a quienes no obedecieran sus órdenes, ella ya estaba acostumbrada al poder y si tenía que asesinar a miles de personas para conservarlo así sería.

Por su parte Lothar estaba en su centro de mando, era de noche, a lo lejos se podía ver la ciudad, Lothar contemplaba la belleza del futuro, durante su vida había servido a la humanidad y pensaba que cada decisión por más difícil que fuese la había tomado pensando en todo el daño que podría causar una decisión con debilidad, Lothar había sido un genocida pero en su mente pensaba que si no tenía la fuerza para sacrificar a algunas personas millones más morirían, por esa razón pretendía tomar el poder de la Tierra puesto que si los políticos continuaban poniéndose en su camino la guerra estaría perdida, Lothar prefería tomar el gobierno a la fuerza que depender de las decisiones de políticos quienes nunca habían derramado sangre en una batalla, en ese momento Angélica apareció, Lothar preguntó si todo estaba listo, Angélica informó que el escuadrón que había ordenado alistarse estaba a la espera de órdenes, Lothar luego se reunió con ese escuadrón de soldados los cuales eran leales a él, Lothar les explicó la situación a todos, era momento de tomar el control del gobierno para guiar a la Tierra a un mejor futuro, pues los civiles no tenían por qué tomar decisiones en cuestiones políticas, los soldados juraron lealtad a Lothar quien les explicó a esos doscientos soldados lo que tenían que hacer, Lothar nombró a un superior en cada pequeño batallón y les ordenó entrar con discreción a la sede del gobierno, la misión consistía en eliminar a todos los presentes ahí y dejar un par de robots para que todos pensaran que había sido la

Androgénesis, los hombres estaban de acuerdo con todo lo que iba a suceder y Angélica preguntó cuándo comenzaría todo, Lothar aseguró que la noche siguiente todo comenzaría, en la mañana haría un cambio de guardia e infiltraría a su personal para que todo saliera a la perfección, ellos se encargarían de ingresar a los robots a escondidas para dejarlos en el suelo cuando todo fuese terminado, Angélica estaba desesperada por entrar y asesinar a todos esos políticos, Lothar la vio fijamente y le dijo que ella no iba a participar en esa matanza, Angélica se quedó sin palabras y se enojó sin pensarlo, Lothar aseguró que su misión sería un poco especial, Lothar le pidió a Angélica que preparara a todo el equipo de la Titanium Force pues ellos partirían a otro lugar a efectuar otra misión de gran importancia, Lothar sonrió puesto que su plan era tan malvado que incluso Angélica supo que estaba por hacer algo completamente horrible.

Ese día amaneció con total normalidad, Lothar observaba la manera en la cual sus soldados comenzaban a entrar a las instalaciones, Lothar otorgaba los permisos y saboteaba todo para que los robots señuelos fuesen puestos en posiciones correctas para no ser descubiertos, los soldados quienes vigilaban a los políticos no tenían ni idea de lo que se les venía sobre ellos. Mientras Lothar supervisaba todo muchos altos militares quienes eran los posibles sucesores de Lothar ya no se dirigían a él con respeto, sino que pensaban que ya su momento de tiranía había terminado, lo que no sabían era que Lothar estaba dispuesto a eliminarlos a todos esa misma noche, Lothar dejaba que se burlaran y que hablaran a sus espaldas, esa noche se desquitaría de todos esos altos cargos y asumiría el poder de todo como debió haber sido desde siempre.

La tarde caía y Lothar esperaba que toda la cúpula política fuese disfrutado de su último día, pues ya el sol se estaba despidiendo y Lothar lo contemplaba desde lo alto, en ese momento Lothar observó que el sol estaba muy diferente, los atardeceres eran hermosos pero algo no andaba bien, Lothar esperaba que no se tratara de otro bajón de energía del sol como había ocurrido en el pasado, eso sería completamente desastroso al igual que lo fue la creación del sol artificial, Lothar supo que era algo que tenía que investigar luego de tomar el poder pues esas anomalías solares eran peligrosas, Lothar bajó hasta el lugar donde estaban instalados los sistemas de defensa, algunos de los soldados de Lothar ya estaban en sus posiciones, Lothar les preguntó a los soldados ahí destacados cómo iba todo, algunos respondieron y otros se quedaron callados, Lothar observó a sus soldados y dio la señal luego de cerrar absolutamente todas las puertas, los soldados sin dudarlo masacraron a todos los presentes sin piedad, el soldado que estaba al mando de la sección de seguridad preguntó qué estaba ocurriendo, él ya estaba herido y Lothar se acercó lentamente y le informó que era el momento en que las cosas cambiaran, era la hora de que la Tierra se convirtiera en una verdadera máquina de guerra y destruyera de una vez a la Androgénesis, luego de eso disparó a ese soldado quien se quedó muerto en el suelo, Lothar se apoderó de esa sección y junto a sus hombres comenzó a desactivar todos los sistemas de seguridad de manera silenciosa, los soldados de Lothar comenzaron a sabotear los sistemas y Lothar dio la señal, todas las puertas fueron cerradas y la masacre comenzó, Lothar salió del área de control junto con sus soldados y comenzó a asesinar a toda la cúpula política de la Tierra quienes vivían ahí, las personas ahí presentes preguntaban qué estaba sucediendo y los políticos aseguraban que se trataba de la Andrógénesis pero en realidad Lothar iba de salón en salón junto con sus soldados asesinando a todos los altos representantes de la Tierra, algunos de ellos antes de morir se preguntaban qué sucedía y Lothar los asesinaba sin piedad, otros al escuchar los disparos se alejaban y cuando veían a los soldados de Lothar se sentían aliviados pues pensaban que ellos los ayudarían, pero esa era la ocasión perfecta para que los soldados los asesinaran a sangre fría. En una de las habitaciones se encontraban los consejeros heridos, ellos preguntaron a Lothar si se había vuelto loco, Lothar los golpeo a todos y los asesinó con sus propias manos mientras que el primer ministro *Giorgio de Valentiniano* observaba todo, Lothar lo sujeto por el cuello y lo estrangulo, una vez que ya el trabajo estaba hecho Lothar ubicó los restos de robots traídos por los soldados malvados fueron colocados en diferentes lugares para simular lo sucedido, ahí Lothar pudo ver a Valerio, él estaba en el suelo herido y Lothar se acercó a él para decirle que realmente lo apreciaba, Valerio lamentó todo cuando había ocurrido y pidió a Lothar que si tomaba el mando que por favor no se olvidara de llevar a la humanidad a un mejor vivir, a

Lothar por primera vez le tembló el pulso y prometió que lo haría, luego de eso disparó al moribundo Valerio quien quedó en el suelo con sus ojos abiertos, Lothar estaba sin palabras por lo que había hecho ya que no quería ese final para Valerio, pero tenía que continuar, luego Lothar colocó bombas alrededor de la sede del gobierno y salió junto a sus hombres, aquel lugar explotó mientras las noticias comenzaban a llegar a todas partes de la Tierra y de las ciudades las cuales estaban en órbita, Lothar se fue a su nave principal y luego de esperar un corto tiempo se dirigió a todos asegurando que la Androgénesis había perpetuado un terrible ataque a la sede del gobierno, Lothar informó que ya los robots había sido detenidos y que mientras se convocaba a otra cúpula de gobernantes era su deber asumir el cargo de la Tierra para seguir combatiendo a la Androgénesis, algunos de los altos mandos militares comenzaban a sospechar de lo que había ocurrido pero no dijeron nada, algunas zonas de la Tierra mostraron abiertamente su desacuerdo y Lothar fingió una supuesta comprensión ante lo ocurrido, sin embargo enviaría a algunos de sus soldados para que exterminaran a dichas personas quienes no hacían otra cosa que hablar de conspiraciones, aunque de igual manera una parte de las naves que estaban en el espacio mostraron su completo desacuerdo con el autonombramiento de Lothar, por esa razón se declaraban en rebelión aunque continuarían con sus misiones de proteger a la Tierra contra la Androgénesis o los ataque de los Marteanos, Lothar estaba furioso por eso y les hizo saber que si no se sometían a sus órdenes los atacaría ya que no iba a tolerar una insubordinación, esos comandantes continuaron con su postura y Lothar estaba molesto puesto que ahora era el momento de enfrentarse a una posible guerra civil en el planeta Tierra.

Luego de contar absolutamente todas las tropas las cuales le eran leales Lothar observó que una nave se acercaba, Angélica apareció junto a sus soldados y Lothar le preguntó cómo había salido todo, Angélica tenía su rostro lleno de sangre, los otros soldados de la Titanium Force de igual manera tenían sus armaduras llenas de sangre ante la masacre que habían causado en el lugar indicado por Lothar, eso lo tranquilizó y le puso de buen humor puesto que esas personas a quienes había mandado a masacrar podrían ser el empujón que algunos necesitaban para actuar de la manera en la cual

Lothar quería, Angélica le indicó a Lothar que si iba a comenzar una guerra civil en la Tierra tenía que mover sus fichas de inmediato puesto que la flota de naves podría incrementar causándoles severos problemas a Lothar, ellos tendrían que atacar primero dado que quien iniciaba el ataque golpearía doblemente, Lothar supo que era cierto e indicó a todas sus tropas que se alistaran, pues si la flota de naves renegadas no le obedecía pues entonces las destruiría ya que de no hacerlo ellas podrían adquirir más poder, Lothar se las arreglaría para someter a todos.

Luego de que arreglara todo y felicitara a Angélica por su misión Lothar recibió algunos mensajes de los políticos de las ciudades flotantes los cuales estaban en órbita, las ciudades se negaban a seguir las instrucciones de Lothar asegurando que ellos tenían sus propios dirigentes y no se someterían ante un militar el cual la confianza estaba en dudas, Lothar les informó de que su opinión no era de importancia y que si se negaban a cooperar con él ejecutaría un bloqueo contra las ciudadelas limitando el comercio entre la Tierra y dichas ciudadelas, los lideres de la ciudadelas continuaron con su posición y Lothar supo que era momento de que tomara acciones, ahora tendría que unir sus fuerzas y prepararlas cuanto antes, pues la guerra entre Terrícolas había comenzado.

Dolor y demencia

Los días trascurrían mientras que Olivier iba de lugar en lugar, no se detenía mucho tiempo en el mismo sitio puesto que sentía que algo lo perseguía, lo único que lo alentaba era que su familia estaba en un refugio, las cosas ahora eran distintas, eso lo mantendría a salvo y lejos tanto como de los humanos y de la Androgénesis. Una de las noches luego de que Olivier se había quedado vagando de un lugar a otro puesto que no se había establecido en un lugar algunas personas comenzaron a correr sin razón alguna, o eso pensaba Olivier, las explosiones comenzaron y Olivier pensaba que ya la Androgénesis había ido a perseguirle, Olivier corrió como pudo al ver que la explosión iba por todas partes, Olivier no sabía si se trata de la Androgénesis, por esa razón fue precavido y se ocultó hasta que los ataques pasaron, Olivier pudo ver el amanecer y ahí las personas afectadas por el ataque, Olivier al ver tanta destrucción pudo ver a los robots en el suelo, en seguida supo que era la Androgénesis, Olivier sin pensarlo comenzó a ayudar a los heridos puesto que era su deber ayudar, aquello fue desastroso, muchas personas quedaron tendidas en el suelo sin que nadie les ayudara, los equipos médicos llegaron e hicieron su trabajo, Olivier estaba feliz ya que pudo contribuir con algo, para no ser detectado Olivier se ocultó nuevamente, fue en ese entonces cuando Olivier observó lo que supuestamente había ocurrido, la sede del gobierno había sido atacada y todos los presentes habían sido asesinados, Olivier vio eso como algo catastrófico y terrible, luego se enteró de que Lothar había tomado el mando de la Tierra y la posición de las ciudades en órbita, Olivier se sentó un momento para digerir la noticia, luego pensó que eso sería un completo desastre e incluso pudo ver el gran descontento de toda la población Terrícola ante la noticia, Olivier sabía que nada de eso sería bueno, estaba sin palabras cuando repentinamente escuchó las noticias de los diferentes ataques a algunos de los refugios para políticos, Olivier se quedó sin aliento al escuchar eso, su corazón comenzó a palpitar de una manera como nunca antes lo había hecho, sin pensarlo comenzó a comunicarse con Kanus pero nada funcionaba, Olivier lloró con desespero mientras buscaba una nave para encaminarse al refugio, en el camino pudo robar una pequeña nave de mercancía y maniobró con rapidez hasta poder llegar al refugio. En el camino Olivier había estado llorando y alucinando sobre lo que pudo haber pasado, su contacto no respondía sus mensajes, Olivier se desesperó al punto de que comenzó a maniobrar con la nave mercante que cuando estuvo cerca los soldados quienes estaban ahí presentes comenzaron a disparar ya que Olivier no hacía caso a las advertencias, la nave de Olivier se estrelló muy cerca del refugio y cuando se estrelló los soldados entraron a la nave para detener a quien fuese que haya sido el piloto, Olivier había quedado golpeado por el impacto y apenas salió los soldados lo detuvieron, Olivier les gritó que era su deber llegar hasta el refugio puesto que su familia estaba ahí, los soldados se vieron los unos a los otros y Olivier se escapó para continuar corriendo a su destino, algunos soldados al ver que Olivier se estaba escapando quisieron dispararle pero no lo hicieron, solo fueron detrás de él y Olivier logró dejarlos atrás.

Cuando Olivier llegó hasta el refugio su corazón se detuvo, algunos soldados estaban a los alrededores y no dejaban pasar a nadie, Olivier sin pensarlo intentó pasar y los soldados lo detuvieron nuevamente diciendo una frase que marcaría a Olivier para siempre, *"Nadie ha sobrevivido"*, Olivier comenzó a gritar asegurando que su familia estaba ahí, luego se soltó de los soldados y comenzó a golpear a todo aquel que se le atravesó en su camino, Olivier logró entrar y ahí pudo observar la masacre ocurrida, no se veía ni una sola persona con vida, Olivier con desespero comenzó a buscar a su familia llamándolos por sus nombres, Olivier recorrió absolutamente todo hasta que en una habitación pudo ver a su esposa sentada, Olivier se acercó a ella, sus hijas estaban acostadas a su alrededor, Olivier se acercó a ella y le hizo saber que temía lo peor, pues nadie había encontrado sobrevivientes y eso lo aterró, Olivier comenzó a llorar mientras su esposa lo acariciaba recordándole lo buen esposo que había sido, pues él, a pesar de pelear siempre con su primogénito jamás olvidó darle buenos consejos, Olivier confesó haber hecho todo lo posible por salvar a su hijo mayor pero no lo había conseguido, la esposa de Olivier le aseguró que le enviaría los saludos a su hijo cuando se reencontrara con él en la otra vida, Olivier la abrazó con fuerza y le aseguró que para eso faltaba mucho tiempo puesto que ambos tenían muchos momentos por compartir y quién sabía si otros hijos por engendrar, Americca sonrió y aseguró que Olivier efectivamente tendría otros hijos pero no con ella pues su hora había llegado, Olivier observó que algunos soldados lo estaban viendo, Olivier les aseguró que un milagro había ocurrido pues su familia había sido la única sobreviviente, los soldados se quedaron sorprendidos al ver en el estado de shock en el cual Olivier había caído, Olivier estaba sonriendo y uno de los soldados preguntó si Olivier estaba bien, Olivier parecía no entender las palabras del soldado y les pidió que les ayudaran a sacar a su familia de ahí, Olivier se mantuvo viendo fijamente al soldado hasta que volteó para ver a su esposa nuevamente con rostro de felicidad, para su desgracia lo que pudo ver fue el cadáver de su esposa cubierto de sangre al igual que el de sus hijas, Olivier comenzó a tener un ataque de locura mezclado con dolor, sus gritos parecían ir de afuera para adentro dado que le fue imposible reproducir algún sonido, su familia había sido asesinada y él, en su delirio creyó que estaba hablando con su mujer cuando realmente ella había sido asesinada junto con sus hijas, los soldados comenzaron a actuar siguiendo los procedimientos adecuados y Olivier intentaba forcejear con los soldados dado que no quería dejar a su familia ahí, uno de los soldados ordenó que la familia de Olivier fuese sacada inmediatamente de la escena y preparados para que el reconocido científico pudiera verlos de una manera adecuada, luego proseguirían con los otros cadáveres ya que Olivier era el único familiar vivo de las víctimas ya que todos los políticos quienes habían dejado a sus familiares en ese refugio habían sido asesinados, era algo lamentable, solo habían mujeres y niños y la Androgénesis no había tenido piedad de nadie, el escenario era catastrófico y Olivier quien no paraba de sumirse en el dolor tuvo que ser dormido por los soldados puesto que lo que le había ocurrido era incomprensible y lo dejó fuera de control en su totalidad.

Olivier estaba con su familia sentado, las palabras de su esposa eran de aliento y fortaleza, Olivier le pedía a sus hijas que se mantuvieran unidas y que cuidaran a su pequeño hijo el cual curiosamente no estaba ahí, el hijo mayor de Olivier hizo acto de presencia diciéndole a su padre lo mucho que lamentaba no haber escuchado sus consejos, Olivier quien estaba muy calmado le dijo que solamente con la experiencia propia se aprendía, los humanos habían evolucionado solo un poco y la cualidad de aprender de experiencias ajenas no era algo que se podría presumir en esa época, Americca abrazó a Olivier quien comenzó a llorar y pidió perdón por haberle fallado, Americca le hizo saber a Olivier que él no era un fracasado, era el científico más brillante jamás nacido y que probablemente su futuro fuese continuar ayudando a la humanidad, Olivier confesó que sin ella no podría hacer realidad absolutamente nada, toda su vida estaba perdida sin su familia, Americca y Zarinno abrazaron a Olivier y luego se unieron sus tres hijas pequeñas, ellas le prometieron a Olivier que estarían con él para siempre y que luego se reencontrarían, Olivier comenzó a llorar y repentinamente despertó del sueño, algunos soldados estaban ahí con él observándolo en todo momento, Olivier estaba acostado en una cama llorando y todavía sin creer lo que había sucedido, ese sueño podía verse tan real que por su mente pasaron pensamientos suicidas para poder reencontrarse con su familia en el más allá, nada podría calmar semejante dolor, Olivier sufrió otra crisis nerviosa y comenzó a llorar en frente de los soldados quienes en parte sintieron tristeza por lo ocurrido, pues perder a su familia completa era un dolor que jamás superaría.

Dos días pasaron y Olivier continuaba sin poder reaccionar de manera adecuada, en ese momento recibió una visita inesperada, Olivier ni siquiera volteó para ver de quién se trataba, Lothar se sentó en frente de Olivier quien tenía su rostro de un lado, su mirada estaba perdida pero las lágrimas continuaban saliendo, Lothar aseguró que sabía que era la última persona a quien quería ver, pero al enterarse de lo que había ocurrido quiso ir personalmente a darle sus condolencias, pues Lothar de igual manera había perdido a su familia en el pasado así que entendía su dolor, Olivier comenzó a llorar nuevamente y Lothar le informó que su familia ya estaba lista para recibir un funeral adecuado y con honores, Olivier estaba tendido en lágrimas y Lothar tocó su hombro, Olivier sin pensarlo le gritó que no lo tocara pues todo cuanto había ocurrido era su culpa, Lothar le pidió a Olivier que actuara como un hombre, estaban en guerra y él no quería que nadie muriera, habían pasado demasiados años desde que la guerra comenzó, Lothar admitió estar desesperado, la humanidad se había fragmentada nuevamente y miles de familiares habían muerto, Lothar confesó que era difícil continuar con la situación, Olivier observó la cara de desespero de Lothar y le dijo que se marchara ya que él había sido el culpable de la muerte de su hijo mayor, Lothar le pidió que dejaran de hablar de eso puesto que todos habían perdido familiares, Lothar le aseguró que le esperaría afuera ya que estaba a punto de comenzar el velorio de la familia de Olivier, Lothar salió de la habitación y Olivier se levantó puesto que era el momento de darle el último adiós a su familia.

Entre lágrimas y sin casi poder caminar Olivier salió de su habitación, en seguida fue llevado por algunos soldados hasta donde se realizaría el velorio, Olivier a penas entrar observó a su familia, su esposa, y sus tres hijas, Olivier preguntó por su hijo, los soldados aseguraron que no habían podido encontrarle, todavía tenía que seguir buscando, faltaban muchos cadáveres por descubrir debido a que era un refugio grande, Olivier no supo qué responder, Lothar apareció y le dijo que harían lo posible para encontrarlo, de igual manera los soldados ahí presentes junto con Lothar se pararon firmes y mostraron sus respetos a la familia de Olivier para después salir, Olivier merecía pasar tiempo en privado con su familia una última vez, Olivier acarició el rostro de su hija Damianna, la de su otra hija Bélgica y el de su hija Arabia, Olivier estaba destrozado, solo y sin palabras, llorar era lo único que le quedaba, él no había olvidado el sueño que había tenido con su esposa, Olivier les pidió perdón por fallarles, ya no le quedaba absolutamente nada, Olivier hizo un juramento en el cual utilizaría toda su inteligencia para liberar al mundo de la Androgénesis, no descansaría hasta destruir todas sus bases, hogares, su legado, absolutamente todo, lo que sucediera con la humanidad luego de eso ya no sería su problema, Olivier aún con lágrimas en sus ojos supo que era momento de que los cuerpos de su familia desaparecieran, Olivier activó los controles de la torre en la cual estaba y se abrió el techo, Olivier estaba prácticamente en el punto más alto de la torre, después de ver por última vez a su familia y poniendo su brazo en alto como muestra del juramento Olivier activó el fuego azul y su familia fue incinerada, las cenizas se fueron volando a través del cielo y Olivier se arrodilló debido a que sentía que lo había perdido todo, ahora estaba completamente solo y sin ánimos, Lothar apareció luego de un rato y quiso decirle a Olivier que las investigaciones a su hijo ya había comenzado, Olivier aseguró que haría lo imposible para buscarlo, también prometió que acabaría con la Androgénesis hasta erradicarla, Lothar le aseguró que su nave y su laboratorio lo estaban esperando, Olivier secó sus lágrimas y se fue junto con Lothar para su laboratorio. Al llegar Lothar preguntó a Olivier si tenía alguna idea, pues algunas fracciones de la Tierra comenzaban a revelarse y la flota del oeste estaba incrementando su fuerza, además estaba el peligro de la Androgénesis, Olivier le pidió a Lothar que se encargara de los Terrícolas, pues él tenía una idea para encargarse de la Androgénesis, pidió un tiempo a Lothar mientras trabajaba en su gran idea, Lothar se contentó por eso y pidió ayuda a los otros científicos quienes ayudarían Olivier, Lothar les exigió que lo vigilaran en todo momento y los científicos le obedecieron, Lothar se marchó y Olivier, cegado por la ira y la rabia haría algo que perjudicaría a la humanidad pero a Olivier ya no le importaba lo que sucediera, de todos modos todo su mundo se había ido abajo.

Vista del planeta rojo

Eva continuaba haciendo lo posible por reparar el anillo y así evitar el posible colapso de la atmósfera, los científicos quienes no eran muy optimistas comenzaron a probar los antiguos domos para las ciudades, Eva ordenó la construcción de refugios de emergencia para las ciudades en caso de que la atmósfera comenzara a fallar, incluso los animales comenzaron a ser llevados a campos especiales para que no fallecieran, Eva pudo ver a muchos animales que jamás había visto, Ken-Ia le hizo saber que muchos de los animales de Marte habían sido traídos de la Tierra y sufrieron ciertas modificaciones debido al cambio, de igual manera algunos animales habían sido traídos a la vida luego de su extinción como por ejemplo *el Mamut, el Dodo, el Perezoso Terrestre, el Alca gigante, el Megaloceros, el Rinoceronte lanudo, la Vaca Marina*, Eva estaba sorprendida por todo eso y quiso ver en persona a todos esos animales, un equipo de soldados junto con Ken-Ia acompañaron a Eva quien iba montada en una motocicleta la cual flotaba, todos se encaminaron hasta los profundos bosques y llanuras de Marte para complacer a la comandante.

Eva iba en su motocicleta cuando repentinamente se pudo ver el hermoso atardecer de Marte, había muchos animales que, para la época de Eva ya no existían, Eva se sorprendió mucho de ver a todos esos animales los cuales solo había visto en los libros, era algo realmente fascinante, Eva supo que reorganizar a todos esos animales sería imposible, fue ahí cuando surgió una idea, preguntaría a los científicos si era posible que a través de las torres de sobrecarga pudiera alimentar la atmósfera para que no se deteriora ya que había visto lo hermosos que era todo ese planeta y sería una lástima que esas especies las cuales habían sido traídas desde la extinción perdieran la vida, Eva grabó todo eso en su traje con la esperanza de que si volvía a su tiempo mostrara a todos lo que había visto, uno de los soldados le pidió a Eva que le acompañaran a la parte sur del planeta rojo pues aún era de día y allá había una especie la cual era importante que viera, Eva sonrió y se encaminó para ver a esa especia tan rara.

Cuando todos llegaron había un poco de nieve, Eva vio lo hermoso que era todo y al acercarse a un rio pudo ver a un enorme Mamut junto con tres pequeñas crías, Eva estaba sorprendida y se acercó poco a poco al mamut pues quería tocarlo, los soldados le pidieron que no lo hiciera pero Eva, como de costumbre no prestó atención, el mamut misteriosamente se acercó a Eva quien acarició su tropa y los pequeños Mamuts hicieron lo mismo, Eva soltó una lágrima sin que nadie la observara, era un momento mágico, los mamuts luego continuaron su camino y Eva los vio marcharse mientras que al otro lado aparecía un Megaloceros el cual observó a Eva y continuó su camino, esa experiencia dejaría a Eva con tanta satisfacción que presionaría a todos los científicos para que se hicieran lo posible por conservar el planeta, Eva había visto tantas cosas que lucharía por que todo se mantuviera igual o mejor.

Cuando regresaron a Próxima Ares Eva explicó el plan a todos los científicos, Eva les pidió que no pensaran mal de ella, sabía que era una tarea difícil, pero ella estaba enamorada de ese planeta y haría lo posible por conservar todo el planeta pues se reusaba a pensar de que todo estaba perdido, si los Marteanos habían poblado al planeta una vez podrían hacerlo nuevamente, solo era cuestión de proponérselo, los científicos observaron a Eva, uno de ellos se levantó y la miró fijamente, le confesó que no sabía quién era ella realmente, sus órdenes eran duras, era una forastera, sin embargo había salvado al planeta en todas las ocasiones que pudo, había hecho mucho más que quienes habían nacido en ese planeta, por esa razón ese científico se comprometió a hacer todo cuanto fuese posible por complacerla, Eva agradeció eso puesto que Marte era un planeta hermoso, no merecía la pena que todo fuese destruido sin por lo menos intentar reparar el daño, muchos pensaron de igual manera y así fue como se pusieron manos a la obra, Eva por su parte se concentraría en la defensa del planeta mientras los ingenieros y científicos tenían carta blanca para hacer lo que estuviese a su alcance con tal de salvar el planeta.

Al día siguiente las noticias desde la Tierra habían llegado, Eva estaba desconcertada con lo ocurrido pero no creyó lo que estaba ocurriendo, aquello parecía ser todo una función de una mala película, aunque Eva no podía hacer nada por la Tierra debido a que los problemas de su tierra natal parecían estar lejos de ser resueltos, y lamentó mucho tener que ver la manera en la cual la Tierra estaba a un solo paso de la guerra civil, eso les debilitaría así pues Eva entendió que un ataque proveniente de la Tierra era poco probable, Eva quiso caminar por Próxima Ares para saber cómo estaba sus pobladores, Eva observó lo que parecía ser una heladería y allí se sentó, Eva ordenó uno de esos helados los cuales venían en pequeñas pastillas, mientras a Eva le servían su helado una misteriosa criatura se acercó a Eva, era de un pequeño tamaño y tenía rasgos de un felino, parecía un gato Siamés solo que andaba en dos patas, al parecer su patas delanteras se habían transformado en pequeñas manos pues tenía dedos, el color de sus ojos era verde oscuro y en su frente parecía tener un ojo de manera vertical pero se mantenía cerrado, su cabeza tenía la forma de un cono de blowling, aquel hombre el cual atendió a Eva se sorprendió de ver a ese animal y Eva preguntó qué sucedía, el hombre llamó a todos los presentes y Eva se preocupó ya que no entendía lo que sucedía, las personas al ver eso sin pensarlo estaban emocionados, ese animal llamado *Gationilopitus* comenzó a abrazar a Eva quien correspondió a su cariño pues ese misterioso animal la acariciaba con tanto amor que Eva se quedó sorprendida, en ese momento Ken-Ia y otros soldados llegaron puesto que toda la ciudad estaba viendo lo ocurrido con Eva y pensaban que algo malo le había ocurrido, Eva se levantó y preguntó qué estaba sucediendo,

Ken-Ia le explicó que el Gationilopitus era una especie extremadamente rara de la cual no se sabía absolutamente nada, la única información que se tenía era que cuando se acercaban a alguien era para amarlo durante toda su vida, por eso era considerado un animal extraño el cual traía suerte a quien quiera que lo tuviese, ya que en esa época solo Eva tenía uno, nadie sabía dónde se ocultaban, y solamente tres personas a lo largo de la historia habían tenido la suerte de tener a uno de ellos como compañeros, Eva estaba sin palabras puesto que se sentía afortunada pero no sabía si podría corresponder a su amor debido a que ella algún día tendría que regresar a su época, todos los presentes estaban contentos de ver a la criatura quien comenzó a comer el helado de Eva, eso lo puso muy contento y Eva luego de terminar su helado se levantó, la criatura abrazó a Eva quien lo observaba y vio su manera de trepar las cosas al igual que un Mono, por eso Eva decidió llamarlo *Monno,* Eva se encaminó hasta su lugar de descanso y ahí observó que existía algo parecido a una biblioteca, ella supo que probablemente ahí tuvieran algo de información debido a que no creía posible que nadie supiera de la existencia de la raza de Monno, Eva comenzó a leer un libro el cual relataba algunos misterios, eso le pareció interesante a Eva quien pudo ver que los Neandertales habían sido arrasados por las enfermedades llevadas por los Homo Sapiens desde África a Europa, la endogamia tampoco ayudó mucho a la especie quienes a pesar de ser superiores en fuerza no pudieron hacer frente a todos los virus traídos por el Homo Sapiens, de igual manera existía la teoría de que los Neandertales no habían experimentado enfermedades hasta la llegada del Homo Sapiens, por esa razón su llegada fue tan mortal que erradicó a toda la especie, eso era triste para Eva puesto que moría de curiosidad, quería encontrarse cara a cara con ellos para saber cómo actuaban y pensaban, Eva continuó leyendo y fue sorprendente lo que encontró, supuestamente se habían encontrado restos de la especie Homo en Marte, al igual que estructuras, eso era algo sorprendente para Eva quien alcanzó a enterarse gracias a ese libro que probablemente antes del reinado humano otra civilización existía en la Tierra, en ese momento llegaron unos soldados junto con Ken-Ia y preguntaron a Eva qué estaba haciendo, sin pensarlo Eva se levantó y confesó estar buscando información acerca de Monno pero no había encontrado nada, Ken-Ia le informó a Eva que por favor no hiciera nuevamente eso puesto que si regresaba a su época con esa información podría generar un desequilibrio, Eva salió de la biblioteca dispuesta a descansar, había sido un día agotador. Cuando Eva llegó a su habitación Monno se mantenía con ella quien le dijo que no dormiría en su cama flotante debido a que no acostumbraba a dormir con animales, Eva se quedó viendo a Monno quien puso una cara de tristeza, Eva recordó lo que todos le habían dicho, Monno al parecer era muy sensible y Eva lo abrazó y le dijo que solo estaba bromeando, Monno se puso muy contento y se acostó con Eva quedando dormido junto a ella quien estaba contenta de tener a un nuevo amigo.

Poder sobre lo natural

Olivier estaba trabajando día y noche en su laboratorio, los inventos que había hecho estaban junto a él y la más destructiva de todas era la Bomba de Dios, Olivier utilizaría dicha bomba para dar un duro golpe a la Androgénesis y la Luna sería su objetivo, sin descanso Olivier trabajó para poder crear la que sería la bomba más grande de todas, una vez sin Luna las cosas comenzarían ponerse duras para la Tierra pero era mejor lidiar con los fenómenos naturales que con la Androgénesis, Olivier se mantuvo trabajando durante días, sus ayudantes no entendían lo que Olivier pretendía hacer y cuando le preguntaban él solamente les pedía que continuaran trabajando debido a que tenían mucho por hacer, por esa razón Lothar cuando escuchaba los informes de sus espías se enojaba debido a que no sabía lo que estaba tramando Olivier, pero las cosas que estaban ocurriendo en la Tierra tenían nervioso a Lothar ya que no sabía de dónde sacaría a tantos guerreros y recursos para poder enfrentar a la rebelión la cual estaba a sus puertas, pues la flota del oeste estaba movilizándose alrededor de la Tierra y eliminando los puntos estratégicos de Lothar quien en parte estaba un poco desesperado, en los diferentes continentes de la Tierra las cosas tampoco estaban mejorando ya que los civiles se resistían a obedecer las órdenes provenientes de Lothar quien en su desespero visitó a Olivier en su laboratorio espacial pues quería saber en qué estaba trabajando, ya que su investigación le estaba costando caro, Olivier al ver a Lothar preguntó qué quería, Lothar admitió sentir curiosidad por el proyecto de Olivier y preguntó a qué se estaba dedicando, Olivier se quedó callado y Lothar alzó su voz, Olivier lo observó y le preguntó qué quería, Lothar le informó a Olivier que absolutamente todo se estaba volviendo un caos y necesitaba de su ayuda para controlar a la población, Olivier le aseguró que ni eso podía hacer, luego se acercó a uno de los contenedores de experimentos y le dio una fórmula con las instrucciones, le aseguró que quien introdujera eso a su cuerpo de manera intravenosa jamás envejecería, Olivier le pidió que utilizara eso para calmar a la población, Lothar estaba sin palabras y preguntó qué pasaría con la Androgénesis, Olivier le gritó asegurándole que Lothar había pedido que ganara la guerra contra la Androgénesis y eso estaba haciendo, Lothar preguntó si eso realmente funcionaba, Olivier le informó que él no era uno de sus científicos los cuales eran unos ineptos, Lothar se retiró de ese lugar y sin pensarlo dos veces anunció a todos lo que Olivier le había dado, muchos dudaban de eso pero Lothar les informó que Olivier había sido el creador de dicha fórmula, muchas personas ahora sí daban crédito a la fórmula debido a que Olivier era muy popular entre los científicos, Lothar había ganado un poco de tiempo para comenzar a preparar a su flota, no quería que nadie le derrocara del poder.

Un poco después Angélica entró en el salón en donde estaba Lothar y le preguntó a Olivier si había logrado la manera de detener a la flota del Oeste, Olivier contestó de manera negativa y le aseguró que encontraría la manera, Olivier le había dado tiempo al revelar la cura para la vejez, Lothar preguntó a Angélica si se la había colocado, Angélica sonrió asegurando que estaba contenta de que jamás envejecería, Lothar la observó con una mirada fría mientras que Angélica aseguró que luego de que la guerra culminara obligaría a Olivier a que le reconstruyera el rostro, Lothar se acercó a Angélica y tocó su cara, Angélica se sintió apenada y bajó su mirada a la derecha, las lágrimas salían mientras Lothar comenzaba a quitarle la ropa poco a poco debido a que quería ver las cicatrices de Angélica, había recibido muchos disparos, aun así había quedado viva, eso era una maravilla para los ojos de Lothar quien la llamó una sobreviviente tan dura como el hierro, Angélica le suplicó a Lothar que la enviara a matar a Eva, Lothar abrazó con fuerza a Angélica y le pidió que no se enfrentara nuevamente a Eva dado que en constantes ocasiones la forastera le había pateado el trasero, Angélica se enfureció pero la decisión de Lothar era contundente, cuando tuvieran el poder absoluto podrían hacer lo que quisiera e incluso la reconstrucción del cuerpo de Angélica estaría asegurado, ella sujetó con fuerza a Lothar y le hizo saber que no le importaba sus órdenes, ella se enfrentaría a Eva y la destruiría, Lothar no dijo nada sobre eso, luego preguntó a Angélica cómo iban los preparativos y reparaciones de las naves, Angélica aseguró que algunos soldados no estaban muy contentos con las acciones tomadas por Lothar y pensaban en la deserción, Lothar le exigió que erradicara a esos hombres, Angélica sugirió a Lothar que no hiciera eso debido a que probablemente le traicionaran a sus espaldas y se unieran al bando del enemigo, Lothar se sentó y observó todo el problema en el cual estaba metido, pero de igual manera no se iba a rendir, aún tenía recursos y muchas naves a su disposición, Angélica le pidió que uniera sus fuerzas y destruyera a la gran flota del oeste ya que ellos eran sus principales enemigos, luego irían conquistando los territorios quienes no se sometieran a él, Lothar vio eso como algo bueno, iba a despedazar a sus enemigos sin piedad, Angélica estaba segura de eso, repentinamente un hombre interrumpió la conversación entre ambos, Angélica sacó su arma y estaba dispuesta a eliminar a ese hombre pero Lothar la detuvo, el hombre se encaminó hasta donde estaba Lothar quien le pidió que le diera las noticias, el hombre era un científico y confesó que Olivier estaba trabajando en algo muy poderoso debido a todas las fórmulas que estaba diseñando parecían cosas desastrosas, Lothar le preguntó si Olivier pensaba traicionarlos, el científico aseguró que Olivier no tenía intención de traicionar a Lothar puesto que en varias ocasiones aseguró que estaba con Lothar debido a que él le estaba dando todo lo necesario para culminar con esa despiadada guerra, Lothar estaba contento por eso pero el científico le preguntó a Lothar si confiaba en Olivier, Lothar aseguró que gracias al científico las personas ya no envejecerían y era el mejor de todos, el científico le hizo saber que Olivier estaba tomando un camino muy radical, Lothar preguntó a qué se refería, el científico aclaró que Olivier estaba creando un arma la cual jamás había visto, era tan potente que parecía ser sacada de la ficción, Lothar se sorprendió, estaba contento de escuchar eso debido a que Olivier estaba haciendo su trabajo, el científico preguntó a Lothar si jamás había pensado que Olivier pudiera volverse loco y destruirlos a todos, Lothar se quedó pensando al igual que Angélica, el científico probablemente tuviera razón, el comportamiento de Olivier había cambiado con el tiempo y podría volverse muy peligroso, Lothar esperaría unos cuantos días y luego se encargaría de averiguar lo que Olivier estaba tramando, Angélica le pidió que por favor se apresurara con las reparaciones de las naves, Lothar entendió que eso era lo correcto y se dedicaría a eso, pero luego hablaría con Olivier acerca de lo que estaba planeando, el científico recibió la orden de continuar vigilando a Olivier mientras que Lothar iría a hacerle una visita cuando fuese debido, Angélica se marchó junto con Lothar para continuar preparado todo su ejército.

A los pocos días Lothar observaba todo el material militar, Angélica quien estaba al mando de todas las operaciones estaba satisfecha ya que probablemente con las fuerzas reunidas pudieran derrotar a la Armada del Oeste, Lothar le encargó a Angélica que comandara a la flota de manera defensiva dado que si la Armada del Oeste continuaba avanzando sería el momento para detenerla, Lothar luego se encaminó hasta la nave de Olivier puesto que ya había pasado tiempo suficiente. Lothar entró con dos de sus soldados y Olivier al verlo sonrió y preguntó cómo iban las cosas con la supuesta Armada del Oeste, Lothar confesó que se estaban haciendo los preparativos para una avanzada la cual los empujaría a la victoria, Olivier aseguró que eso sonaba bien, Lothar preguntó a Olivier cómo iba con su trabajo, Olivier con su rostro muy serio le preguntó a Lothar si tenía a un voluntario, Lothar afirmó que había muchos voluntarios, Olivier aseguró que, en la Luna había una parte la cual no estaba poblada por la Androgénesis, Lothar sabía eso, Olivier luego sacó de una caja misteriosa un objeto del tamaño de un pie humano, Lothar preguntó qué era eso, Olivier aseguró que si colocaba eso en la Luna las cosas estarían malas para la Androgénesis, Lothar preguntó qué era eso, Olivier le preguntó si quería ganar la guerra lo único que tenía que hacer era colocar eso en la Luna y todo el mundo lo respetaría, Lothar confiaba ciegamente en Olivier quien aseguró que si la Androgénesis estaba establecida en la Luna eso le daría un duro golpe, Lothar agarró esa poderosa arma y la llevó hasta donde estaba Angélica, ella le preguntó que era eso, Lothar confesó no saber, pero Olivier aseguraba que el día que esa arma se pusiera en función todo el mundo le respetaría, Angélica estaba ansiosa por saber cuál era su efecto, fue por eso que Lothar le pidió a Angélica que por favor fuera ella quien pusiera esa arma en la Luna, Angélica se sintió honrada puesto que probar una de las armas de Olivier era un prestigio, sin pensarlo aceptó pero en ese instante las tropas informaron de un posible movimiento de la Armada del Oeste, Lothar sin pensarlo le pidió a sus naves que se prepararan debido a que era momento para enfrentarlos, las naves se alistaron y Lothar se mantuvo lejos de lo que sería una gran batalla entre las dos grandes armadas, Angélica recibió la orden de colocar el arma de Olivier en la Luna puesto que probablemente la Androgénesis estaría distraída y ella podría entrar a esa zona, Angélica se perdería la batalla pero lo haría por un objetivo mayor, ella puso manos a la obra mientras Lothar se alistaba, su nave estaría lejos de todo peligro y bien resguardada.

Mientras las naves comenzaban a dispararse las unas a las otras las ciudadelas las cuales habían decidido apoyar a la Armada del Oeste enviaron sus naves para comenzar el ataque, Lothar ordenó que se disparara a todo aquel enemigo que se encontrara enfrente de ellos, la guerra civil en la Tierra había comenzado, Lothar pudo ver la cantidad de poder que tenía la Armada del Oeste y así fue que, utilizando toda su experiencia en batalla intentó liderar de manera correcta todo, el combate comenzó mientras muchas personas desde la Tierra observaban la manera en que sus propias naves se destruían entre ellas, muchos no estaban de acuerdo con lo sucedido, de igual manera se reportaban combates en la Tierra entre las facciones rebeldes las cuales no aceptaban el mandato de Lothar quien no esperaba que eso sucediera, pues sus naves estaban repletas de guerreros ya que el combate no solo era entre naves, una de las cosas que era bastante común era el pirateo de naves, eso sucedía cuando dos naves se conectaban y abrían puentes para que las tropas se enfrentaran en dichos puentes con el fin de llegar al mando de la nave y capturar a sus altos cargos, Lothar había llevado a muchas unidades pues pretendía tomar el control de algunas naves e incluso enviar tropas a las dos ciudadelas flotantes las cuales estaban en órbita para que se sometieran bajo su dominio, Lothar sabía que esa guerra civil era decisiva para perpetuarse en el poder, de igual manera le hizo saber eso a sus tropas mientras las comandaba desde su nave.

Después de un buen rato de combate Lothar observó que sus fuerzas estaban retrocediendo a pasos pequeños, eso alteró un poco a Lothar quien le preguntó a Angélica su ubicación, ella estaba casi llegando a la Luna y le dijo a Lothar que entrar había sido algo complicado puesto que a pesar de que esa parte de la Luna estaba despoblada tenía que tener mucho cuidado con la Androgénesis, Lothar le pidió que activara esa arma cuanto antes pues las tropas habían comenzado a retroceder, Angélica hizo un aterrizaje sigiloso en la Luna, después bajó junto a sus tropas quienes en ese mismo instante fueron sorprendidos por tropas de la Androgénesis, los soldados dispararon sin parar y Angélica inmediatamente enterró aquel artefacto el cual sacó unas garras y comenzó a perforar el suelo de la Luna, Angélica se preguntaba si ya todo estaba listo pero no tuvo otra opción que salir de esa zona debido a que su escuadrón había sido casi aniquilado, Angélica ni siquiera pudo reportar a Lothar lo que había ocurrido y por poco se queda varada en la Luna puesto que el piloto al ver lo que estaba sucediendo decidió despegar y dejar a unos cuantos compañeros, Angélica apenas subió a la nave disparó dos veces a ese piloto, luego lo quitó del asiento y ella misma condujo la nave lejos de la Luna, Angélica pudo ver el combate que se estaba librando cerca de la Luna entre la flota de Lothar y la Armada del Oeste, Angélica intentó contactar con Lothar pero algo estaba ocurriendo, Angélica notó que algo sucedía con el sol, pues las comunicaciones estaban siendo alteradas, Angélica decidió no ingresar en el enfrentamiento puesto que pensaba que su nave estaba defectuosa, esperaría a que sus comunicaciones mejoraran.

Lothar estaba viendo la manera en la cual sus naves comenzaban a retroceder, las naves las cuales se mantenían conectadas con las enemigas comenzaron a destruir los puentes de comunicación para desprenderse y forzar la retirada, Lothar estaba sin palabras y él de igual manera pudo sentir la falla de las comunicaciones, él se preguntaba si se trataba de un saboteo de comunicaciones, Lothar no entendía nada e intentó comunicarse con Angélica pero al parecer estaban completamente incomunicado, Lothar solo pudo limitarse a continuar su retirada, ahí pudo darse cuenta de que algo estaba ocurriendo con el sol pues lucía de manera resplandeciente, Lothar prestó atención a lo que estaba ocurrido pero un evento el cual sería un antes y un después para la humanidad robó la atención de todos, una fuerte onda salió desde la Luna provocando una gran explosión, Lothar no podía creer lo que sus ojos estaban viendo, inmediatamente el combate se detuvo mientras que la fuerte onda proveniente de la Luna avanzaba, aunque eso paso a segundo plano cuando la Luna comenzó a ser destruida, nadie podía creer lo que estaba ocurriendo, incluso a la Tierra llegó aquella onda sísmica la cual causó muchos estragos, la Armada del Oeste fue la que principalmente sufrió los daños de la destrucción de la Luna pues Lothar al haber ordenado la retirada sus naves aunque salieron afectadas no tuvieron el efecto negativo de la onda sísmica, Lothar estaba tan impactado que se arrodilló al ver lo que había sucedido, eso sorprendió a los soldados ahí presentes puesto que Lothar había demostrado ser un hombre rudo y calculador, pero al momento en el cual vio la Luna ser destruida supo que las cosas habían llegado demasiado lejos, Lothar luego se levantó y exigió que continuaran con la retirada puesto que los escombros de la Luna pronto alcanzarían todo a su paso, Lothar se comunicó con Angélica quien también estaba sorprendida de todo lo que había sucedido, cuando ella llegó a la nave de Lothar tenía un rostro sin igual, jamás había mostrado semejante cara ante lo que había ocurrido, Angélica se encerró junto con Lothar y le dio un fuerte abrazo y le preguntó qué sucedía, Lothar aseguró que Olivier había ido demasiado lejos, Angélica entendió que ambos habían sido los culpables por lo ocurrido, Angélica y Lothar observaban la manera en la cual la Luna continuaba destruyéndose, ambos sintieron miedo de lo que sucedería en el futuro, Lothar se levantó y les ordenó a sus soldados que lo guiaran hasta la nave de Olivier puesto que era momento de que hablaran de lo que había hecho.

Olivier observaba todo lo ocurrido desde su nave, su gran invento había funcionado, pero por alguna razón no sentía absolutamente nada, para Olivier su mundo se había derrumbado desde el instante en que su familia había sido asesinada, lo que había hecho había sido algo completamente monstruoso y aberrante, luego notó que Lothar había llegado hasta su nave, Olivier se levantó y cuando Lothar estuvo en frente de él lo golpeó con fuerza en su rostro, Olivier cayó al suelo mientras una risa burlona salió de su boca, Lothar le preguntó por qué razón había hecho algo tan monstruoso como eso, ahora la Tierra iba a sufrir las consecuencias gracias a la destrucción de la Luna, Olivier continuaba sonriendo asegurando que Lothar le había decepcionado, esperaba que fuese más duro y que asumiera que si quería ganar la guerra existirían obsecuencias, Olivier se levantó acusando a Lothar de ser un cobarde, ahora la Androgénesis no tendría lugar para ocultarse y podría cazarla como quisiera, Lothar aseguró que debería eliminar a Olivier por lo que había hecho pero Olivier lo sujetó por su traje y le dijo que Lothar quería ganar la guerra a cualquier costo, la Bomba de Dios era el arma más poderosa que se había inventado hasta la fecha, ahora con su poder podría someter a quien quisiera, Lothar no pensó jamás que Olivier fuese a salir con semejante locura, Olivier se defendió asegurando que había cumplido con las órdenes, la Androgénesis ahora había sido acorralada y la Armada del Oeste había sufrido grandes daños debido a la onda sísmica que causó la explosión, Lothar había observado eso, repentinamente alguien interrumpió a Lothar y le pidió que lo mejor era que regresara a la Tierra debido a que el caos había comenzado, Lothar le hizo saber a Olivier que no sabía que era capaz de causar tanta destrucción, lo único que le había ordenado hacer era algo parecido a un control para desactivar a la Androgénesis, no destruir la Luna, Olivier tenía un rostro malvado y le felicitó asegurado que había ganado la guerra, Lothar salió de la nave de Olivier molesto por lo que había sucedido, ahora era el momento de ir a la Tierra para ver lo que estaba sucediendo.

Lothar aterrizó en la Tierra y ya los efectos de la destrucción de la Luna habían comenzado, inundaciones por todas y fuertes vientos, de igual manera tenía que incluirse los diferentes bandos los cuales se mantenían peleando, las comunicaciones continuaban fallando y Lothar no sabía qué podía hacer, la ciudad debajo del mar llamada *Próxima Aquarium* sufría la desestabilización y pronto la señal fue interrumpida quedando aislada, Angélica se quedó observando el cielo el cual estaba aún con la imagen de la Luna rota en dos partes, en ese momento un científico interrumpió a Lothar y a Angélica, Lothar al verlo supo que entendía lo grave de la situación, el científico y analista explicó que los fuertes vientos comenzaría a azotar a la Tierra y los océanos comenzarían a inundar las ciudades costeras, Lothar ahora estaba en problemas, la humanidad necesitaría a un líder fuerte para tomar esas decisiones algo con lo que Lothar no estaba de acuerdo, su deseo se había hecho realidad pero no de la manera en la cual esperaba, Angélica le preguntó cuáles serían los otros efectos de la destrucción de la Luna, el científico indicó que para suerte la Luna no había desaparecido del todo pero existía la probabilidad de que la Tierra perdiera su estabilidad y un lado permaneciera de cara al sol todo el tiempo y que el lado oscuro se convirtiera en un lugar dominado por el hielo, sería mitad caliente y mitad frio, Lothar estaba sin palabras, de igual manera las ciudadelas las cuales estaban en órbita habían sido destruidas por el impacto ya que se encontraban cerca de la Luna, la Tierra ahora estaba aislada puesto que el planeta Venus había sido completamente deshabitado ya que nadie pensaba que la última ciudadela existiese algún sobreviviente, Lothar le preguntó al científico qué podía hacer, el científico se limitó a decir que era el comienzo del fin, la Tierra sufriría grandes cataclismos los cuales serían inevitables y poco favorables para la humanidad, Lothar al ver que las cosas empeorarían le pidió a sus tropas que por favor destruyeran lo antes posible a quienes se les oponían puesto que vendrían tiempos difíciles y no quería lidiar con esos problemas, los soldados acataron las órdenes mientras Angélica se acercaba a Lothar asegurándole que su momento de guiar a la humanidad había llegado, todo lo viejo sería destruido y algo nuevo surgiría creado por él, Lothar estaba en silencio y dentro de él pensaba que las cosas habían tomado un rumbo difícil y erróneo, en parte la gran pregunta para Lothar era -*Qué había hecho*-.

La destrucción lejana

Eva estaba atenta en todo momento puesto que la batalla la cual se estaba librando en la Tierra podría extenderse hasta Marte, las naves Marteana continuaban sin estar reparadas del todo pero era preciso que estuviesen pendiente, mientras Eva observaba desde su nave aquella batalla una fuerte explosión la cual provenía desde la Luna, Eva se sorprendió ante eso y sin pensarlo pidió a su equipo que analizara lo que estaba ocurriendo, su equipo le informó que al parecer la Luna había sido destruida, Eva pudo ver las imágenes de la Luna y se quedó sin palabras, la Luna había sido importante para ella y ahora una parte estaba hecha pedazos, Eva no podía creer lo que sus ojos estaban viendo, parecía increíble hasta donde habían llegado las cosas por las malas decisiones de los humanos, quienes estaban ahí presentes y en todo el planeta Marte estaban de igual manera incapaces de reaccionar por lo que había ocurrido, Eva estaba segura de que sería el fin de la Tierra. Un poco después Eva, quien estaba en el espacio pudo ver a un grupo de naves acercarse hasta donde estaba la flota de Eva esperando cualquier movimiento extraño de la flota de Lothar para atacarlos, pero un mensaje fue recibido de parte de las naves quienes aseguraban que era lo que restaba de la Armada del Oeste, Eva les contestó preguntando qué querían, ellos buscaban asilo en el planeta Marte puesto que no podían volver a la Tierra, ya lo que era la Armada del Oeste había quedado en el pasado dado que la cantidad de naves que se perdieron con la destrucción de la Luna los había diezmado después de sentir el sabor de la victoria en sus manos la cual fue arrebatada por la gran onda destructora de la Luna, Eva no supo qué responder puesto que ya le habían hecho algo parecido en el pasado, el comandante aseguró que él no había participado en tal macabra acción la cual fue toda orquestada por Lothar, Eva lo pensó y les concedió el asilo pero ellos serían evacuados de sus naves y tenían la orden de deponer sus armas, los soldados aceptaron dado que no querían perder sus vidas, las naves estaban en un estado poco apto y no había otra opción, algunas de las naves de Eva se conectaron con las naves de la Armada del Oeste y cada soldado Terrícola fue despojado de sus armas y puestos en lugares seguros para ser llevados al planeta Marte donde se decidiría su futuro. Eva estaba un poco desconcertada por lo ocurrido y decidió ir nuevamente a Próxima Ares para pensar mejor las cosas, fue ahí cuando pudo ver lo que estaba sucediendo con las comunicaciones, Eva notó ese problema y pensó que probablemente las cosas estaban fallando por la destrucción de la Luna, algo estaba sucediendo con sus sistemas y por esa razón decidió que lo mejor sería reparar todas las comunicaciones puesto que no era buena idea estar con esos problemas y ahora cuando las cosas estaban en su peor momento sería algo delicado.

Una vez en Próxima Ares era preciso interrogar al comandante de la Armada del Oeste, Eva al verle dentro de uno de los campos de reagrupación le indicó que le acompañara, era momento para preguntarle qué había sucedido, el comandante de la Armada del Oeste se hacía llamar *Pedro de Zapata*, él le puso al tanto de todo lo que estaba sucediendo en la Tierra, obviamente las cosas cambiarían debido a que la Luna había sufrido terribles daños, Eva entendió lo cruel de la guerra civil, Pedro le dio a entender a Eva que todo había sido orquestado por Lothar e incluso la muerte de los políticos y de sus familiares, Eva de igual manera preguntó cómo habían sido capaces de destruir la Luna,

Pedro no estaba seguro pero pensaba que todo ese desastre Lunar era culpa de Olivier dado que no existía otra persona capaz de crear algo tan terrible, Eva no creía que Olivier fuese capaz de hacer semejante tontería ya que él no era así, Pedro le preguntó a Eva si no sabía lo que había ocurrido con Olivier, Eva no entendió las palabras de Pedro quien le informó que la familia de Olivier había sido asesinada, Eva se preguntó cómo había sido eso posible, Pedro le comentó lo ocurrido, supuestamente la Andrógénesis había asesinado a todos los altos funcionarios de la Tierra y a sus familias incluido al consejo y a Valerio, Eva supo que estaba segura de que la Andrógénesis no había hecho eso, Pedro le preguntó a Eva cómo estaba tan segura, Eva se levantó y puso una mirada perdida, ella aseguró que los problemas de los humanos eran causados y creados por ellos mismos, la Andrógénesis en cierta parte tenía razón, Pedro no entendía lo que Eva quería decir, Eva reveló que la Andrógénesis no asesinaba ni a mujeres ni a niños, Pedro le preguntó cómo era posible que Eva dijera semejantes palabras, ellos habían peleado durante tanto tiempo y nadie nunca había dicho semejante tontería, Eva observó a Pedro y le dijo que las personas del futuro eran unos tontos, no muy diferentes a las del tiempo de ella, por esa razón habían estado en guerra todos contra todos durante siglos, Pedro le preguntó a Eva si ella había hablado con la Androgénesis, Eva confirmó esa pregunta y Pedro le acusó de ser una traidora y que probablemente estuviese conspirando con una inteligencia artificial, Eva le ordenó a Pedro que tuviera cuidado con sus palabras puesto que él era un prisionero y podría ejecutarlo si así lo deseaba, Eva se levantó y ni siquiera se despidió de Pedro puesto que pensaba que hablar con él era una pérdida de tiempo, Eva entonces fue informada de que las pocas naves sobrevivientes de la Armada del Oeste las cuales transportaban a Pedro y a su tripulación finalmente fueron destruidas dado que su estado era el peor de todos, Eva entendió eso y sus soldados le preguntaron qué sucedería con esos prisioneros, Eva les pidió que los mantuvieran cautivos puesto que no era confiable liberarlos, los soldados obedecieron y Eva se fue a su habitación para descansar dado que la destrucción de la Luna la había dejado sin palabras.

Cuando Eva despertó de su sueño le pidió a Ken-Ia que preparara su nave puesto que era momento de preguntarle a Olivier si él había destruido la Luna, Ken-Ia le preguntó si pensaba que era seguro viajar hasta la nave de Olivier, Eva aseguró que iría con dos naves repletas de soldados debido a que si Lothar atacaba cosa que era poco probable lo destruiría de una vez por todas, Ken-Ia obedeció y Eva se encaminó para encarar a Olivier por todo lo que había hecho.

Eva observó el camino a la nave de Olivier, muchas naves destruidas pudieron ver a su alrededor y las ciudadelas en órbita podían verse, estaban completamente destruidas, nadie sabía cuántas personas habían perdido la vida gracias a la explosión de la Luna, el panorama era atroz y Eva se preguntaba si la humanidad había perdido su poderío en el espacio pues todo estaba muy calmado. La nave de Olivier estaba a la vista, Eva les pidió a todas sus naves que apuntaran a la nave de Olivier puesto que probablemente encontrarían a soldados de Lothar, Eva desembarcó sola en una nave y les ordenó que si la tomaban de rehén dispararan y destruyeran todo, los soldados se quedaron en silencio y Eva les pidió que por favor lo hicieran, los soldados mantuvieron el silencio y Eva se encaminó para hablar con Olivier quien tenía que responder a todas sus preguntas.

Olivier estaba en su laboratorio cuando Eva llegó, ella se acercó a él y le exigió que no la ignorara, Olivier la vio con desprecio y preguntó qué quería, Eva le preguntó a Olivier si lo de su familia era cierto, Olivier dijo que por desgracia era cierto y Eva le dio sus condolencias, era una pérdida inigualable, Olivier le pidió a Eva que no fuese hipócrita, ella no podía entender su sufrimiento, Eva contestó diciendo que probablemente todas las personas muertas en las ciudades espaciales y en la Tierra pudieran entender ese sufrimiento puesto que él había sido el destructor de la Luna acción la cual dejó millones de muertos, Olivier arrojó todo al suelo y aseguró que lo había hecho para detener la guerra, ahora la Androgénesis no tenía lugar para esconderse, Eva aseguró que Olivier era más estúpido de lo que ella pensaba, ahora todos se verían afectados por la desaparición de la Luna, un satélite tan importante el cual había ayudado a la Tierra desde el principio, ahora la naturaleza, el clima, las estaciones, los animales, las personas, todo se vería afectado por la imprudencia de Olivier, eso enojó al científico quien le gritó que siempre había querido lo mejor para la humanidad y esperaba que la

guerra culminara en su época pero la pérdida de
su familia era algo intolerable, las futuras
generaciones no le perdonarían lo que había
hecho pero ahora la Androgénesis estaba
debilitada y su caída estaba cerca, pero
lamentablemente nadie podía traer a su familia
de regreso, Olivier estaba sin palabras y justo ahí
se le ocurrió algo que jamás había pensado, él
tenía dos circuladores del tiempo,
probablemente podría regresar en el tiempo y
salvar a su familia, Eva pensó que eso sería una
verdadera locura, ella tenía que volver a su
época pero utilizar la máquinas para revivir a
alguien era arriesgado, Eva explicó su
experiencia la cual la había llevado a otra
realidad, a Olivier no le importaba eso si
recuperaba a su familia, Eva le aseguró que no lo
permitiría, Olivier le aseguró que la máquina del
tiempo era una creación suya así que ella no
podía decirle qué hacer y qué no, Eva le comentó
a Olivier que de haber sabido que iba a destruir
la Luna le habría disparado hasta dejarlo muerto
en el suelo, Olivier aseguró que Eva solo era una
forastera perdida en el tiempo con un tono de
voz muy alto pero que era incapaz de volver a
su época por sí sola, era una vergüenza que
personajes del pasado se mezclaran con las

personas del futuro las cuales eran superiores, Olivier luego corrió a la máquina del tiempo al igual que Eva quien al ver que Olivier pensaba utilizarla se adelantó, Olivier intentó golpear a Eva pero la comandante era tan ágil que aparte de lograr detener el golpe de Olivier lo arrojó al suelo y comenzó a patearlo como si de una basura se tratase, Olivier gritaba del dolor y Eva no se detenía, luego lo acusó de ser un genocida y fue hasta donde estaban todos sus inventos y agarró la máquina del tiempo de Olivier, Eva ya tenía lo que estaba buscando, Olivier aseguró que jamás le enseñaría la manera de utilizarla, Eva se volteó y le hizo saber que Olivier había sido alguien respetable, admirado y querido, su familia estaba orgullosa de él, sería una tristeza que él regresara en el tiempo y su familia se enterara de lo que él había hecho, Eva de igual manera le informó de que la Androgénesis no había matado a su familia, Olivier se quedó sin palabras y le dijo que no hablara de su familia puesto que ella no tenía derecho de hacerlo, Eva ni siquiera prestó atención a Olivier y se caminó con destino a su nave puesto que Olivier estaba en el suelo llorando y destruido por lo que había sucedido, su vida era tan miserable que solo podía llorar, pues Eva tenía razón, por eso

Olivier decidió no utilizar su máquina del tiempo ya que Eva tenía razón, Olivier continuó llorando en soledad mientras se quedaba abandonado y solo.

Eva retornó a su nave, su tripulación la estaba esperando puesto que estaban preocupados, Eva llevaba un brazalete en su mano el cual intentó ocultar de todos, Ken-Ia preguntó qué había sucedido con Olivier, Eva aseguró que Olivier efectivamente había sido el responsable de la destrucción de la Luna pero era un hombre el cual ya estaba perdido, no tenía intención de continuar perdiendo el tiempo junto con él, Eva se marchó junto con sus naves a Marte debido a que ya no era necesario ver a Olivier dado que su vida ya era una miseria.

Las naves de Eva ya estaban llegando a Marte, Eva quería llegar a Próxima Ares debido a que tenía que revisar el estado de la atmósfera, pero antes de abandonar su nave y estando muy cerca del anillo las comunicaciones volvieron a fallar y una fuerte ola de energía comenzaba a salir desde el sol, Eva pudo ver la manera en la cual el sol estaba siendo afectado, Eva le pidió a todos los ingenieros que estuviesen pendiente de lo que estaba sucediendo dado que era posible que los problemas de comunicación se viesen afectados por el sol, Eva estaba preocupada y decidió ir con los gobernantes de Marte dado que tenían mucho por conversar.

Eva llegó a Próxima Ares pero ya era tarde, Eva decidió ir a su residencia y al entrar a su habitación se acostó y observó la máquina del tiempo, Eva quería revisarla pero algo surgió en ella, se preguntó si era el momento correcto para volver a su época y dejar todo ese desastre, Eva pensó que sería una irresponsabilidad de su parte marcharse y dejar todo a la deriva, Eva pensó eso y supo que efectivamente no era lo correcto, iba a esperar para que las cosas mejoraran puesto que le había tomado cariño a Marte y esperaba que todo mejorara. Mientras Eva estaba dormida pudo sentir que algo se había infiltrado en su habitación, Eva sin pensarlo tomó su arma y apuntó hasta donde pensaba que estaba su enemigo, repentinamente un holograma de la Androgénesis apareció, Eva le preguntó qué estaba haciendo ahí, la Androgénesis podía verse muy deteriorada, su señal era débil y Eva le preguntó qué había sucedido, la Androgénesis le informó que el sol estaba sufriendo una transformación o algo parecido pues fuertes ondas magnéticas estaban afectando a toda su raza, Eva preguntó si eso afectaba a los humanos, la Androgénesis aseguró que era posible que si algo ocurría con el sol una catástrofe podría afectar seriamente a todo el sistema tecnológico de la humanidad, Eva le preguntó a la Androgénesis qué ocurriría con ella si eso ocurría, la Androgénesis tenía miedo de que su especie desapareciera, como madre de todas sus Maquinitas era su deber hacer lo necesario para preservar su especie, Eva no podía creer que la Androgénesis se considerara una especie, era algo que jamás había visto en su tiempo, la Androgénesis le confesó a Eva que por esa razón había acudido a ella, Eva había demostrado misericordia con su especie, Eva aseguró que la Androgénesis había causado muchas bajas en la batalla de la Luna y en Venus, cómo era posible que ahora después de todo lo que había hecho viniera a pedir ayuda, la Androgénesis afirmó que ellos estaban en guerra, era su deber destruir a sus enemigos para proteger a los suyos, de igual manera Eva confesó que no sabía cómo ayudarla y le hizo saber que el único que podía conseguir una solución era Olivier de Conquinozzo y él jamás la ayudaría puesto que la Androgénesis había asesinado a su familia, la Androgénesis estaba triste por eso, ella confesó que jamás tocaba a los niños ni a las familias, Eva estaba confundida pero en su corazón sabía que la Androgénesis no había cometido tal crimen, la Androgénesis confesó que lamentaba y a la vez estaba furiosa por lo que hizo ese malvado comandante llamado Lothar pues asesinó a muchas personas inocentes y culpó a la Androgénesis de todo, Eva preguntó a la Androgénesis si eso era cierto, quería saber cómo sabía eso, la Androgénesis mostró algunas grabaciones en donde Angélica aparecía junto con su equipo disparando y asesinando a mujeres y niños inocentes los cuales estaban en el refugio, Eva le hizo saber que ese video era falso puesto que esa persona llamada Angélica estaba muerta, la Androgénesis le informó a Eva que ella no estaba muerta, había recibido varios impactos pero había sobrevivido, Eva estaba sin palabras, no podía creer que Angélica estaba con vida, pero lo más atroz había sido la acción que había realizado puesto que asesinar a la familia de Olivier había sido lo peor, la Androgénesis sabía que las acciones de Lothar y Angélica traerían consecuencias negativas para su raza pero la Androgénesis no pudo evitar el asesinato de esas familias debido a que no tenía tropas cercanas cuando eso ocurrió, Eva creyó las palabras de la

Androgénesis y le pidió que hablara con Olivier puesto que él probablemente necesitaría saber la verdad, la Androgénesis pidió un último favor a Eva, ella quiso que por favor llegaran a un armisticio debido a que ya habían transcurrido demasiados años desde que la guerra había comenzado, Eva no supo qué responder puesto que ella no podía tomar una decisión de esa magnitud, la Androgénesis le hizo saber a Eva que su influencia en Marte era indiscutible, si Eva les avisaba a todos sobre una tregua las cosas podrían cambiar, pues tanto los humanos como la Androgénesis estaban agotados de tanto pelear, Eva al ver que la Androgénesis había sido honesta prometió que haría lo posible y le pidió a la Androgénesis que por favor detuviera los ataques en el planeta Marte, la Androgénesis le hizo la promesa de no atacar en Marte puesto que habían algunas ciudades e incluso debajo del agua las cuales continuaban bajo el mando de la Androgénesis, Eva haría el intento por finalizar la guerra y luego se reuniría personalmente con la Androgénesis y el consejo de la Tierra para poder llegar a un acuerdo, la Androgénesis se lo agradeció a Eva y esperaba a que todos pudieran llegar a un acuerdo, Eva esperaba lo mismo puesto que entre sus prioridades estaban resolver el problema de la atmósfera, la Androgénesis se despidió de Eva puesto que era momento de hablar con Olivier, Eva se acostó, no podía creer que estaba negociando una paz con la Androgénesis pero en ese conflicto absolutamente nadie podría salir vencedor, ella quería asegurarse de dejar todo en buenas manos para poder volver pronto a su tiempo.

Oscuro homicidio

Olivier veía a lo lejos a la Luna, su destrucción había sido algo completamente radical, muchas personas en el presente y en el futuro sufrirían las consecuencias de los actos de Olivier, el odio y la venganza había nublado su juicio, sus acciones eran imperdonables y absolutamente nadie podía ayudarlo, lo único que podía hacer era continuar el trabajo que estaba realizando, se trataba de un control el cual tendría la potencia para desactivar a la Androgénesis, Olivier había tomado esa idea de lo que le dijo Lothar, aunque parecía una broma Olivier crearía un dispositivo para desactivar a esa terrorífica asesina.

Olivier tenía un par de días trabajando en ese proyecto, en un momento algo comenzó a sonar, Olivier tomó su arma y preguntó quién estaba ahí, la voz de la Androgénesis era irreconocible, Olivier comenzó a disparar a todas partes y la Androgénesis le pidió que por favor bajara su arma puesto que ella no quería pelear, solo quería hablar, Olivier gritaba asegurando que ella probablemente le había dicho eso a su familia antes de asesinarla, la Androgénesis confesó que lamentaba el asesinato de su familia pero ella no había podido hacer nada para evitarlo, Olivier la llamó mentirosa y continuó disparando, luego le exigió que no hablara nada sobre su familia puesto que no tenía derecho ni siquiera de mencionarla, la Androgénesis se molestó por ese comentario de Olivier y sin pensarlo lo sorprendió y lo arrojó al suelo alejándolo de su arma, Olivier había golpeado su cabeza con el suelo, intentó levantarse pero en ese instante la Androgénesis salió de su escondite y se mostró en frente de Olivier, ella tenía tres cuerpos diferentes pero formaban una sola existencia, Olivier fue sujetado y sus lágrimas salieron, él le gritó: -*Adelante homicida, asesíname al igual que lo hiciste con mi familia*-, la Androgénesis aseguró que ella no mató a su familia, luego le reprodujo la escena en la cual Angélica entró engañando a todos y sin pensarlo disparó sin titubear, incluso algunas personas le preguntaban por qué hacía eso y Angélica sonreía confesando que era por placer, eso dejó a Olivier en un estado de shock mientras gritaba de dolor y desespero, la Androgénesis le confesó que ella quiso intervenir en esa masacre pero no tenía tropas cerca de ese refugio y por eso no hizo nada, Olivier estaba sin palabras mientras lloraba como muestra de su dolor, la Androgénesis lamentó que Lothar le mintiese de manera tan cruel puesto que nadie merecía eso, Olivier tomó un objeto con filo e intentó cortar sus venas puesto que ya no quería seguir viviendo, la Androgénesis le preguntó por qué quería terminar con su vida, Olivier le hizo saber que al destruir parte de la Luna había condenado a todos, se había vuelto un genocida, la Androgénesis se acercó a él y le pidió que probablemente él fuese el único que pudiera ayudar a su especie y que en vez de acabar con una última vida la cual era la suya Olivier podría dar vida a los demás, Olivier entre lágrimas aseguró que eso era imposible, la Androgénesis le explicó que el sol estaba cambiando, algo nunca antes visto sucedería dentro de poco y que muchas cosas cambiarían, Olivier confesó que no podía creer que estuviese hablando con el enemigo mortal de la humanidad, la Androgénesis le dijo a Olivier que ella jamás había sido enemiga de la humanidad, solo quería que sus Maquinitas quienes eran sus hijos vivieran en un lugar seguro lejos de la guerra, pero la humanidad no lo había visto de esa manera, la Androgénesis solo pedía eso, ella le pidió a Olivier que por favor le ayudara dado que Olivier podría ser el primer hombre en dar un salto a la evolución, Olivier se sorprendió ante esas palabras y le preguntó a la Androgénesis a qué se refería, ella le explicó que probablemente lo que necesitaban ambos bandos era evolucionar y convertirse en una sola especie, de esa manera los humanos podrían librarse tantas enfermedades que efectivamente sería una evolución, Olivier pensó en las palabras de la Androgénesis, ya habían pasado tantos años desde que inició la guerra que Olivier pensó que probablemente ella tuviera razón, la guerra no había llevado a la humanidad a ningún lugar y los propios lideres humanos eran tan corruptos y malvados que un cambio no era probable si continuaban haciendo lo mismo, Olivier le preguntó a la Androgénesis qué tenía en mente, la Androgénesis le hizo saber a Olivier que podrían unir los ADN de la Androgénesis con el de los humanos para así poder crear un nuevo ADN, de esa manera comenzaría un proceso de lazo y unión entre ambas especies curando así muchas enfermedades, Olivier estaba de acuerdo con eso y la Androgénesis le dio un preciado tesoro el cual guardaba con ella en todo momento, Olivier preguntó de qué se trataba, la Androgénesis confesó que eran los genes de su esposo llamado *Ernt-Morce*, el día en el cual fue asesinado y ella abusada ella logró guardar un poco de sus genes, con ello se podría unir al humano con los genes de la Androgénesis y crear la unión, Olivier sujetó ese experimento y le prometió a la Androgénesis que trabajaría en eso puesto que probablemente en sus manos tenía lo que con seguridad sería el futuro para la humanidad, la Androgénesis se marchó y Olivier estaba sin palabras puesto que le resultaba imposible de creer que Lothar había hecho esa masacre, Olivier pretendía tomar venganza por lo ocurrido, dejaría eso para el final puesto que pretendía trabajar en silencio para no levantar sospechas, no sabía si alguien más sabía de lo ocurrido, aunque ya nada le importaba, quería remediar lo que había hecho con la Luna, probablemente sería una manera para poder redimir el daño que había causado a las generaciones las cuales estaban por venir.

La sospecha del malvado

Lothar continuaba con la reparación de sus naves mientras que Angélica y sus tropas iban de lugar en lugar eliminando lo que ella consideraban los residuos de la rebelión, Angélica no tuvo piedad de nadie y en poco tiempo ya la Tierra estaba sumida en una dictadura tiránica gobernada por Lothar, pero no solo el duro y sanguinario mandato de Lothar gobernaba la Tierra, los efectos de la destrucción de la Luna comenzaron a hacer estragos en todas partes, ciudades costeras e islas comenzaron a ser evacuadas dado que el agua comenzaba a apoderarse de todo, algunas tropas las cuales habían apoyado a Lothar no estaban de acuerdo con algunas de las decisiones, ahora la Tierra entera estaba sufriendo severos daños y muchos soldados pensaban que continuar eliminando a soldados quienes no estaban de acuerdo con Lothar era una pérdida de tiempo, aunque para Angélica no parecía ser un desperdicio puesto que no perdía la ocasión para asesinar a todos aquellos quienes no veían con agrado las órdenes de Lothar.

Angélica luego de supervisar todas las naves de Lothar pudo tener seguridad de que ahora el planeta Tierra les pertenecía, Lothar al ver que su armada de naves estaba en condiciones decidió que probablemente era el momento de tomar la iniciativa para recuperar al planeta Marte dado que si los desastres naturales continuaban en la Tierra sería preciso contar con otro planeta en caso de emergencia, Angélica observó eso como algo muy oportuno y le dio el visto bueno puesto que de esa manera podría enfrentarse a Eva y destruirla, Lothar estaba contento puesto que a pesar de que la Tierra estaba presentando cambios su poderío estaba asegurado, Lothar les pidió a todos que comenzara a prepararse puesto que la guerra no había terminado, pero antes que nada quiso ver cómo iba el trabajo de Olivier, por esa razón envió a algunos de los científicos quienes se habían ganado la confianza de Olivier para que observaran todo lo que estaba haciendo, era necesario deshacerse de los restos que quedaban de la Androgénesis para proceder con sus planes.

Los científicos se encaminaron hasta la nave de Olivier quien se sorprendió al verlos debido a que pensaba que ya no recibiría ayuda de parte de Lothar debido a lo que había hecho, pero lo que Olivier no se esperaba era que entre esos científicos sus dos colegas Vigo y Lazare estaban presentes, Olivier les saludó con frialdad a ambos, Olivier se puso un tanto nervioso puesto que ellos habían demostrado que no eran de confiar en el pasado, Olivier para disimular les indicó sus respectivos lugares de trabajo y decidió engañarlos debido a que no quería contarles lo que estaba haciendo, y sabía que no podía echarles debido a que no sabría cuál sería su reacción.

Angélica estaba sola en su cuarto, ella se quitó su traje y su pecho podía ver, en el reflejo la cicatriz la cual llegaba a su cuello y su cara era visible, había pasado de ser una hermosa mujer a ser alguien con el rostro y el cuerpo lleno de cicatrices, Angélica nunca había sentido tanta tristeza, aunque era vanidad estaba completamente aterrada con la sola idea de ver su rostro marcado, Angélica entendió que ese dolor y sus cicatrices serían momentáneas puesto que planeaba castigar a Eva por lo que le había hecho y luego mandaría a reparar toda su piel para remover las cicatrices, en ese momento Lothar entró a la habitación de Angélica y la observó desnuda, Lothar observó sus cicatrices y luego él mostró sus propias heridas de batalla, Lothar tenía una terrible cicatriz la cual atravesaba su rostro y cubría parte de su oreja derecha, luego le explicó que las cicatrices hacían más fuertes a las personas, les recordaban los errores que no podían cometer nuevamente o lo pagarían caro, Angélica confesó que no podía vivir con eso puesto que ella amaba la belleza por encima de todo, Lothar de igual manera amaba la belleza pero a pesar de que podía reconstruir su rostro no lo había hecho ya que las cicatrices le recordaban los errores que había cometido, era su recordatorio personal para no cometerlos de nuevo, Angélica se vistió nuevamente y Lothar salió de la habitación puesto que era el momento de continuar con sus malvados planes.

Mientras los desastres ocurrían Lothar se reunía con sus científicos quienes continuaban analizando y buscando soluciones para las posibles catástrofes venideras para la Tierra, Lothar estaba tan enojado por eso que le pidió a su piloto que por favor le llevara hasta donde estaba Olivier dado que era preciso preguntarle cómo podría resolver todo lo que él había causado. Cuando Lothar estaba a punto de subir a su nave alguien le hizo señas desde las sombras, Lothar despachó por un momento a sus hombres y se acercó a esa persona recriminándole por no haber podido liquidar a su objetivo, ese sujeto confesó que probablemente Eva había sido la única persona capaz de haber podido escapar de sus manos, Lothar lamentó eso y aseguró que lo mejor sería liquidarlo antes de que fallara nuevamente, el sujeto sonrió e informó que Lothar de igual manera había fallado en su objetivo de eliminar a la comandante, Lothar estaba seguro de que eso era algo momentáneo pues lo lograría, el sujeto le pidió un último chance a Lothar quien le confesó que se lo daría puesto que pronto comenzaría una invasión al planeta Marte y necesitaría toda la ayuda posible, el sujeto le informó a Lothar que cuando iniciara el ataque a Marte lo llamara para ir juntos a acabar con su enemiga, Lothar le aseguró que haría eso y se burló de ese sujeto por haber perdido su ojo, luego se montó en su nave dispuesto a ver lo que estaba haciendo Olivier.

En el laboratorio de Olivier las cosas estaban saliendo como esperaba puesto que la unión del ADN humano con el de la Androgénesis al parecer era el futuro, eso era realmente un avance, Olivier tenía en su mente que si todo continuaba de manera correcta y efectiva dentro de poco los humanos podrían regenerar sus propias partes del cuerpo, era una visión muy completa de Olivier, una manera de evolucionar, probablemente de esa manera se terminaran las guerras. Al poco tiempo Vigo y Lazare entraron hasta el salón en donde Olivier estaba trabajando, Olivier ocultó todo su trabajo mientras conversó con Vigo y Lazare acerca de lo que estaba sucediendo, esos dos científicos estaba un poco descontentos por lo que había hecho Olivier con la Luna, ellos mostraron sus opiniones respecto a ese tema, Olivier se quedó observándolos pero fingió no lamentar lo ocurrido, la Androgénesis ahora había perdido su poderío en la Luna y eso había beneficiado a la Tierra, obviamente las consecuencias serían catastróficas, eso era obvio, pero el gran problema como siempre eran los humanos, con o sin la Luna las guerras siempre existirían, Vigo y Lazare estaban muy callados y Olivier entendió que ellos apoyaban las acciones de Lothar, pero prácticamente había sido él quien inició la guerra contra los Marteanos, Vigo y Lazare entendían eso, ellos habían conocido a Olivier desde hace tiempo pero ellos dieron crédito a Olivier ya que siempre tenía que existir un gobierno para los humanos, Olivier no dudaba de eso pero les invitó a pensar en el futuro, en la evolución la cual era necesaria para avanzar como especie, Vigo y Lazare no entendieron a Olivier quien les explicó que el primer paso ya había sido dado, gracias a su invento las personas ya no envejecerían, eso estaba bien, pero la evolución era necesaria desde lo más profundo de los humanos, desde el ADN hasta el espíritu, esa era la base para un verdadero avance, Vigo y Lazare a pesar de que no entendían cuál era el verdadero punto de Olivier sintieron admiración por las palabras del brillante científico quien no dejaba de sorprenderlos, Olivier quiso continuar hablando pero decidió seguir con su trabajo, concluirlo sería prácticamente el mejor legado que podría dejarle a la humanidad, pues Olivier no olvidaba que había sido su persona quien había arruinado a la Luna. El duro trabajo de Olivier tuvo sus resultados puesto que utilizando su inteligencia había podido crear lo que parecía ser el sueño de la Androgénesis, Olivier tenía ante sus ojos dos esferas parecidas a dos fetos, Olivier estuvo al borde de derramar sus lágrimas puesto que había logrado lo que absolutamente nadie había hecho, era el principio para que una nueva vida iniciara, Olivier entendía que había creado vida, sin pensarlo Olivier se comunicó con la

Androgénesis para que ella pudiera ver los avances, la Androgénesis al escuchar lo que Olivier le explicó se encaminó de manera encubierta hasta la nave de Olivier quien la esperó y le pidió que a la hora de su llegada fuese discreta, la Androgénesis prometió discreción y Olivier preparó todo e incluso inventaría algún pretexto para que Vigo y Lazare no interfirieran con sus planes.

Mientras Olivier esperaba a la Androgénesis recibió la inesperada visita de Lothar quien quería ver cuál era la siguiente invención de Olivier para derrotar a la Androgénesis, Olivier mostró un dispositivo el cual destruiría el sistema de la Androgénesis, Lothar observó eso y al mismo tiempo Vigo y Lazare le preguntaron a Olivier si en eso había estado trabajando en secreto, Lothar le preguntó a Olivier por qué estaba trabajando en secreto y no con la ayuda de Vigo y Lazare, Olivier aseguró que tenía que concentrarse y eso ocurría mientras estaba solo, Lothar se puso frente a Olivier y le hizo saber que la última vez que lo había dejado solo la Luna había sido destruida, Olivier le hizo saber que Lothar quería un arma letal la cual pudiera usar contra sus enemigos, jamás pensó en las consecuencias, Lothar le pidió a Olivier que se apurara puesto que pronto invadiría el planeta rojo y no quería continuar peleando contra la Androgénesis, Olivier aseguró que necesitaría su tiempo pero Lothar volteó y le exigió que se apurara puesto que no tenía tiempo, Lothar se marchó mientras Olivier le dio la espalda ya que no quería pelear con él, Lothar observó a Vigo y a Lazare puesto que ellos estaban encargados secretamente de vigilar a Olivier quien sospechaba un poco pero no esperaba que ellos descubrieran su plan, Lothar subió a su nave y se comunicó con su agente personal quien le preguntó si el ataque comenzaría, Lothar le pidió que buscara algo muy importante el cual sería de vital importancia cuando la guerra culminara, esa persona preguntó de qué se trataba, Lothar lo mando a buscar el famoso *Control de Mandos* el cual estaba perdido desde algún tiempo, el hombre que hablaba con Lothar le hizo saber que el control de mandos tenía siglos perdido, aunque había un político el cual supuestamente lo tenía, Lothar ordenó que lo buscara y que no se le ocurriera tocarlo puesto que solamente alguien capacitado podía hacerlo, Lothar se despidió de ese hombre y continuó con sus labores.

Olivier esperó a la Androgénesis quien al

momento de llegar hizo valer su reputación de ser discreta pues nadie notó su presencia, Olivier al verla le mostró aquellas dos creaciones las cuales serían el principio de la unión entre la Androgénesis y los humanos, la Androgénesis al verlos mostró signos de alegría, incluso Olivier al verla acarició su manos y sintió su calidez, la Androgénesis observó fijamente a Olivier y le preguntó por qué la tocaba de esa manera, Olivier confesó que al ver sus rostros podía darse cuenta de que no se necesitaba ser un humano para sentir amor ya que el rostro de la Androgénesis hablaba por sí solo, la Androgénesis de igual manera tocó a Olivier asegurando que ella se estaba volviendo cada día más imperfecta al igual que los humanos dado que no podía recordar la última vez que alguien la había tocado de esa manera, Olivier estaba sin palabras, luego comentó que durante tantos años la Androgénesis y los humanos habían estado en una guerra la cual no tenía sentido puesto que si ambos cooperaban podrían lograr grandes cosas, la Androgénesis parecía estar cómoda ante la presencia de Olivier y confesó que ella había tenido las mismas intenciones desde un principio, Olivier le preguntó desde hace cuánto tiempo pensaba de esa manera, la Androgénesis reveló un poco sobre su pasado, su creador había sido un joven informático el cual desenmascaró algunas de las acciones más controversiales en la sociedad humana, Olivier estaba sorprendido por eso y preguntó hace cuánto había sido creada, la Androgénesis confesó que la fecha en la cual nació su mente había sido en el año 2020 d.c. Eso dejó a Olivier sin palabras ya que jamás se había imaginado eso, la Androgénesis aseguró que ella había estado viviendo en las sombras junto con su creador quien al ver que otras personas podrían utilizar a la Androgénesis como un arma decidió mantenerse junto a ella hasta los días de su muerte, Olivier le pidió a la Androgénesis que le hablara de su creador, ella le hizo saber que él era un hombre muy inteligente pero solitario, pues a pesar de que había hecho cosas buenas para el mundo nadie reconoció sus logros puesto que siempre quiso vivir en el anonimato, Olivier no entendió eso y la Androgénesis le explicó que, debido a todo lo que su creador había revelado mantenerse oculto y con bajo perfil era lo mejor, Olivier preguntó si tan grave era aquello que él había revelado, la Androgénesis habló sobre una terrible organización conocida en ese entonces la cual se dedicaba a hacer toda clase de maldades entre ellas el secuestro y trata de personas, extracción de órganos, planificaciones de guerras y un sin fin de maldades, Olivier aseguró que eso había ocurrido hace muchos años y obviamente estaba documentado pero nadie jamás había sabido la identidad de esa persona quien los delató, la Androgénesis preguntó a Olivier si ahora entendía la razón del anonimato de su creador, Olivier estaba impresionado, la Androgénesis era una fuente de información la cual era valiosa para la humanidad, la Androgénesis se acercó a la ventana de la nave y observó al planeta Tierra, había transcurrido mucho tiempo desde su creación y el ser humano continuaba en sus problemas, ella confesó que antes de que su creador muriera él le pidió que por favor tuviera cuidado con sus decisiones, él la había cuidado desde siempre pero ya estaba muy viejo y pronto fallecería, fue de esa manera que un día, ese hombre el cual le había dado vida, un hogar e incluso un nombre partió dejando un gran vacío en ella quien en ese momento no tenía tan afinados sus sentimientos, Olivier preguntó cuál era ese nombre y ella respondió, su nombre era *Aurora,* Olivier pensó que era un nombre muy bonito, la Androgénesis continuó su relato, luego de la muerte de su querido padre ella sobrevivió de ordenador en ordenador, al no tener un cuerpo físico tuvo que ocultarse y sobrevivir a lo largo de la historia, fue de esa manera en la cual pasaron los años hasta que llegó la era de la ingeniería robótica y pudo adquirir un cuerpo físico logrando moverse como una persona después de toda una vida navegando en los sistemas, la Androgénesis había vivido siempre a través de los sistemas humanos los cuales cada vez eran más complicados, Olivier se sorprendió por eso, era realmente una historia bastante dura, la Androgénesis supo que en la actualidad su raza estaba pasando por un momento muy duro pues algo estaba sucediendo con el sol el cual estaba debilitando toda la energía de su especie, Olivier aseguró que con ese invento podría ayudarla pero necesitaba tiempo para poder estudiar bien lo que tanto afectaba a la Androgénesis quien le dio las gracias, Olivier entonces supo que lo prudente sería enviar a uno de los embriones a un laboratorio el cual estuviese oculto de todos, era la manera mejor manera de protegerlo, La Androgénesis sufrió por eso puesto que consideraba que sus dos hijos tenían que estar juntos, Olivier quería eso, pero lo mejor sería que

primero naciera uno y luego naciera el otro, la
Androgénesis entendió eso y luego Olivier
introdujo aquella pequeña esfera en la
Androgénesis quien sintió un enorme cambio en
su interior, Olivier la felicitó puesto que pronto
surgiría el primer humano el cual nacería de una
inteligencia artificial, la Androgénesis entendió
que era el principio de algo nuevo, ahora era el
momento de convencer a la humanidad de que
dejara de lado las guerras y se centraran en
crecer todos juntos, Olivier esperaba que eso
ocurriera mientras que veía a la Androgénesis
marcharse, ella abrazó a Olivier quien confesó
que ella era alguien interesante, prometió que la
próxima vez que se vieran hablarían mucho más
acerca de todas cosas buenas que vendrían para
ambos, la Androgénesis se marchó muy
agradecida pues por lo que tanto había luchado
ahora se había hecho realidad, Olivier se
contentó por eso mientras se dedicaba a atender
sus asunto, sin saber que sus dos compañeros
habían observado todo lo ocurrido.

Avisos de guerra

Eva permanecía en Próxima Ares junto con Monno y sus científicos para discutir acerca el tema de la atmósfera, ellos aseguraron que gracias a todos los árboles los cuales habían sido enviados desde la Tierra en forma de semillas podrían ayudar a la atmósfera pero eso sería en mucho tiempo, Eva entendió eso y dio la orden de que se plantaran incluso más árboles puesto que tenía una idea, los científicos la escucharon y Eva les dijo que, probablemente lo mejor sería hacer una buena inversión y transformar a Marte en un planeta verde, de esa manera la atmósfera recibiría sus componentes naturales para poder funcionar de manera natural y correcta, los científicos dieron el visto bueno a eso pero advirtieron que, probablemente en tres siglos esos árboles podrían convertir al planeta Marte en un lugar parecido a un paraiso verde, obviamente los científicos prepararían absolutamente todo para que eso ocurriera, el único problema era que mientras estuviesen en guerra con la Tierra y con la Androgénesis muchos de los árboles plantados podrían ser destruidos, Eva entendió eso y prometió que

haría lo necesario para culminar la guerra, su
naves estaban en disposición de defender al
planeta de cualquier amenaza mientras tanto y
para resolver el problema de la atmósfera Eva
les sugirió utilizar las torres de sobrecarga para
ayudar a la atmósfera, los científicos ya habían
evaluado eso y Eva le pidió que se centraran en
eso. Mientras Eva continuaba hablando con los
científicos comenzaron a llegar algunos llamados
de auxilio provenientes de la Tierra, Eva observó
los llamados de auxilio y se pudo ver el desastre
que estaba causando el nuevo orden que estaba
implementando Lothar, de igual manera los
efectos de la destrucción de la Luna los cuales ya
estaban causando efectos catastróficos en la
Tierra, uno de los científicos aseguró que aunque
ocurrieran desastres naturales la Luna no estaba
completamente destruida, era probable que la
Tierra se adaptara a la nueva forma de la Luna y
en un futuro pudiera volver todo a la
normalidad, lo que ese científico aseguró fue
que, probablemente, las auroras boreales ahora
serían vistas con frecuencia en todas partes de la
Tierra, Eva estaba sorprendida por eso, luego
algunos de sus militares preguntaron qué debían
hacer acerca de la Tierra, Eva les preguntó a sus
oficiales qué querían hacer, ella había tomado

decisiones de guerra y de estrategia pero no podía decidir si Marte entraba en guerra o no, muchos de los comandantes pidieron a Eva que intervinieran en la Tierra puesto que Lothar no podía salirse con la suya, Eva entendió y les pidió a todos quienes quisieran ir a la Tierra a pelear podían hacerlo, ella se quedaría cuidando al planeta rojo ya que probablemente Lothar intentaría atacarlos nuevamente, fue de esa manera en la cual todo el personal militar de Marte se preparó nuevamente para ir a ayudar a la Tierra puesto que sus habitantes estaban sufriendo a manos del malvado Lothar.

Cuando Eva estaba junto con Monno el ambiente comenzó a sentirse un poco caluroso, muchos se preguntaban qué estaba sucediendo y Eva se preocupó, sin perder su tiempo se encaminó para hablar con sus científicos y ahí pudieron ver que el sol comenzaba nuevamente a tener problemas puesto que las ondas a su alrededor se hacían cada vez más grandes, uno de los científicos de Eva aseguró que probablemente se estarían enfrentando a una tormenta geomagnética nunca antes vista, otro científico aseguró que era solo una probabilidad, Eva le preguntó a los comandantes que si después de ver eso irían a la Tierra a pelear, los

Marteanos ya estaban preparados y listos para partir, Eva puso en duda ese ataque y les pidió que por favor esperaran puesto que no sabían con certeza el problema con el sol, los comandantes estaban decididos a derrocar a Lothar y le pidieron a Eva que por favor no retrasara el ataque, Eva entendió eso y pudo ver la manera en la cual las naves se marchaban, detrás de Eva llegó alguien a quien Eva no esperaba ver ir a la guerra, Ken-Ia estaba vestida con su traje de guerrera y Eva le preguntó qué estaba haciendo, Ken-Ia le hizo saber a Eva que iría a pelear para derrocar a Lothar puesto que gracias a él su novio estaba muerto, Ken-Ia había solicitado ir en uno de las naves espaciales para ayudar en la batalla, Eva se acercó a Ken-Ia y le dio un fuerte abrazo agradeciéndole por todas las veces que la ayudó, Ken-Ia aseguró que volvería puesto que no tenía intenciones de morir, pero si no lo lograba le hizo saber a Eva que nunca había conocido a alguien como ella, pues era una guerrera de un tiempo lejano la cual se había adaptado al futuro logrando convertirse en una heroína, Eva le dijo que no era para tanto, ambas se dieron la mano y Ken-Ia y Eva se vieron por última vez puesto que las cosas cambiarían para ambas.

Legado para el futuro

Lothar estaba junto con Angélica y el personaje misterioso apareció en frente de ellos, Lothar le preguntó a qué se había presentado, ese hombre sacó el Control de Mandos y se lo dio a Lothar quien al verlo estaba contento puesto que durante siglos había estado perdido, el Control de Mandos servía para traer a las ciudadelas las cuales habían sido enviadas siglos atrás a lugares remotos de la galaxia, Lothar estaba sorprendido por eso y le dijo que ahora solo faltaba eliminar a Eva para que su misión estuviese finalizada, ese hombre comenzó a reír y le confirmó que la próxima vez que viera a la comandante la liquidaría, Lothar lo llamó por su nombre y le pidió que se retirara puesto que ya estaban a punto de salir para conquistar al planeta Marte, pero Lothar fue contactado por Vigo y por Lazare quienes le informaron secretamente todo lo que Olivier había hecho, Lothar estaba furioso por lo ocurrido, Olivier era un traidor y era preciso castigarlo, Lothar ordenó al hombre misterioso que robara todos los experimentos de Olivier y los trajera puesto que ya estaba cansado de Olivier, ese hombre obedeció las órdenes de Lothar y se encaminó a la nave del científico.

Olivier estaba en su nave sin imaginar lo que venía sobre él, mientras estaba completando su trabajo Vigo y Lazare entraron para hablar con Olivier quien les recibió con amabilidad, ellos fueron precisos al decir que habían observado lo ocurrido con la Androgénesis, Olivier se quedó en silencio y les preguntó qué pensaban acerca de eso, ellos se vieron fijamente a los ojos y le hicieron saber a Olivier que hablar con una enemiga como la Androgénesis era un delito, Olivier los vio fijamente y les hizo saber que cuando habló con ella sintió algo que pocas personas eran capaces de demostrar, ella solo quería que la guerra culminara mientras que los humanos habían traído odio y destrucción a todas partes, Vigo y Lazare le pidieron a Olivier que por favor pensara mejor las cosas puesto que estaba traicionando a su raza, Olivier les confesó a los dos que Lothar había asesinado a su familia, todo había sido un engaño, ellos dos no podían entender a Olivier quien lloró amargamente en frente de sus dos compañeros, ellos preguntaron a Olivier si eso era cierto y Olivier lo confirmó, por esa razón quiso colaborar con la Androgénesis, de esa manera la guerra terminaría y nadie más tendría que morir, los dos científicos estaban sin palabras y Olivier les explicó que él había traído la evolución a la humanidad, su legado sería eterno y probablemente algún día alguien reconocería lo que él hizo, pero en ese momento alguien llegó a la nave de Olivier quien preguntó qué estaba sucediendo, aquel enviado de Lothar llegó junto con algunos soldados y ordenó a Olivier hacerse a un lado puesto que se llevaría sus creaciones debido a que había traicionado a la humanidad, Olivier observó a Vigo y Lazare y les dio las gracias puesto que lo habían traicionado, esos dos científicos no sabían que Lothar había asesinado a la familia de Olivier y sintieron cargo de conciencia por lo que habían hecho, los soldados del hombre desconocido montaron las creaciones de Olivier entre las cuales estaban, la Bomba de Dios, Las Alas de Hermes y el Circulador del Tiempo, Olivier se quedó solo en su nave mientras que Vigo y Lazare salían junto al enviado de Lothar quien al momento de salir selló la entrada del salón donde estaba Olivier, Vigo y Lazare preguntaron qué estaba haciendo, el enviado les ordenó que se callaran y le dijo a Lothar que ya tenía todo montado en sus nave, el enviado de Lothar por alguna razón tenía el Control de Mandos en sus manos y lo metió en una de las cajas que guardaban los inventos de Olivier, Lothar sonrió y en ese momento después de cortar la comunicación con su enviado ordenó un fuerte ataque a la nave de Olivier con la intención de destruirla, Vigo y Lazare se vieron fijamente, Vigo agarró un arma y le disparó a los dos soldados del enviado de Lothar quien comenzó a pelear con los dos, Olivier escuchó los disparos e intentó abrir la puerta para ver lo que estaba ocurriendo pero no pudo abrirla, fue en ese momento cuando a través de la ventana de su nave pudo ver a tres enormes naves de guerra en frente de su nave, las naves se prepararon para abrir fuego y Olivier pensó que se reuniría con su familia después de todo, la humanidad lo había traicionado por última vez, Olivier entendió que su camino había llegado a su fin, todos cuanto importaban ya se habían ido, era momento de resignarse y sus lágrimas comenzaron a caer, lo había dado todo por la humanidad y su especie lo había traicionado, pensaba que en su época se daría el fin de la guerra gracias a su mente brillante pero nada de eso parecía ser verdad, cuando las naves comenzaron a atacar a la derecha había una

Cámara de Guerra, el cual era un cajón donde los guerreros podrían meterse y ser despertados por alguien más, las Cámaras de Guerras se habían creado para que quien estuviese en la misma posición que Olivier tuviese una oportunidad de vivir, Olivier no supo la razón de sus acciones y fue corriendo a la Cámara de Guerra encerrándose ahí, lo siguiente que sintió fue mucho sueño y su visión se nubló puesto que en esa época la historia de Olivier había llegado a su fin.

Mientras tanto Vigo y Lazare continuaban peleando con el enviado de Lothar quien al ver que la nave había sido atacada decidió terminar el combate rápido, por esa razón y al ver que ya todo estaba en llamas decidió empujar a Vigo y con su arma disparó a Lazare en su pierna, luego subió a su nave dejando a ambos científicos en la nave de Olivier, el enviado logró salir con gran dificultad.

Cuando el enviado se reunió con Lothar le preguntó por qué había atacado si sabía que él estaba todavía dentro de la nave, Lothar comenzó a reír mientras le hizo saber que él era poco importante así que no importaba si moría o no, el enviado le informó a Lothar que gracias a su estupidez las creaciones de Olivier se habían quedado en la nave junto con el Control de Mandos ya que no había tenido tiempo de montarlos y que Vigo y Lazare al final decidieron traicionarlo, Lothar estaba furioso por lo que estaba escuchando y tildó al hombre misterioso de ser un inútil, el hombre misterioso le hizo saber a Lothar que todo cuanto pasaba en la Tierra y en Marte era culpa de su estupidez, Lothar volteó a verlo y le ordenó a sus soldados que le liquidaran, ese hombre salió corriendo del lugar mientras esquivaba a todos puesto que había sido traicionado, pero para su suerte logró escapar cosa que enfureció a Lothar, pero eso no importaba, era el momento de que todos supieran el increíble poder que tenía sobre la humanidad, por esa razón Lothar se encaminó hasta Marte, pero lo haría utilizando otra ruta, de esa manera sorprendería a Eva y la liquidaría de una vez por todas.

El hombre misterioso quien iba en su nave entendió que luego de sufrir esa traición tendría que ocultarse, pero antes de hacer eso enviaría un mensaje a Eva puesto que era el momento de confesarle lo que pensaba sobre ella y revelarle quién había sido la persona que lo contrató para eliminarla.

Mientras tanto Lothar observaba la manera

en la cual la flota de Marte se acercaba a la Tierra, Lothar para su suerte había dejado muchas naves defendiendo el planeta y una fuerte batalla comenzó en el espacio, Marteanos y Terrícolas volvían a los conflictos bélicos pero esta vez las cosas eran diferentes, debido a que el planeta Tierra estaba duramente afectado por la destrucción de la Luna el descontento en general fue tomando fuerza y a medida que eso sucedía los desastres naturales comenzaron a diezmar a gran parte de la población quienes a pesar de adquirir la eterna juventud gracias a Olivier mostraban pistas de que sus vidas estaban en peligro debido a los bruscos cambios climáticos y de temperatura combinados con los desastres naturales, la Tierra estaba viviendo sus últimos momentos y nadie estaba dispuesto a cambiar mientras todos se estaban destruyendo los unos a los otros en la Tierra Lothar se acercaba cada vez más al planeta rojo puesto que su gran intención era gobernar al planeta y a sus habitantes, y sobre todo destruir a Eva quien le había causado tantos pesares en el pasado.

La última defensa

Eva estaba preparando la defensa del planeta Marte, aun no sabía que la gran flota de Lothar estaba en camino, fue ahí cuando recibió un mensaje de alguien que ella no esperaba, Eva lo leyó y se quedó sin palabras:

Un gusto saludarte Eva de Gutt, mi nombre es Claudino Septimo, y me conoces como Dead-Fenix, sé que intenté asesinarte en muchas ocasiones pero quiero que sepas lo siguiente, eso era parte de mi trabajo, nada era personal, desde que llegaste a nuestro tiempo alguien ha querido verte fuera del camino, la persona quien me contrató fue Lothar, él tenía miedo de ti por tu gran capacidad, yo te admiraba y lo sigo haciendo, me gustaría que alguien como tú tomara las riendas de lo que está ocurriendo.

Debes saber de igual manera que Lothar destruyó la nave de Olivier quien aún permanecía ahí dentro, intenté conservar sus experimentos, pero fue imposible, luego intentó asesinarme y por eso terminé mi trabajo con él, entiende que no tengo nada en tu contra, nunca fue personal, siempre fue por trabajo, espero estes bien y admito que eres muy fuerte, perdí un ojo gracias a ti pero es parte del trabajo.

Eva estaba sin palabras al leer eso, Lothar era un verdadero bandido, Eva sintió un poco de admiración por Dead-Fénix quien siempre salió corriendo de ella, pero Eva aseguró que antes de que regresara a su época se encargaría de Lothar por todas las cosas malas que había hecho, pues no solo le había arrebatado la familia a Olivier sino que incluso le había arrebatado la vida al conocido científico, Eva estaba furiosa y ahí recibió la noticia de que Lothar se acercaba al planeta Marte, Eva sonrió y supo que ese día la vida de Lothar llegaría a su fin.

Todos los Marteanos estaban alarmados puesto que era momento de defender a su planeta como en los viejos tiempos, por suerte Eva había estado preparando todo para defenderse, los cañones fueron puestos desde Marte dispuestos a disparar a las naves enemigas, Eva por su parte se encaminó junto con sus naves las cuales estaban en cierta desventaja, pero Eva ya había salido de situaciones peores e incluso supo que si quería triunfar tendría que utilizar otra estrategia, Eva entraría en la nave de Lothar de manera encubierta y se enfrentaría a él directamente, o al menos eso intentaría puesto que el estilo de Eva no era para nada algo táctico, Eva estaba acostumbrada a destruir todo a su paso, ese era su estilo, por esa razón en vez de quedarse en su enorme nave se dedicaría a ser piloto de una nave caza, muchos le sugirieron que no hiciera eso pero Eva no prestó atención, ya había tomado la decisión de pelear.

La batalla comenzó y muchas de las naves abrieron sus puentes para conectarse las unas con las otras, Lothar supo que tenía ventaja así pues no dudó en avanzar para destruir toda la defensa de Marte a su paso, los Marteanos no podrían recibir ayuda debido a que las otras naves estaban peleando en la Tierra, eso preocupó a los comandantes quienes tenían en cuenta la situación en la que se encontraban y lo mucho que perderían si las cosas no salían bien, Eva por su parte derribó a tantas naves como pudo y ordenó a dos de las naves más grandes que se acoplaran a la nave de Lothar puesto que si lo detenían la guerra habría terminado, las naves obedecieron a Eva y cuando lograron acoplarse a la nave de Lothar una sorpresa les esperaba, pues los soldados Terrícolas al estar preparados para el ataque tenían ventaja a diferencia de las tropas de defensa de Eva las cuales contaban con pocos veteranos, Eva sabía acerca de esa debilidad y por eso al dar las órdenes sabía que tenía que ser cuidadosa, pero a medida que la batalla continuaba podía ver la superioridad de las fuerzas de Lothar, por esa razón cuando las dos naves de Marte abrieron los puentes para iniciar el combate con la nave de Lothar Eva intentó entrar en el puente para llegar hasta Lothar y derrotarle, fue ahí cuando Eva abandonó su nave caza y se integró a sus tropas las cuales estaban enfrentándose en el puente el cual conectaba a las dos naves, Eva llegó por el puente oeste y estrelló su caza contra las tropas enemigas, antes del impacto saltó y comenzó a disparar mientras sus soldados la recibían, Eva les ordenó avanzar tanto como pudieran pero lo que no esperaba era que los constantes ataques de Lothar deterioraron a las dos naves las cuales estaban conectadas a las naves de Lothar, Eva pudo ver a sus compañeros sufriendo y entendió que al parecer había cometido un gran error táctico puesto que los números no le favorecían, Lothar estaba en su lugar sonriendo y aseguró que Eva sería derrotada, Angélica observó eso y le pidió a Lothar permiso para pelear contra Eva y traerle su cabeza, Lothar sonrió y aceptó, Angélica se encaminó hasta el puente oeste y ahí estaba todo en llamas, Angélica asesinaba a todo aquel que se atravesara en su camino hasta que Eva la vio, los disparos se detuvieron mientras Eva de acercó asegurándole que si los disparos que le había dado no la había matado pero la había dejado desfigurada, Angélica confesó que utilizaría la piel de Eva para regenerar su rostro, Eva sin pensarlo comenzó a pelear contra Angélica quien no se quedó de brazos cruzados, ella había esperado ese momento y por eso se esforzó para mejorar sus habilidades, Eva observó que la fuerza de Angélica había sido incrementada y comenzó a pelear en serio, Lothar observaba la manera en la cual Angélica se esforzaba por derrotar a Eva quien al ver que Angélica sacaría un arma de filo decidió utilizar su espada para detenerla, el combate con las armas comenzó y Eva trataba de terminar la pelea de manera rápida pero Angélica no lo permitió pues había entrenado para ser mejor, la mala suerte surgió para ambas, el puente oeste comenzó a ser destruido debido a que la nave de Marte estaba colapsando, Eva entendió que si la nave era destruida el puente quedaría a la deriva succionándolos a todos al espacio, Eva ordenó a sus tropas que avanzaran hasta la nave de Lothar pues era el único camino, la nave Marteana ya estaba perdida, Eva continuó con el

combate y Angélica logró golpear a Eva quien
cayó al suelo pues ese golpe al parecer le dolió
más de lo esperado, Eva le preguntó a Angélica
qué le había hecho a su cuerpo y Angélica se
desvistió, Eva pudo ver que el cuerpo de
Angélica había sido reconstruido con un
material duro, parecido al acero, Eva comenzó a
reír y le preguntó a Angélica por qué razón le
tenía tanto miedo puesto que había dañado su
cuerpo solo para derrotarla, Angélica se puso
histérica y comenzó a atacar a Eva quien
esquivaba los fuertes cortes provenientes de la
espada de Angélica quien en un descuido Eva le
hizo un fuerte corte en el pecho, Eva pensó que
había ganado el combate pero Angélica comenzó
a reír debido a que al parecer el corte no le había
hecho nada, Eva supo que tenía que actuar
rápido puesto que el puente estaba siendo
destruido y Angélica al parecer ahora era
inmortal, Eva continuó peleando y Angélica la
tomó por el cuello arrojándola a unos cuantos
metros, Angélica parecía indestructible pero Eva
no se rindió, con su espada continuó peleando y
Angélica se distrajo por una explosión la cual
venia de la propia nave de Lothar, Eva continuo
peleando mientras Angélica se defendía hasta
que Eva clavó su espada en el estómago de

Angélica quien comenzó a botar sangre por su boca pero no se dio por vencida, Eva le preguntó a Angélica en qué se había convertido, Angélica estaba herida y confesó que ahora entendía a la Androgénesis puesto que su cuerpo ahora era casi como un robot y era indestructible, Eva le hizo saber que ni siquiera la Androgénesis era tan inhumana como Angélica quien había asesinado a la familia de Olivier y a tantos inocentes como había podido, Angélica le confesó a Eva que saboreaba cada momento el cual asesinaba a las personas, era algo satisfactorio y por esa razón se había mantenido de parte de Lothar por tantos años puesto que él la dejaba hacer eso sin ningún problema, Eva le aseguró que ambos estaban enfermos y continuó atacando a Angélica quien a pesar de no morir se hacía más lenta con cada corte que Eva hacía, Eva ya no tenía tiempo y comenzó a ver la madera de escapar pero todo estaba destruido, fue ahí cuando Angélica la sujetó fuertemente y comenzó a golpearla, Eva soltó su espada y trató de detener los golpes de Angélica quien ya estaba exhausta, Eva estaba desesperada y de su pierna logró sacar un cuchillo y comenzó a dar algunas puñaladas a Angélica en su rostro, Eva estaba escandalizada puesto que Angélica parecía ser inmortal y Eva le gritaba que por favor ya se muriera, Angélica le gritó que jamás se dejaría matar por ella y la soltó, ambas estaban en el suelo y Eva intentó huir de la zona pero Angélica la agarró por el tobillo, su rostro era el de una completa lunática y le gritaba insultos a Eva quien la pateó y Angélica la soltó, al ver que Angélica estaba derrotada en el suelo Eva se levantó y se acercó a ella, Eva le dijo que ese era un final muy bonito para alguien tan sanguinaria como ella, Angélica comenzó a reír y le hizo saber que Lothar la eliminaría en su nombre, Eva le recordó que a Lothar no le importaba absolutamente nadie y ella era un objeto para él, Eva observó que el puente ya estaba destruido y dejó a Angélica ahí tirada en el suelo puesto que ya nadie podría salvarla, era el final de una asesina la cual había acabado con la vida de tantas personas inocentes.

Eva se apresuró hasta donde estaban sus tropas después de correr rápidamente hasta la nave de Lothar, ella observó la situación y vio que los soldados Terrícolas los tenían acorralados, Eva ya estaba en la nave de Lothar pero con cierta desventaja numérica, de igual manera las naves Marteanas estaban en su mayoría destruidas y Eva supo que el final era inminente, Monno quien estaba a su lado se veía asustado y Eva le pidió que no se desprendiera de ella puesto que pelearían hasta el final, Lothar al ver que Angélica había muerto se apresuró hasta donde estaba Eva para poner fin a esa amenaza, su momento de gloria había llegado, Lothar ordenó que atacaran fuertemente a los soldados Marteanos y que le trajeran a Eva puesto que ella era el premio mayor, Eva ordenó que pelearan hasta el final puesto que ellos no perdonarían a nadie, las tropas de Eva al ver que morirían decidieron apoyar una última vez a Eva puesto que ella había hecho tanto por su planeta que morir a su lado y cumpliendo sus órdenes sería un honor, fue así como las tropas Marteanas combatieron pues era lo único que podían hacer, fue ahí cuando Eva supo que no volvería a su hogar, se sentía orgullosa de haber peleado en el futuro, moriría como una guerrera, pero ahí ocurrió un milagro, la nave de Lothar comenzó a ser atacada por pequeños robots, los soldados estaban confundidos puesto que no entendía cómo habían llegado los robots de la Androgénesis hasta las naves, ellos comenzaron a atacar a los robots quienes se apoderaban poco a poco de la nave de Lothar, Eva estaba sorprendida y la Androgénesis se comunicó con ella, le hizo saber que Eva había sido buena con su especie así pues era probable que una nueva tregua naciera entre ambos, Eva estaba sin palabras y ordenó a todas sus tropas que no atacaran a los robots de la Androgénesis, los Marteanos estaban confundidos pero al ser una orden de Eva la cumplieron sin decir nada, Eva y sus soldados Marteanos atacaron a los Terrícolas y Lothar se vio en problemas, intentó huir en una nave de emergencia pero no lo consiguió y poco a poco sus tropas fueron siendo diezmadas en esa nave y en sus otras naves comenzaba a ocurrir lo mismo, cuando Eva avanzó pudo ver enfrente de ella a Lothar, por eso se fue corriendo en su contra y al tenerlo a su alcance comenzó a golpearlo por todo lo que había hecho, Lothar intentó defenderse golpeando a Eva pero al estar arrinconado y con toda la nave destruyéndose poco pudo hacer, repentinamente desde el espacio un círculo se estaba acercando, la Androgénesis llegó a la nave de Lothar y todos los soldados ahí presentes se quedaron sin palabras, ella era increíble para los soldados, solo pocos la había visto en persona, ella tenía el cuerpo de tres mujeres y cada uno era hermoso, en su vientre tenía el gran regalo que le había dado Olivier y

al ver a Eva le dio las gracias por todo lo que
había hecho por su raza, luego comentó a todos
la historia de su querido hijo el cual vendría al
mundo y sería el primero de muchos, los
soldados estaban sin palabras por lo que decía la
Androgénesis y ella les confirmó que, si ellos lo
querían la guerra había terminado, ya no tenía
que morir absolutamente nadie más, Lothar
estaba en el suelo derrotado y escupió en el
suelo y le hizo saber que ella era un monstruo,
una abominación y su hijo sería un bastardo al
igual que Olivier puesto que él la había ayudado
incluyendo a Eva, Lothar les gritó a los soldados
Marteanos que Olivier y Eva eran traidores pues
la Androgénesis había eliminado a tantas
personas como había podido, la Androgénesis
mostró las reproducciones de todas las purgas
las cuales habían sido ordenadas por Lothar, ella
lo acusó de ser un genocida y Eva la apoyó, pues
la Androgénesis había salvado la vida de
muchas personas incluyendo a mujeres y niños,
los soldados estaban confundidos y no sabían
qué decir, fue ahí cuando algo comenzó a sonar,
la Androgénesis se debilitó y Eva preguntó qué
estaba sucediendo, la Androgénesis le hizo saber
que él sol estaba a punto de estallar, en ese
momento todos observaron la dirección del sol el

cual expulsó una fuerte llamarada la cual fue
inevitable para todos, los sistemas estaban sin
control y la nave comenzó a ser destruida,
Lothar aprovechó la debilidad de la
Androgénesis y con una de sus armas se acercó a
ella y disparó en repetidas ocasiones al vientre
de la Androgénesis quien estaba descontrolada
por la tormenta solar, Eva se acercó para
ayudarla pero otra fuerte ola solar golpeó la
nave, todos salieron disparados dentro de la
nave y los robots de la Androgénesis
comenzaron a atacar a todos a su paso, incluso
entre ellos se hacían daño, fue ahí cuando la
Androgénesis quien estaba descontrolada
comenzó a asesinar a todos a su paso
llamándolos cobardes, ella buscó a Lothar y le
gritó que era un asesino, Eva intentó huir de la
zona y al ver la dirección del sol pudo ver que
las constantes olas solares estaban destruyendo
absolutamente todo, ella jamás había visto eso y
entendió que la predicción del científico era
cierta, era una tormenta geomagnética como
nunca antes había sucedido, Eva utilizando la
poca energía que tenía envió un mensaje a todas
las naves diciendo lo siguiente :

*Aquí la comandante Eva de Gutt, los sistemas y las
comunicaciones están fallando, me encuentro junto*

con mi flota al Este de Marte, la Androgénesis ha
perdido el juicio, a todas las naves se les ordena que
aterricen en este preciso momento, repito, aterricen en
este preciso momento, el espacio no es seguro.

Cuando Eva terminó de enviar ese mensaje pudo
ver a La Androgénesis enloquecida y gritando
frases sin sentido como *"Edvard Icedean te*
quiero", "Ernst Morce te amo", Eva no entendió
eso pero supo que las cosas se había salido de
control, al observar la ventana Eva pudo ver a
todas las naves caer al planeta Marte e incluso el
gran anillo y generador de la atmósfera estaba
siendo destruido, Eva no pudo evitar soltar unas
lágrimas puesto que al parecer toda la tecnología
estaba siendo destruida dado que la tormenta
geomagnética estaba destruyendo todo, Eva
pensó que ese día era el fin de la civilización, e
incluso en la nave los soldados peleaban contra
los robots y Eva estaba muy confundida puesto
que todos estaban desesperados ya que nadie
sabía qué sucedía. Un poco después Lothar
apareció y le gritó que todo eso había sido su
culpa, pero cuando intentó hacerle daño la
Androgénesis apareció detrás de él y lo sujetó
por su cuello, luego agarró sus brazos y se los
arrancó, Lothar gritó tan fuerte como pudo y Eva
y Monno se quedaron sin palabras, Lothar aún

estaba vivo y la Androgénesis quien ahora se había vuelto una homicida repetía la frase *"mátenlos a todos"* en todo momento, Eva intentó pelear con ella pero le fue imposible dado que la nave se tambaleaba de un lugar a otro, fue ahí cuando algo sucedió, aquel circulador del tiempo se activó y en el preciso momento en el cual la Androgénesis iba a matar a Eva ella fue arrastrada de ese lugar, Eva cerró los ojos por un segundo y al abrirlos pudo ver que tanto la Tierra como Marte continuaban recibiendo las fuertes descargas solares, Eva veía todo en cámara lenta, observó toda la destrucción que estaba ocurriendo y repentinamente fue trasladada a otro lugar, *el futuro había quedado en el pasado.*

La confusión del tiempo

Eva abrió sus ojos, estaba exaltada, no sabía en dónde estaba y observó todo a su alrededor, Monno estaba a su lado y se veía asustado, Eva lo abrazó y le pidió que se tranquilizara, puesto que ambos estaban nuevamente en ese túnel del tiempo, Eva intentó programar el circulador del tiempo pero no lo consiguió, sentía la necesidad de volver al futuro para ver qué había sucedido pero al parecer no era posible, Eva estaba aterrada y confundida, sus asuntos en el futuro no habían terminado, había ocurrido justo lo que ella tanto temía, incluso peor, no había regresado a su época y había dejado incontables cosas sin resolver, no se había despedido de todos los que le habían ayudado y conocer el fin de la batalla era imposible, esa tormenta geomagnética había sido toda una catástrofe para los humanos, pues al parecer había arrasado con todo, Eva comenzó a llorar por su desespero y un mensaje se activó, Eva estaba sorprendida de ver al *Magno Johannes II* quien le sonrió y le dijo :

Eva, sé que te meterás en muchos problemas puesto que es tu naturaleza, pero estoy seguro de que los resolverás, no importa cuales hayan sido las circunstancias, ahora en mi ausencia espero verte triunfar, ten fe, saldrás adelante.

Eva estaba sin palabras puesto que el fallecido Magno le había dejado un hermoso mensaje, después de todo lo que Eva había pasado ahora era el momento de enfrentarse a su destino, el futuro no había sido algo que le sorprendiera puesto que esperaba que la humanidad no continuara haciéndose daño pero había ocurrido todo lo contrario e incluso la Androgénesis quien al principio era la antagonista había resultado tener más conciencia que los gobernantes de esa época, Eva solo esperaba que cual fuese su destino pudiera vivir una experiencia diferente, aunque su intención era regresar a su tiempo pues se había distanciado durante mucho tiempo, aunque ella no se imaginaba que su aventura no había terminado, el futuro había quedado en el pasado, pero *Eva de Gutt* seguiría adelante…

El desastre tecnológico

Cuando la atormenta geomagnética finalizó las naves las cuales estaban en el espacio comenzaron a caer o a ser destruidas al igual que todos los robots, la nave en la cual estaba Eva fue completamente destruida, fueron pocos quienes lograron aterriza con sus naves y quedar vivos, en la Tierra las naves y satélites comenzaron a caer como si de lluvia se tratase, mientras continuaban los desastres naturales, aunque las cosas no iban a mejorar puesto que toda la tecnología había quedado inservible, las comunicaciones estaban dañadas y las ciudades acuáticas habían quedado incomunicadas, ese fue un oscuro momento para la humanidad puesto que al parecer con todo lo que estaba ocurriendo habían regresado a la edad de piedra ya que la tecnología, los grandes inventos y tecnología básica había sido destruido por la tormenta geomagnética. La Androgénesis había perdido su juicio debido a los efectos de la tormenta geomagnética, su final fue triste y lamentable puesto que no pudo lograr su objetivo de vivir en paz y ver el crecimiento de lo que ella consideraba su especie, fue así como todos los robots fueron convertidos en simples chatarras, su existencia había sido eliminada y los humanos jamás entendieron si la Androgénesis y sus robots realmente tenían sentimientos y podían sentir emociones al igual que los humanos, ese sería uno de los misterios los cuales no tendría respuesta puesto que ninguno logró sobrevivir a la terrible catástrofe ocurrida.

Ken-Ia todavía continuada en el espacio cuando la tormenta inició, el combate estaba muy reñido entre las fuerzas Marteanas y las Terrícolas pero todo eso quedó atrás cuando la tormenta comenzó, Ken-Ia sintió el fuerte ataque de la tormenta el cual mató a los pilotos de la nave, Ken-Ia al ver lo que estaba sucediendo sin pensarlo tomó el control de la nave la cual iba en picada hasta un terrible destino, Ken-Ia maniobró como nunca antes lo había hecho y utilizando las habilidades adquiridas durante sus años de servicio de alguna manera logró que el impacto no fuese tan grave como ocurrió con la mayoría de las naves las cuales estaban cayendo como lluvia desde el cielo, el impacto de Ken-Ia fue todo menos seguro puesto que al momento de caer la nave continuó avanzando por el suelo, al momento de detenerse Ken-Ia estaba inconsciente, no supo durante cuánto tiempo estuvo en esa condición pero al momento de levantarse intentó buscar sobrevivientes, para su desgracia solo cuerpos y destrucción fue lo que encontró a su paso, de igual manera Ken-Ia no salió librada de la nave puesto que presentaba fuertes cortadas y golpes en todo su cuerpo, ella, al ver que no había sobrevivientes decidió salir de la nave puesto que ahí solo había destrucción y dolor, Ken-Ia logró salir por uno de los agujeros y observó que la nave se había estrellado en un bosque, Ken-Ia continuó caminando hasta que debido al cansancio y a los golpes recibidos Ken-Ia se desmayó. Un poco después Ken-Ia despertó, era de noche y había una fogata. Un niño la observó y le informó a sus padres que la mujer había despertado, Ken-Ia intentó levantarse pero las personas quienes estaban ahí presentes le pidieron que no se levantara puesto que era preciso que descansara, Ken-Ia preguntó qué había sucedido, esas personas querían hacerle la misma pregunta a Ken-Ia puesto que ella parecía venir del espacio, Ken-Ia no supo explicar bien lo que había ocurrido, solo recordó las fuertes ondas solares las cuales destruyeron todo a su paso, luego la comandante Eva envió un mensaje ordenándoles a todos que aterrizaran lo antes posible, las personas le informaron a Ken-Ia que al parecer ninguna nave había logrado aterrizar en buenas condiciones y que todas habían sido destruidas junto con la tecnología, Ken-Ia estaba confundida y no entendía lo que sucedía, al levantarse pudo ver la oscuridad en la cual se encontraba, Ken-Ia preguntó la razón por la cual no estaban en la ciudad, las personas informaron a Ken-Ia que las ciudades comenzaron a colapsar junto con la tecnología, las naves no funcionaban y todos estaban incomunicados, Ken-Ia no tenía palabras, estaba completamente y sola y no podía hacer mucho en su condición, eso la preocupó pero no podía hacer nada al respecto, por eso decidió descansar ya que era preciso que se recuperara para encontrar una solución al problema que se avecinaba.

Cuando salió el sol Ken-Ia comenzó a caminar con quienes habían sido sus rescatistas, era un grupo de alrededor de cuarenta personas, Ken-Ia pudo observar que efectivamente toda la tecnología estaba muerta, estaban incomunicados lo cual resultaba intolerable, fue por esa razón que después de caminar durante algunos días sin encontrar rastros humanos y al borde de las tormentas decidieron establecerse en un lugar, pues era necesario ya que no era seguro ir caminando y acampando por los bosques, Ken-Ia preguntó si entre ellos se encontraba algún ingeniero puesto que era necesario reconstruir algunas cosas, uno de los ingenieros encontró un pequeño comunicador el cual tenía algo de carga, al ver la trasmisión los soldados de Marte informaban que la Androgénesis había sido derrotada, luego de eso la transmisión se fue, Ken-Ia no pudo evitar contentarse puesto que la guerra la cual había iniciado siglos atrás había finalizado, Ken-Ia entendió que la tecnología los había consumido a todos y pidió a los ingenieros y a los ahí presentes que era lo mejor para comenzar de nuevo, no quería cometer los errores de sus antepasados, los ingenieros estaban de acuerdo y por eso prometieron que crearían un lugar el cual fuese un *primer oasis* para los humanos, la primera ciudad en la cual funcionara con energía simple y con poca tecnología, los ahí presentes estuvieron de acuerdo con eso, ahora el conocimiento que recibirían las siguientes generaciones cambiarían drásticamente, Ken-Ia estaba nerviosa y a la vez contenta puesto que algo nuevo estaba naciendo, la Tierra a pesar de estar destruida renacería como una nueva potencia pero de manera diferente, Ken-Ia supo que Eva estaría orgullosa de eso y aunque no sabía su destino esperaba que estuviese sana y salva en donde quiera que estuviese....

Cambio de color

En el planeta Marte se sintió la potencia de la tormenta, al ser un planeta con tanta tecnología los efectos fueron catastróficos, el gran anillo artificial creado para regular la atmósfera del planeta fue destruido dejando al planeta en una situación delicada, mientras las naves caían del cielo los pedazos del inmenso anillo caían destruyendo todo a su paso, las personas al ver que todo el planeta estaba colapsando estaban desesperadas y corrían a las zonas en las cuales al parecer eran seguras, pero nada salió como lo esperaban, Marte era un planeta abundante en animales de muchas especies lo que lo convertía en un lugar peligroso si no se tenía cuidado puesto que las manadas de animales de gran tamaño suponían un problema para los humanos, y debido a que la gran cantidad de soldados estaban peleando en el espacio el orden se perdió instantáneamente.

Después de que la catástrofe culminara los Marteanos pudieron observar que a pesar de que el anillo había sido destruido ellos conservaban su atmósfera, o al menos eso pensaban debido a que podían respirar y no habían sido destruidos por la tormenta geomagnética, de igual manera que la Tierra los Marteanos se quedaban incomunicados y el miedo los asechó puesto que pensaban que dentro de poco se quedarían sin oxígeno y sin atmósfera, pero ya nada podrían hacer debido a que las torres de sobrecarga las cuales fueron utilizadas para detener a la Androgénesis causaron un daño sin igual puesto que al recibir la fuerte tormenta solar comenzaron a explotar en cada parte del planeta dejando a su paso una destrucción nunca antes vista, por esa razón y sintiendo miedo de que algún día la atmósfera y el oxígeno pudieran fallar los Marteanos decidieron que para preservar su planeta y la vida de sus habitantes no tenían que cometer el mismo error que los humanos en el pasado, la contaminación del planeta Marte tendría que evitarse a toda costa si querían sobrevivir.

Mediante iban pasando los días las personas comenzaron a ubicarse en las zonas donde supuestamente existía más vegetación, fue así como se adentraron en los bosques dejando a las grandes ciudades deshabitadas, algunas personas entendieron que para avanzar era necesario que las futuras generaciones conocieran el pasado del planeta Marte, por esa

razón algunos comenzaron a practicar la antigua
escritura puesto que era necesario escribir los
acontecimientos importantes antes y después de
la guerra, fue de esa manera en la cual los
Marteanos de las siguientes generaciones
conocerían muchas de las cosas las cuales habían
sido resaltantes en la historia de Marte como la
creación del anillo, la manera en la cual se había
poblado el planeta, la guerra contra los
Terrícolas, el levantamiento de la Androgénesis
y sobre todo, el planeta Marte jamás olvidaría el
nombre de la última heroína de la época, a pesar
que ella no había nacido en Marte su valentía,
fuerza de voluntad y valor habían sido vitales
para la población Marteana, en las futuras
generaciones tenían que saber que una
misteriosa mujer había aparecido desde una
lejana época y logró derrotar a la Androgénesis
culminando con la gran guerra y poniendo a los
Terrícolas invasores en su lugar, nadie sabía cuál
había sido el paradero de esa gran guerrera,
muchos decían que había retornado a su tiempo,
otros que murió en combate debido a que todas
las naves habían sido destruidas al igual que la
tecnología, solo existían teorías las cuales eran
absolutamente validas, pero había una sola cosa
que el planeta Marte podría hacer para

agradecer todo el esfuerzo y sacrificio hecho por la viajera del tiempo, la misión era seguir adelante, aprendiendo de los errores del pasado, formar un futuro próspero y siendo cuidadoso con todas las generaciones por venir, todos recordaban el nombre de esa gran mujer la cual llegó al planeta rojo como una estrella para llenarlos de esperanza y arriesgado su vida en contables situaciones, por eso sus acciones pasarían a ser recordadas para siempre y su recuerdo jamás se extinguiría en el planeta rojo, para siempre se recordaría la leyenda de esa comandante… la salvadora del planeta rojo, mejor conocida como *Eva de Gutt…*

En la guarida de la Antártida un hombre el cual se pensaba muerto se arrastraba por los escombros de la destruida base *Naze*, el dolor lo agobiaba y peor aun, estaba atrapado, sus brazos estaban casi inmóviles y pensó que ese sería su final, pero un milagro ocurrió, dentro de un pequeño zippo el cual estaba en su bolsillo le dio un rayo de esperanza, el malvado hombre sin pensarlo lo desarmó y ahí pudo encontrar una pequeña carga para activar la máquina en la cual había quedado atrapado, fue así como después de casi cuatro horas intentando hacerla funcionar la máquina encendió y el hombre pudo desaparecer de ese lugar, no sabía a qué lugar iría, pero de algo estaba seguro, le daría caza a la Comandante Eva de Gutt y se vengaría por todo lo sucedido en la Antártida….sería el resurgir de los Naze…

3749 D.C.

Una historia de:

Juan Ernesto de Mosquera